Lies we tell mothers

Suzy K Quinn

엄마들이

속아온

거짓말

수지 K 퀸 에세이

홍선영 옮김

밝은세상

엄마들이 속아온 거짓말

초판 1쇄 인쇄일 2020년 9월 10일 │ **초판 1쇄 발행일** 2020년 9월 18일

지은이 수지 K 퀸 │ **옮긴이** 홍선영 │ **펴낸이** 김석원

펴낸곳 도서출판 밝은세상 │ **출판등록** 1990. 10. 5 (제 10 − 427호)

주 소 (413−120) 경기도 파주시 문발로 119, 202호

전 화 031−955−8101 │ **팩 스** 031−955−8110 │ **메일** wsesang@hanmail.net

블로그 blog.naver.com/balgunsesang8101 │ **인스타그램** www.instagram.com/wsesang

ISBN 978−89−8437−413−3 03840 │ **값** 15,000원

잘못된 책은 구입한 곳에서 교환해드립니다.

진실

탄생은 없다, 변화만 있을 뿐.

차례

1부
대자연이라는 개똥 같은 폭풍

2부
변하거나 죽거나. 다른 선택지는 없다

3부
아프면서 성장한다

- -

진실
세상 그 무엇과도 바꾸지 않을 것이다

1부

대자연이라는

개똥 같은 폭풍

거짓말 1
모성 본능만 따르면 된다

- -

하루 중 가장 어두운 시간이 동트기 전이라고 했던가.

그때 그 차디찬 새벽 5시의 크리스마스는 내 평생 가장 외롭고 무섭고 어두운 시간이었다.

나는 홀로 불안에 떨고 흐느끼면서 모성 본능 비슷한 무엇이라도 깨어나 내가 뭘 어찌 해야 할지 알려주길 간절히 바랐다.

크리스마스였지만 우리의 어둡고 눅눅한 아파트에는 축제의 빛이 단 한 줄기도 서리지 않았다.

'집 안이 누추해서 죄송. 우리는 알코올 중독자랍니다'라고 쓰인 싸구려 장식을 빼면 우리 집은 크리스마스가 까맣게 잊고 지나친 곳이었다.

산타의 썰매는 우리 집 앞에서 속도를 늦추지 않고 지나쳐 갔다.

나는 암흑 속에서 울고 또 우는 갓난아기를 어르고 달랬다. 가슴속에서는 박쥐들이 날아다녔다.

아무리 얼러도 소용없었다. 불안으로 가득 찬 황망한 눈에 금방이라도 울음이 터질 것 같은 엄마는 아이를 제대로 달랠 수 없었다.

찬 겨울의 캄캄한 어둠 속에서 이러다 내 정신부터 나가겠다는 생각이 들었다.

지난 크리스마스이브는 어땠더라. 아이가 없던 우리 부부는 친구들과 큰 집에서 함께 살고 있었다. 우리는 웃고 떠들며 크리스마스를 즐겼다. 초콜릿 리큐어와 아마레토, 셰리로 기발한 칵테일도 만들어 마셨다.

이번 크리스마스이브에 내 곁에는 갓난아기와 정신을 갉아먹는 불안만 남아 있었다.

주변에 아이가 있는 친구들은 없었다.

새벽 3시에 전화할 사람도 없었다(그러고 보면 꼭 새벽 3시에 이런다). 굳이 남편을 깨우고 싶지도 않았다. 남편은 낮 동안 내가 나가떨어질 때를 대비해 에너지를 비축해 놓아야 했다.

그 어둡고 외로운 새벽에 렉시는 잠을 자려 하지 않았다.

할 수 있는 것은 다 했다.

먹였다.

또 먹였다.

계속 먹였다.

둥가둥가 리듬에 맞춰 무릎을 굽혔다 펴면서 아이를 흔들었다. 그러다 눕히려고만 하면… 으아앙!

육아는 못 해먹을 짓이다.

정말 못 해먹겠다.

그런데 어떻게든 해야 한다.

아이를 갖기 전에 나는 꽤 유능하고 수완 좋은 사람이었다. 그리고 강했다. 태국 야간 버스에서 꼿꼿이 선 자세로 꼬박 하룻밤을 보냈다면 말 다한 것 아닌가. 이렇게 유능하고 수완 좋던 나는 거대한 망치에 박살이 난 뒤 불에 타버렸다.

유능하고 수완 좋은 어른이 아니면, 나는 대체 누구란 말인가?

겁만 잔뜩 집어먹은 빈껍데기일 뿐이다.

물론 전에도 잠 한숨 못 자고 흘려보낸 끔찍한 밤들이 있었다.

처음 사과주를 마시고 내 손 위에 죄다 게워내던 때도 그랬다.

방금 말했듯 태국의 14시간짜리 야간 버스에서 뒤로 젖혀지지 않는 의자에 서다시피 앉아 다른 배낭여행객들이 아무 문제없이 뒤로 젖혀지는 의자에서 곤히 잠든 모습을 지켜봐야 했을 때도 그랬다.

아이를 낳던 날 밤, 진통제를 맞고 놀이 기구를 탄 듯 어지럽고 메스꺼운 몸으로 다른 산모들의 안쓰러운 비명('세상에, 나 침대에 똥 쌌어!')을 들어야 했을 때도 그랬다.

하지만 내 평생 가장 길고 외롭고 무서웠던 밤은 무엇보다 그때, 그 크리스마스 새벽이었다.

'내가 오늘 밤은 어찌어찌 넘긴다 치자. 그럼 내일 밤은 어쩌지? 그다음 날 밤은? 결국 난 살아남지 못할 거야.' 눈앞에 펼쳐질 나날들을 생각하며 내 안의 목소리는 바들바들 떨렸다.

나는 저녁 9시 이후로 다섯 번 깼다. 렉시는 잠을 통 자려 하지 않았다. 고문도 이런 고문이 없었다. 난 제정신이 아니었다.

글로 적고 나니 그리 끔찍해 보이지 않는다. 다섯 번 깼다고? 그게 뭐 어떻다는 거지? 나는 조명 스위치와 텔레비전 리모컨에 익숙한 사람이다. 모두 언제든 마음대로 통제할 수 있는 것들이다.

그런데 렉시에게는 '당장 울음 그치기' 스위치가 없었다. 잠들기 버튼도 없었다. 어떤 버튼도, 사용 설명서도 없었다.

나는 극한의 스트레스에 진이 다 빠져서 공포에 떠는 지경에 이르렀다.

사람이 수면 부족으로 죽을 수도 있나? 생각하다 보니 가슴속 박쥐들이 더욱 거세게 날갯짓을 했다.

확신하건대 특수부대 요원들도 나만큼 괴롭진 않았을 것이다. 그들은 언제든 그만둔다고 '선택'할 수 있지 않은가.

나는 왜 그만둘 수 없는 거지? 내 모성 본능은 대체 어디 있는 거야?

아이가 있기 전에 나는 제대로 된 어른으로서 책임이 막중한 직업을 가지고 있었고 내 자신이 진정 제대로 된 어른이라고 믿어 의심치 않았다. 그런데 그 한없이 길고 어둡던 크리스마스 아침, 한 가지 사실이 소름 끼치도록 분명해졌다. 나는 결코 진정한 어른이 아니었다.

어른은 단순히 피곤하다는 이유로 울지 않는다.

하룻밤 사이에 나는 불안에 떨며 히스테리에 시달리는 여자가 되어 버렸고 내 지능은 식탁 다리가 비웃을 수준이 됐다.

차 한 잔을 만들어 놓고는 어디에 놨는지 기억이 안 나 한참 서성거렸다.

서바이벌 쇼가 재미있어지기 시작했다.

대체 나는 누구지?

이제야 안 사실이지만 그때 나는 변화 비슷한 단계에 있었다. 근심 걱정 없고 아이도 없는 20대의 '나'라는 과거의 정체성은 으깨어지고 찌그러지고 밀려났다.

이렇게 으깨어지고 찌그러지는 것이 변화의 필수 과정이었다. 이 과정을 거쳐야 비로소 나는 아름답게 빛나는 부모 나비가 될 수 있었다. 그래야 무지갯빛으로 반짝이는 날개를 펄럭이며 두둥실 떠올라 더 연륜 있고 지혜로운 얼굴로 아이들에게 행복하고 흐뭇한 미소를 지어 보일 수 있었다.

대체로 그렇다는 얘기다.

인식하지 못하는 사이, 나는 행복으로 향하고 있었다. 그당시에는 이 사실을 알 리 만무했지만.

이 책을 읽고 있는 독자들은 당신이 뭔데 그러냐고, 대체무슨 근거로 자신의 정체성이 으깨어지고 찌그러지는 이 현실을 옹호하는 거냐고 의문할 것이다.

내가 심리학자나 그런 사람이냐고?

아니다. 나는 소설가다. 육아에 관한 소설을 쓴다. ≪나쁜엄마 다이어리(Bad Mother's Diary)≫(로맨틱 코미디) 시리즈를 썼고 ≪선생님에겐 비밀이야(Don't Tell Teacher)≫(희극은 결코 아니다. 물론 당신의 유머 감각이 의심스러운 수준이라면 또 모르지만)를 썼다. 아, 그리고 애가 둘이다.

정말이지 나는 온당한 말을 하리라 믿어 볼 만한 사람은 아니다. 그보다는 하루 온종일 이야기를 지어내는 사람인데, 이 책에서만큼은 지어낸 이야기가 단 한 줄도 없다. 나는 내 자신을 위해서라면 지나치게 솔직한 데다 과하다 싶은 사생활 노출도 꽤 자주 하는 사람이다.

이 이야기는 내 변화 과정을 다룬 실화다. 자유분방했던 20대가 횡설수설하는 폐인이 되고 숱한 고난을 겪은 뒤 진정으로, 진심으로 행복한 부모가 되는 과정이 그대로 담겼다.

그간의 내 삶은 롤러코스터 같았다. 롤러코스터도 타고 보면 아주 재미있을 수 있다. 그러니 함께 덜컹거리는 롤러코스터를 타고 이 엄청난 여행을 떠나보자. 진정한 부모로 거듭나는 위대하고 뒤얽히고 뒤틀리고 기쁨이 넘치는 여행이 될 것이다.

벨트 단단히 매라. 평탄치는 않을 테니까.

거짓말 2
임신은 특별하다

모두 임신에서부터 시작되었다.

말해 뭐하겠는가.

나는 평범한 20대 후반의 여성으로 일과 삶을 즐기며 대도시에 살고 있었다. 남편, 친구들과 즐거운 나날을 보내고 있었다. 술은 좀 과하게 마셨다. 그즈음의 삶이 어떤지 다들 알 것이다.

남편 데미와 나는 신혼이었고 나는 이런 남자와 결혼한 것이 행운이라 생각했다. 데미는 자상하고 창의적이고 섬세한 데다 집 안 청소와 빨래도 도맡아 하는 멋진 남자였(고 지금도 그렇)다.

데미: 나도 당신과 결혼한 것이 행운이라고 생각해. 그런데 말이야, 요리도 내가 하고 설거지도 내가 하고 재활용 쓰레기도 내가 갖다 버리잖아. 혹시 잊은 건 아니지?

그러다 불현듯 이런 생각이 들었다.

이제 곧 서른이다.

서른이라니, 기념비적으로 나이 든 것 같네(하하!). 데미도 이제 더는 어리다고 할 수 없지. 잠깐만, 데미가 벌써 서른셋이구나.

우와.

내 자궁이 먼지가 되어 사라지기 전에 아이를 가져야겠다는 생각이 들었다.

데미도 동의했다. 데미야 예전부터 아이를 원했으니까.

6주 뒤 쇼핑몰 화장실 안, 임신 테스트기에 분홍빛 두 줄이 선명히 드러났다.

임신이었다.

나는 음… 아주 행복했다.

아이가 생겼다니!

내가 임신했다는 사실에, 이제 배가 불룩해지고 식욕이 폭발할 것이라는 사실에 신이 났다. 입덧 같은 것은 아무 상관 없었다.

이 소식을 듣고 데미도 기뻐했다. 아마 나보다 더 기뻐했을 것이다.

"당신과 아이를 위해서 할 수 있는 건 뭐든 다 할게." 데미가 말했다.

"그럼, 그래야지. 안 그러면 당신 머리통을 박살내 버릴 거야." 내가 대답했다.

우리는 임신했다.

이 얼마나 특별한 시간인가. 나는 우리를 축복해준 온 우주에 지극히 감사했고(여름 내내 내 몸에 얼마나 많은 알코올을 들이부었는지 생각하면 더더욱 그랬다) 사랑스러운 아이가어서 빨리 세상으로 나오기만을 손꼽아 기다렸다.

몇 주 뒤, 암울하게 휘몰아치는 파멸의 호르몬이 내 몸을 휘감았다. 단 한 번의 거대한 파도가 나의 흥분과 기쁨을 모조리 휩쓸어 갔다.

참혹했다.

산전 검사를 받기 위해 조산사를 처음 만나러 간 곳에서 임신의 실상을 전해 들었다.

앞으로 즐거운 날들은 찾기 힘들 거란다. 아홉 달 내내 불편하게 지내다가 출산의 고통으로 절정을 맛볼 거란다.

우리는 '금지사항'이 줄줄이 나열된 묵직한 목록을 건네받았다.

이제 블루치즈도, 초밥도 먹으면 안 된단다. 반듯이 누워 자도 안 된다. 대형 초콜릿 한 봉지를 앉은 자리에서 다 비웠다가는 위염을 얻을 것이다. 이미 알고 있지만, 술도 담배도 안 된다. 날달걀은 크게 신경 쓰지 않아도 된단다. 그런데 블루치즈는 안 된다고?

블루치즈는 임신 전에도 그리 많이 먹지 않았다. 그런데 막상 먹을 수 없게 되니 왜 예전에 더 많이 먹어 두지 않았는지 사무치게 후회됐다.

임신 기간이 길어지면서 블루치즈보다 더 그리운 것들이 하나둘 생겼다.

여행도 할 수 없었다. 너무 피곤했다. 친구들과 술집에 갈 수도 없었고 멋진 옷도 입지 못했다. 조금 오래 걸었다 싶으면 자꾸 어딘가에 앉고 싶어졌다.

삶이 점점… 바뀌고 있었다.

임신은 기대한 만큼 특별하지 않았다. 내가 나이 들어가고 있다는 사실만 통렬히 깨달을 뿐이었다.

그동안 이어 오던 일상생활의 절반을 할 수 없게 된 나는 툭하면 지치고 맥이 빠졌으며 어디를 가든 근처에 화장실이 있어야 했다.

아이가 생기기 전에 내 삶은 흥미진진했다. 틈만 나면 도쿄로, 코스타리카로, 캄보디아로, 태국으로 떠났고, 이제 머지 않았다고 확신했던 대형 출판사와 계약할 날을 기다리며 별의별 정신 나간 일들도 마다하지 않았다.

형광색 탑에 스키니 진을 입고 플라스틱 장신구를 달고 다니던 나는 이제 집에서 염색한 금발에 빨간 브릿지 몇 가닥으로 만족해야 했다.

태국 피피섬에 가본 사람이라면 빅 바나나 클럽에 한 번쯤 들러 봤을지도 모르겠다. 야자수 잎으로 지붕을 꾸민 힙합 바로, 제임스 본드가 비키니 모델과 한바탕 즐긴 뒤 느긋하게 거닐었을 법한 해변을 향해 활짝 열려있다.

아이가 생기기 전에 내가 해본 정신 나간 일 중 하나는 이곳 빅 바나나 클럽에서 '댄스 플로어를 채우는 사람'이 되는 것이었다. 댄스 플로어를 채우는 사람이 뭐냐고? 태국의 몇몇 나이트클럽은 햇볕에 그을린 영국인 여행객들을 매수해 댄스 플로어에서 몸을 흔들게 했다. 그렇게 해서라도 잘 나가는 곳으로 비춰지고자 한 것이다. 텅텅 빈 댄스 플로어만큼 슬픈 것도 없으니까.

내 춤 실력은 평균 이하였지만 빅 바나나 클럽에는 신통한 묘약이 있었으니, 바로 에너지 음료를 섞은 태국산 위스키를 플라스틱 양동이에 담아 공짜로 퍼마실 수 있다는 것이었다.

내 순서가 되어 작은 양동이 세 잔을 건네받으면 짜잔, 눈 깜
짝할 사이에 나는 환상적인 댄서가 되었다.

매일 밤 나는 각성제 탄 위스키를 홀짝이며 소리쳤다. "워
후!" 그리고 그 대가로 돈을 받았다. 꽤 괜찮은 거래였다. 그
당시 나는 기사와 소설을 쓰고(대부분 지끈거리는 숙취를 안
은 채) 새우 카레를 먹으며 팔에 대나무 문신을 새긴 사람들
을 지켜보는 일로 하릴없이 시간을 보냈다.

좋은 시절이었다.

20대였으니까.

나는 자유롭게 여기저기 탐험하고 책을 쓰며 즐거운 나날
을 보냈다.

온갖 멋진 곳을 다 돌아다닌 뒤 다시 영국으로 돌아와 출판
이 번번이 좌절되는 만만찮은 일상을 계속 이어나갔다.

그런 뒤 브라이튼으로 옮겨와 친구 여러 명과 한집에 살았
다. 우리 집에서 하룻밤 묵는 손님들은 욕실에 있는 비위생적
인 침대에서 잠을 청해야 했다.

하루하루가 재미있었다.

주말마다 파티가 열리면 우리는 배꼽 빠지는 철학적인 명언
들을 부엌 찬장에 써 놓았다.

미래의 남편 데미를 만난 것도 그런 파티에서였다(데미가 찬
장에 '수는 사랑스러워'라고 썼다. 그것이 우리의 시작이었다).

사귀고 얼마 되지 않아 데미도 우리 집으로 들어왔고, 주차장이 내려다보이는 내 작은 방에서 함께 살았다.

　우리는 정말 열심히 일했다. 내가 작가로서의 경력을 쌓아가는 동안 데미는 콜센터라는 지옥 같은 곳에서 너무 지루해 무엇이었는지 기억도 나지 않는 일을 하며 남는 시간에 틈틈이 곡을 썼다.

　그렇게 눈부시게 아름다운 2년을 신나게 보낸 뒤, 우리는 시청에 가서 혼인신고를 했다.

　우리의 결혼이 비자 문제 때문인지 알아보기 위해 담당자가 내게 데미의 직업을 물었다.

　담당자: 남편 되시는 분 직업이 뭔가요?

　나: 어….

　담당자: 결혼하려는 사람인데 직업도 몰라요? 솔직히 말해보세요, 비자 때문에 결혼하려는 거죠?

　나: 어… 그러니까, 죄송합니다. 그 사람이 하는 일이 워낙 지루한 거라 제가 기억을 못해요. 전화교환원이었나? 접대원인가? 우린 둘 다 영국 거주자예요. 그러니까….

　몇 주 뒤, 우리는 브라이튼 피어 놀이공원에서 스타워즈를 주제로 한 결혼식을 올렸다.

데미: 스타워즈를 주제로 한 게 아니었어. 그냥 평범한 가장 무도회였지. 그런데 우연찮게 제다이가 다섯 명, 다스베이더가 한 명이 된 거야. 베스트 드레서는 거인 바나나였잖아.

거 봐라. 우린 이렇게 재미있는 사람들이었다.

임신하면서 이 모든 삶이 바뀌었다.

그 당시엔 알지 못했다. 앞으로의 삶이 예전과 같아질 수 없다는 사실을, 혹은 삶이 더 나아지기 전에 나빠지기부터 하리라는 사실을 말이다.

'그래, 지금은 블루치즈 못 먹어. 난 피곤하고 따분한 임산부잖아. 무책임하게 데킬라를 퍼부을 수 없으니 친구들도 자주 못 만나고 저녁 8시면 잠자리에 들어야 돼. 그러다 한밤중에 주린 배를 부여잡고 깨어나 어둠 속에서 혼자 토마토 수프를 마시지. 이건 내 인생이 아니야. 아이가 나오기만 하면 다시 예전처럼 즐기면서 살 거야. 다 괜찮아질 거야.' 나는 록그룹 에어로스미스와 건즈 앤 로지즈가 그려진 특대형 민소매 옷을 입고 뒤뚱거리며 생각했다.

임신 주수가 늘어날수록 속이 점점 더 메스꺼웠고 허약한 늙은이가 된 기분이었다.

살모넬라식중독이며 돼지 독감, 끔찍한 숙취에도 시달려 본 몸이었지만 살면서 이렇게 기분이 더러운 적은 처음이었다.

멀미를 하듯 구역질이 나는 바람에 몸에 좋은 음식을 가까이 할 수도 없었다.

조산사가 추천한 '채소 볶음'에는 손이 안 갔다.

철분 섭취에 좋다는 시금치는 생각하기도 싫었다.

그나마 참을 수 있었던 건 소금 간을 한 노란 음식 정도였다. 구운 콩이나 토마토 수프처럼 주황색이나 갈색을 띤 음식은 입에 댈 만했는데, 그것도 통조림이어야 했고 천연 비타민 같은 건 전혀 들어 있지 않아야 했다.

조산사는 먹고 싶은 것을 먹으라고 했다. "무엇이 필요한지 몸이 말해줄 거예요."

내 몸이 빅맥 세트나 치즈 나초, 크림 듬뿍 올린 스타벅스 음료를 '필요로' 할 것 같지는 않았지만 난 이런 것들만 실컷 먹었다.

그래서 어떻게 됐냐고? 임신 초기부터 살이 두둑이 붙었고, 덕분에 소처럼 육중해진 몸은 더더욱 불편해졌다.

내 몸은 뭐가 필요한지 얘기해 주기는커녕 형편없는 조언만 건네 기분을 끔찍하게 만들었다.

내가 임신했을 때 엄마는 불길한 말을 서슴없이 던졌다. "어우, 너 조심해라. 그러다 정말 골병든다!" 아니면 "허허! 치질, 구역질, 설사, 그 밖에 수천 가지 임신 증상을 조심해야 될걸. 그런 것들 때문에 피곤하고 성미 까다로운 병약자가 되는 거야. 그렇게 젊음이 사라지고 자존감이 떨어지는 거라고."

난 크게 신경 쓰지 않았다. 그래서 뭐 어쨌다고? 임신은 자연적인 과정이다. 그렇게 나쁠 리가 없다.

그런가?

임신하기 전에는 임신한 나와 임신하지 않은 내가 다르지 않으리라 생각했다. 그저 예전의 나에 산처럼 부풀어 오른 배와 탐욕스런 식욕만 덧붙이면 된다고 생각했다. 거기다 아침에 한 번씩 귀엽게 구토를 하면 그만이리라.

자연과 조화를 이루어 신선한 과일과 요가로 임신 증상을 헤쳐 나가면 될 일이라고 생각했다.

하지만 현실은 그리 녹록치 않았다.

거짓말 3
배우자와 더 끈끈해질 것이다

처음 임신했을 때는 아기를 낳은 뒤에도 친구들과 함께 큰 집에서 계속 살 수 있으리라 자신했다.

"괜찮을 거야. 집 안에 아이 돌보미 여럿을 둔 거나 마찬가지잖아. 우린 행복한 히피 대가족이 될 거야."

나는 왜 사람들이 셰어하우스에서 아이를 키우지 않는 건지 의아했다. 서로 좋은 거 아닌가? 집 안 구석구석 사랑이 넘칠 텐데.

데미는 집을 따로 얻어야 한다고 생각했다.

그 문제로 우리는 주야장천 언쟁을 벌였다.

가히 전쟁 수준이었다.

나는 남편이 좀스럽게 군다며 타박했고 남편은 내가 순진해 빠졌다고 쏘아붙였다.

결국 몇 달 간의 지루하고 비참한 임신 기간을 보낸 뒤에야 소름 끼치는 진실을 깨달을 수 있었다.

데미 말이 맞았다.

우리의 동거인들은 여전히 아이 없이 파티를 즐기는 흥겨운 일상에 빠져 살았다. 늦게까지 깨어있는 데다 말도 못하게 시끄러웠다. 그들은 우리 없이도 한껏 즐기며 잘 살고 있었다.

나쁜 놈들.

나는 결국 자존심을 버리고 데미에게 이사를 가는 게 좋겠다고 말했다.

윽.

그쪽 방면에는 데미가 능했다. 내가 마음을 바꿀 줄 알고 진작 집을 알아보고 다녔는데 마침 아랫집 아파트가 비어 있더라며 물었다. 집을 보러 가볼까?

그거 좋은 생각인데.

아랫집은 우중충하고 음침했으며 1960년대 이후로 인테리어를 바꾼 적이 없었다.

같은 건물의 일부인데 '노인용 별채'라 불리는 공간이었다.

농담 아니다.

영국 우정 공사에도 '노인용 별채 72'로 등록되어 있다. 지금 세입자는 디지털 TV 업체에 특대형 리모컨이 필요 없다고 아무리 설명해도 도통 알아듣지를 않는다고 말했다.

짐작하겠지만 이 별채의 전기난로는 나선형 모양으로 '끄기'와 '빨갛게 달아올라 불태우기' 딱 두 가지 설정만 할 수 있었고 화장실 천장에는 푸른곰팡이가 피어 있었으며, 축열식 히터는 하루에 50유로씩 들여야만 겨우 미지근해졌다.

현관문 옆에 휠체어 사용자를 위한 손잡이가 있었고 이가 맞부딪치듯 덜덜거리는 냉장고가 있었다.

그래도 다 괜찮았다. 어쨌든 우리만의 공간 아닌가!

내 눈에는 더블 침대에 아기 침대까지 들어가는 넓은 침실과 겨자색 타일로 꾸며진 우리만의 주방만 들어왔다.

이 정도면 호사스럽지.

사랑하는 사람이 있는데 성능 좋은 주방 기구며 빵빵한 보일러가 뭐가 필요한가? 어떻게든 돌아가기만 하면 됐지!

더군다나 위층에 친구들이 잔뜩 살고 있지 않은가.

아이 돌보미들이 상주하고 있는 거다!

우리로서는 가족을 위한 '제대로 된' 집은 엄두도 낼 수 없었다. 도시에서 온전한 집 한 채를 구하려면 거금이 필요했으니까.

데미가 위층 방에서 옷이 든 여행 가방 두 개와 상자 몇 개,

침대 하나를 옮기는 데 한나절이 걸렸다. 그렇다, 한나절이다. 데미는 짐을 옮기다 말고 수시로 차를 마시며 친구들과 한담을 나눴다.

데미: 세 개의 층을 계단으로 오르내려야 했다고! 그리고 내가 침실 벽에 벤 니코틴 얼룩 없앤다고 식초로 박박 닦았잖아. 다 자기가 감독하지 않았어?

난 임신한 몸이었던지라 손 하나 까딱할 수 없었다.

덕분에 폭발 직전에 이르렀다.

'느려 터진' 속도에 못마땅해 하는 나에게 데미는 이 일을 도맡아 하는 건 자신이라고 맞섰다. 자신이 떨어뜨린 USB 케이블을 내가 주워 채찍처럼 휘두르지 않은 게 다행이라는 걸 모르나 보네.

빈약한 짐들이 마침내 아래층으로 모두 옮겨진 뒤, 우리의 새로운 집을 둘러보았다.

침대 말고는 가구가 부족했다. 아니, 가구라 할 만한 게 아무것도 없었다. 우리 것이라고는 냄비와 토스터뿐이었다.

어쩌면 우리는 생각했던 만큼 어른이 아닌지도 몰랐다.

"나이 서른이 다 됐는데 집을 채울 마땅한 가구가 하나도 없네. 참 걱정스럽다 우리." 내가 말했다.

"냄비에 토스터에, 침대도 있잖아. 이 정도면 넘치게 많은 거지."

"난 임산부라고. 어른스러운 가구가 필요해. TV 장식장이나 탁자, 장식품 같은 거 말이야. 식탁도 있어야지. 삶이 완전히 바뀌고 있어서 겁나 죽겠어. 블루치즈 먹고 싶어 미치겠다고!"

무수한 언쟁 끝에 결국 데미가 굴복했다.

"좋아. 가구를 더 놓자."

"돈이 없잖아!"

"이 동네 사람들은 허구한 날 뭘 내다 버리잖아. 그럼 우린 공짜로 집을 채울 수 있어."

딱히 더 나은 계획이 없었기에 우리는 무료 재활용품점에 가보기로 했다. 더불어 도로변의 가구도 눈여겨보기로 했다. 브라이튼 사람들은 언제나 다른 사람들이 가져갈 수 있도록 이런저런 잡동사니들을 집 밖에 내놓았다.

며칠 뒤, 브라이튼의 비슷비슷해 보이는 빅토리아 시대풍 테라스 하우스 중 한 집 앞에 서있는 원목 서랍장이 눈에 들어왔다. 상태도 훌륭했기에 어서 집으로 가 이 소식을 데미에게 알리고 싶었다.

"정말 예뻐. 그게 공짜라니 안 믿길 정도라니까. 우리 서랍장 필요했잖아." 내가 말했다.

"왜?"

"당신이 티셔츠를 죄다 종이 상자에 넣어 두잖아."

데미는 '종이 상자가 어때서'라고 중얼거리며 18살 때부터 이런 상자를 써왔다고 말했다.

나는 아기도 태어나고 우리도 이제 어른인데 제대로 된 가구 좀 들이자고 주장했다.

다행히 임신한 뒤로 승리의 여신은 늘 내 편이었다. 남자는 임산부가 원하는 것을 들어주게 되어 있다. 안 그러면 난리가 나니까.

우리는 친절한 친구 알렉스의 차를 얻어 타고 시내를 돌다가 그 서랍장을 다시 찾아냈다. 기쁘게도 서랍장은 생각했던 것처럼 사랑스러웠고, 원목에 니스 칠이 된 채 늦은 오후의 햇살을 받아 빛나고 있었다.

완벽해.

고마워요, 브라이튼의 현금 부자들.

서랍장을 침실에 들여놓고 보니 서랍 앞쪽이 끈적끈적했다. 마치 이제 막 니스 칠을 한 것 같았다.

"이런, 이거 말리려고 내놓은 거 아니야? 누가 니스 칠한 다음에?"

자세히 살펴보니 서랍장 겉면과 서랍 안쪽에 톱밥도 듬성듬성 보였다. 얼마 전 누군가가 애정을 담아 사포질한 것처럼 말이다. 오늘 한 건가.

"그러고 보니 말이 되네." 데미가 말했다.

"돌려줘야 돼. 지금 당장. 다 당신 때문이야." 내가 말했다.

"근데 이게 어디 있었지?"

다시 밖으로 나가 그 집을 찾았다. 하지만 빅토리아 시대풍 테라스 하우스가 줄지어 늘어선 브라이튼의 미로 속에서는 이 집이 저 집 같았다.

"다른 집 앞에 갖다 놓을 수는 없잖아. 그건 쓰레기 불법 투기라고." 데미가 말했다.

"그럼 어떡하지?"

"그냥 우리가 가져야겠는데."

그 서랍장은 지금도 우리 집에 있다. 누군지 모르지만 우리가 의도치 않게 훔친 서랍장의 주인에게 진심으로 사과드립니다. 이제 막 니스 칠한 서랍장이 대낮에 감쪽같이 사라진 적이 있는 분은 이메일 보내주세요. 보상해 드리겠습니다. 다시 한번 사과드립니다.

어쨌든 기본 가구가 갖춰졌으니 이제는 아기용품을 구해야 했다. 아기용품을 무료 재활용품점이나 거리를 뒤져 찾아낼 생각은 없었다. 암, 안 되지, 안 돼.

나는 소중한 첫 아이를 위해 모든 것이 완벽히 안전하고 깨끗해야 한다는 '초보 엄마'의 욕망으로 똘똘 뭉쳐 있었다.

아기는 특별하고 연약하니까.

데미: 우리가 새 아기용품에 집착했다는 사실을 잊고 있었네. 둘째 태어났을 때는 그렇게 야단스럽지 않았는데. 다 중고품이었잖아. 미안해 라야.

'필수 아기용품' 목록은 인터넷에서 찾아볼 수 있었다.

· 아기 침대 (유럽 안전기준에 맞는지 확인하고 나무 막대 사이 간격도 확인할 것)

· 매트리스 (반드시 새것으로 구입할 것)

· 속싸개 (논란의 여지는 있지만 아기들은 작은 천에 감싸이는 것을 좋아한다. 그래야 잠도 잘 잔다)

· 품질 좋은 젖병 8개

· 유축기 (가격도 상당한 데다 엄마들을 오싹하게 만들 물건)

· 카시트 (출산 전에 확인하고 시험해볼 것)

· 큰 바지 (내 말 믿어라, 이런 게 필요한 날이 온다)

· 아기 잠옷 8벌

· 조끼 8벌

· 외출복 8벌

우리는 돈을 모아 필요한 것들을 샀다.

이제야 신생아를 맞이할 준비가 된 것 같았다.

희고 거대한 아기 침대는 우리의 흉하고 불길한 더블 침대 옆에 끼워 넣었다.

우리는 아기 침대를 정확히 어디에 둘지를 두고 옥신각신했다. 우리 침대 왼쪽에 둘까, 오른쪽에 둘까. 그런 뒤 데미가 침실 벽을 시뻘건 색으로 칠하고 싶다고 해서 또 옥신각신했다. 우유를 찻물 끓이기 전에 넣을지 아니면 끓이고 나서 넣을지를 두고도 실랑이를 벌였다.

데미: 정말 그랬지.

부모가 되면 배우자와 더 *끈끈해진다던데* 우리는 왜 툭하면 티격태격하고 의견이 안 맞는 건지 마음이 불편했다.

어찌 됐든 내가 옳고 데미가 틀렸다.

거짓말 4
입덧이 사라지면 살 만할 것이다

- -

임신 중기를 넘어서면서 내 몸은 미쳐버릴 것 같은 호르몬을 무참히 뿜어댔다. 내 몸이 늙고 쇠약해졌다는 기분을 떨쳐내지 못한 채 나는 원래 성미와 어울리지 않게 굳이 청소하지 않아도 될 집 안 구석구석을 강박적으로 쓸고 닦기 시작했다.

"아기 나올 때 다 돼서 둥지 트는 거야." 사람들이 말했다.

으악.

나도 가방에 작은 강아지를 넣고 다니는 여자가 되고 있는 건가? 그렇다면 시기적으로 그리 반갑지 않은 일이었다. 앞으로 닥칠 시간을 견뎌 내려면 굳건한 논리가 필요할 텐데?

내 몸은 생각이 달랐던 모양이다.

곧이어 감정이 주도권을 잡았다. 논리는 집을 떠났다.

임신 7개월에 접어들었을 때 친절하기 그지없는 사촌이 중고 아기용품을 세 포대나 물려줬다.

인터넷에서는 '아기'에게 필요한 잠옷과 조끼, 외출복이 8벌이면 된다고 했다.

간단하지 않은가?

그러니 나는 이 옷 무더기를 잘 살펴서 필요한 옷들만 추려내고 나머지는 다른 곳에 넘겨야 했다.

예전 같았으면 추려내기 작업을 아침부터 시작해서 오전 9시 반 전에 모든 것을 깔끔하게 정리해 놓았을 것이다. 그렇게 해서 이메일을 확인하고 집필할 시간을 남겨두었으리라.

그런데 내 조직적이고 논리적인 머릿속에서 무슨 일이 일어난 걸까. 머릿속 과학자는 오래전에 떠나 버렸고 그 자리에 질척거리고 감상적인 임산부가 들어앉아 앙증맞은 아기 옷들을 앞에 두고 가슴이 벅차 어쩔 줄 몰라 했다.

8벌을 고르라고? 어떻게 8벌만 고를 수가 있어? 이 깜찍한 신생아용 운동화는 어떡하고? 그래, 실용적이진 않지. 신생아가 걸을 리 없으니까. 그래도 완전 사랑스럽잖아!

이 물방울무늬 여름 원피스는 어쩔 거야. 너무 예쁜데. 아기는 겨울에 태어날 거긴 하지만, 이건 성인 사이즈로 안 나오나?

한 시간 동안 옷들을 꼼꼼히 살피면서 논리적이고 효율적인 예전의 나와, 펄쩍펄쩍 뛰며 희망에 찬 노래를 불러 젖히는 감상적이고 소녀다운 새로운 나 사이에서 줄다리기를 하다가 혼란에 빠졌다.

결국 참을성 하나는 타고난 데미에게 전화를 걸었다.

"나 이거 못하겠어! 옷이 이렇게 많은데 어떻게 8벌만 골라. 반팔도 있고 긴팔에 발까지 감싸는 옷도 있어. 아기 턱받이도 있고 카우보이 옷도 있어. 카우보이 옷은 필요 없겠지. 목록에 없던 거니까. 근데 쟁여두고 싶어, 너무 예쁘잖아!"

호르몬이 날 공격하고 있었다. 어느 때보다 필요한 논리와 능력을 호르몬이 하나둘 벗겨내고 있었다.

내 안에 감정과 감상으로 무장한 소녀티 물씬 나는 여자애가 들어앉아 있었다. 하지만 아직은 그녀를 만날 준비가 되지 않았다.

아기 옷 선택권은 데미에게 넘기고(데미는 카우걸 옷을 내쳤다. 내가 버럭 소리치자 옷을 제자리에 되돌려 놓긴 했지만) 나는 숱한 육아 사이트에서 추천 받은 강박적인 출산 준비 과정에 돌입했다.

한 달 치 음식을 미리 만들어 놓고 신생아용 기저귀와 물티슈를 탑처럼 쌓아 올리고 (별나게도) 집 안의 모든 목재 부분

뿐만 아니라 현관문까지 박박 닦았다.

신생아에게 세균이 위험하다는 글을 읽은 뒤로 나는 집 안 곳곳을 미친 듯이 살균하고 화학약품을 뿌렸다. 카펫 살균제를 검색하고 있는데(맞다, 그런 것도 있다) 제정신을 장착한 데미가 끼어들었다.

"옛날엔 동굴에서 아기 낳고 키우고 다 했어. 안 그래? 동굴 안엔 세균이 득실거린다고. 동굴을 살균할 순 없잖아." 데미가 꼬집어 말했다.

맞는 말이었다. 옛날엔 동굴에서 아기를 낳고 키웠다. 하지만 수천 년 전 일 아닌가. 장담컨대 그 당시에 바위 살균제가 있었다면 어지간한 엄마들은 모두 그걸 썼으리라.

"당신 원래 세균 따윈 신경도 안 쓰는 사람이잖아. 유통기한이 두 달 지난 수프도 3유로씩이나 주고 산 건데 아깝다면서 먹어치우지 않았어? 세균은 조금 있는 게 오히려 좋다고 그랬잖아."

데미 말이 맞았다. 나는 세균 따위 걱정도 안 하던 사람이다. 어떤 청소용품이 어디에 쓰이든 신경도 안 쓰던 사람이다.

하지만 그 당시의 나는 내가 아니었다. 호르몬이 날 장악하고 있었다.

이런 강박적인 행동을 왜 둥지 틀기라 이름 붙인 걸까. 새들이 주변을 미친 듯이 닦거나 자기 발톱까지 살균할 것 같진 않은데.

폭풍이 불어닥치기 전에 곳간을 채워 놓고 단단히 준비해 두지 않으면 모두 쓸려갈 것만 같았다.

아기가 태어난 뒤 무시무시하다는 '첫 세 달' 동안 집 안에 갇혀 지낼 우리 부부의 모습을 그려 보았다. 그 시기만 지나면 내 삶은 다시 정상으로 돌아오리라 생각했다.

정말이다. 진짜 그럴 줄 알았다.

거짓말 5
호흡만 잘하면 된다

- -

요즘에는 다들 자연과 멀리 떨어져 지낸다. 그렇지 않은가? 알고 있었는지 모르겠지만 우리는 자연이라 불리는 잔인하고 불편한 야수의 횡포로부터 안전히 물러나 온도 조절 다되는 작은 상자 안, 차와 집, 사무실과 열차 안에서 생의 대부분을 보낸다.

지금 이 책을 읽는 당신 역시 이런 상자 안에 들어가 있을 것이다. 휴가를 떠나 물가 옆에서 햇살을 받으며 앉아 있는 행운아가 아니라면 말이다. 혹시 그런 행운을 누리고 있다면, 나 대신 시원하게 맥주 한 잔 들이켜 달라.

어찌 됐든 나는 대자연에 대해 한 가지 가설을 세웠다. 대자연은 우리가 이 경이로운 기적의 행성을 줄곧 회피하려 한다는 사실에 격노하는 듯하다.

"이것 보라, 내가 너희를 위해 이렇게 아름다운 숲을 만들어 놓았는데 감사해하지는 못할망정 뭣들 하는 것인가? 너희들은 그저 시멘트 덩어리 안에 들어 앉아 내 필생의 걸작을 형편없이 모방하려고만 하는구나. 찬란한 태양 오렌지 맛 주스? 이게 대체 무엇이란 말이냐?"

그러면서 대자연은 임신과 출산으로 인간에게 보복한다.

"그대여, 이건 피할 수 없을지니!" (이 부분에서 나는 대자연이 백설 공주에 나오는 사악한 마녀 같다고 생각한다.) "너의 숙명을 받아들여라! 자연은 고통이다!"

아이를 낳기 전에는 내가 출산의 고통을 비껴갈 수 있으리라 자신했다. 세상에 처리될 수 없는 문제가 어디 있겠는가? 모든 것은 해결되고 통제된다. 열심히 노력하고 준비만 한다면 말이다.

인터넷을 찾아 봐도 내가 제대로만 하면 고통 없이 출산할 수 있다는 이야기가 수두룩했다.

인터넷에서는 여성들이 이제 편안하게 출산하고 있다고 말했다. 이 사실을 증명하는 유튜브 영상도 어렵지 않게 찾아볼 수 있었다. 영상에서는 하늘거리는 흰색 가운을 입은 평온하고 어여쁜 여성들이 수중 분만용 욕조 안에서 심호흡하고 있었다.

나는 최면 출산에 관한 책도 사서 읽다가 인간이 출산 친화적으로 설계되었다는 사실을 알고 안도했다. 모두 자연스러운 과정이다. 자연은 모든 것을 주도면밀하게 설계한다.

바로 데미를 불러 출산 계획을 짰다.

깜찍한 선택지가 아주 많았다. 결혼식 준비할 때를 방불케했다. 집에서 촛불을 켜놓고 따뜻한 물이 담긴 대형 욕조에들어가 내가 직접 고른 음악을 들으며 아이를 낳을 수도 있었다. 생각만 해도 기분이 좋았다.

더는 못 기다리겠다.

우리는(나는) 결국 '자연이 의도한 대로' 집에서 아이를 낳기로 했다. 쏟아지는 체액에 카펫이 더러워질 것을 대비해 헌수건도 쌓아 놓았다.

나는 심호흡하기, 안정 취하기, 긴장 풀기 등등 책에서 알려준 최면 출산 훈련을 빠짐없이 다 했다. 빅토리아 시대 여성들이 축축한 골목에서 진통제 하나 없이 아기를 낳았다는 멋진 최면 출산 이야기를 쉼 없이 떠올렸다.

많은 여성들이 이런 출산법에 마음을 빼앗겼고 나도 그랬다. 고통 없이 금방 끝날 거야. 그렇고말고.

정말일까?

데미: 이쯤부터 나는 이미 출산이 쉽지 않을 거라 짐작하고 있었어. 내 친구 한 명이 얼마 전에 아빠가 됐는데 뭐에 홀린 사람처럼 눈에 초점이 없더라고. 흡입 컵이 어떻고 겸자가 어떻고 그런 얘기를 하더라. 내가 키프로스 방위군에 있었잖아. 끔찍한 장면을 목격한 사람의 트라우마가 뭔지 잘 알지.

심지어 나는 데미에게 괜찮다고 말했다. 호흡만 제대로 하면 다 잘 될 거라 했다. 별일 아니라고. 난 강한 여자라고. 매운 음식 먹기 대회에서 3라운드까지 진출했던 거 잊었나? 세상에서 가장 맵다는 캐롤리나 리퍼를 잔뜩 바른 토르티야 칩을 먹고 온몸에 경련이 일어나는 바람에 그만둘 수밖에 없었다.

사실 나는 출산을 고대하고 있었다. 조금만 용기를 내면 고통 하나 없이 끝나리라.

호흡만 잘 하면 된다!

하지만 최면 출산 책 하나로는 병적으로 치닫는 오만 가지 생각들을 내려놓을 수 없었다.

내가 원래 성격을 되찾고 다시 차분한 대지의 여신으로 돌아오려면 아홉 달 이상 걸릴 것이었다. 물론 그 당시에는 이 사실을 알지 못했다.

예정일이 가까워지면서 데미와 나는 유투어스라는 출산 전 강의에 참여했다.

데미: 이제야 알았어. 유투어스(You-to-us), 자궁(Uterus) 이잖아! 똑똑한데.

영국 분만 재단의 강의와 달리 유투어스는 자연분만을 지향하는 조금 더 느긋한 강의로, 바닥에 놓인 빈백에 앉아 진행된다.

첫 수업 시간에 선생님은(조이 워너메이커라는 여자 배우와 정말 똑같이 생겼다) 짐볼 위에서 모의 진통 과정을 보여주었다. 훌륭한 연기로 진통의 전 과정을 보여주었기에 실제 출산이 어떨지 상상해볼 수 있었다.

그 광경을 보고 얼굴이 하얗게 질리는 사람들도 있었다.

아기가 질에서 나오는 장면이 고스란히 담긴 사진도 몇 장 돌려보았다. 정말 가까이에서 찍은 사진이었다.

사진을 보고 한 예비 아빠가 웃음을 터뜨렸다. 아내의 특별한 곳이 반으로 갈라진다는 사실을 전혀 생각해 보지 못했다는, 이 사실을 감당하기 힘들다는 의미가 담긴 신경질적인 웃음이었다.

우리는 진통 중에 호흡하는 법을 익히기 위해 얼음 조각을 움켜쥐었고, 시험 삼아 실제로 진통 가스도 마셔보았다.

재미있었다. 브라이튼 주민이라면 한번 들어볼 것을 강력 추천한다.

다른 예비 엄마들도 자신이 만삭이라는 사실에 나 못지않게 진저리를 치고 있었다. 모두 멋진 사람들이었고 금세 서로 잘 어울렸다. 대화의 핵심 주제는 단연 예정일이었다. 누가 첫 주자인가? 누가 제일 먼저 나올까?

내 예정일도 다가오고 있었다. 이제 준비는 다 끝났다.

어디 한번 해보자.

아기 한번 낳아보자.

다 덤벼.

거짓말 6
40주면 늦은 것이다

- -

예정일이 닥쳤는데 아무 일도 일어나지 않았다.

시간 약속에 철저한 나로서는 충격이었다.

이게 무슨 일이지?

아이가 나왔는지 묻는 지인들의 전화가 속속 걸려 왔다.

나는 딱 잘라 말했다. "아니! 진통의 기미조차 없어. 그런데 아이가 늦은 게 아니야. 방금 검색해 봤는데 예정일에 아이를 낳는 사람은 1퍼센트밖에 안 된대. 그러니까 이례적인건 내가 아니라 그 사람들이야. 40주가 늦은 게 아니라고."

난 참을성과 거리가 먼 사람이다. 성격이 정말이지 심하게 급한 사람이 가만히 앉아서 거북이가 중요한 구급약을 등에 업고 잔디를 건널 때까지 꼼짝 말고 기다려야 된다고 생각해 보라. 예정일이 지났을 때 내가 얼마나 괴로웠을지 짐작이 가는가.

연구 결과를 보면 예정일이 지났다는 개념 자체가 없다고 한다. 모두 병원이 만들어낸 허튼소리란다. 프랑스에서는 42주가 되어도 늦었다고 보지 않는다! 나는 이 사실을 머리로는 다 알고 있었지만 어서 빨리 아이를 낳고 싶었고, 의학 용어로 보자면 예정일이 지난 게 맞았다.

내가 이렇게 조급해 하는 것이 아이를 어서 만나고 싶어 안달이 났기 때문이라 말하고 싶지만, 그건 거짓말이다. 내가 진심으로 기다리는 것은 엉덩이 아플 일 없이 의자에 30분 넘게 앉아 있는 것, 밤에 한 번도 깨지 않고 자는 것, 블루치즈를 크게 한 입 베어 무는 것이었다.

엄마는 거사를 앞두고 관련 책을 집중적으로 파면서 긴장을 떨쳐내라고 일러줬다. 엄마는 쌍둥이(나와 동생)를 낳기 전에 책 한 권 들춰보지 않은 것이 후회가 된다고 했다.

이럴 수가.

쌍둥이가 나오는데 책을 한 권도 읽지 않았다니!

나는 이미 책 열 권은 독파했고 인터넷에 수백 개의 질문을 올렸으며 육아에서 '수면 교육'을 지지하는 깃발도 내걸었다.

내가 좋아하는 육아서는 아기의 하루 일과를 미리 엄격히 계획하라고 주장하는 수면 교육 설명서였다.

이 책은 내가 세 달 만에 아이를 효율적으로 먹고 자는 기계로 만들어서 육아 초보들이 겪게 될 무수한 괴로움을 피할 수 있으리라 약속했다.

완벽하지 않은가.

"아기에게 점심을 먹인 다음에 눕혀서 세 시간 재우고, 그때 일을 할 거야." 내가 말했다.

엄마가 웃었다.

이 수면 교육 책의 제목은 ≪평온하고 사랑스러운 아기 키우는 법(Bringing up Calm Little Darling Babies)≫이라는 현혹적인 말로 꾸며져 있지만 나는 ≪통제광을 위한 육아법≫이라 부르고 싶다. 저자를 모욕할 생각은 추호도 없다. 많은 엄마들에게 저자는 견고하고 타당한 조언을 건네는 구세주 같은 존재였다. 하지만 내가 이 책을 통해 알고자 했던 것은 육아의 어두운 면이었다. 통제광을 위한 육아의 이면에 대해, 미지의 세계에 대한 공포에 대해, '루크, 내가 네 아빠다' 같은 면들에 대해 알고 싶었다.

데미: 당신이 하도 권해서 나도 이 책 읽어 봤잖아. 이 책은 한 문장으로 말할 수 있어. '이 여잔 제정신이 아니다.'

아이가 태어나면 힘든 일은 하고 싶지 않다는 뜻이 아니었다. 힘든 일이 정확히 무엇인지, 언제, 어떻게 닥치는지 알고 싶었다. 수면 교육법에서는 내가 이런 것들을 통제할 수 있다고 확신시켜 주었다.

임신 후기에 접어들었을 때 나는 이미 수면 일정을 다 외워서 마음속으로 예행연습까지 마친 뒤였다. '첫 세 달 동안' 새벽 6시에 일어나서(이건 일도 아니다. 지금도 그러고 있으니까!) 젖 먹이고, 아이가 낮잠 잘 동안 일하고 저녁 9시에 잠든다(조금 지루하긴 하겠지만 평생 그럴 건 아니니까).

아이는 우리 삶에 딱 맞아 떨어질 것이다. 보살펴야 하는 사랑스러운 아이가 곁에 있고, 더 많은 사랑이 우리 삶에 가득하리란 사실만 제외하면 하루하루는 예전과 다름없이 흘러갈 것이다.

이제 적절한 용품을 들이고 준비까지 마쳤으니 나도 육아라는 새로운 세계를 터득하고 제어할 수 있으리라 확신했다. 고된 노력만 들이면 될 일이었다.

나는 '육아 일정표'를 인쇄해 새로 들인 아이 옷장 문 뒤쪽에 붙이면서 내 자신이 기름칠 잘 된 육아 기계가 된 듯한 기분에 조용히 흥얼거렸다.

출산 전에 유축기와 아기용 카시트를 준비해 놓으라는 충고(이건 유용했다)도 그대로 따랐다.

≪통제광을 위한 육아법≫에서는 왜 그렇게 해야 하는지 정확한 이유까지 알려주진 않았지만 나는 책에서 하라는 대로 새로 들인 장난감을 풀어보고 만지작거리는 것이 즐거웠다.

아기가 태어나기 전에 여러 용품의 사용법을 익히는 것이 중요하다는 사실을 지금은 잘 알고 있다. 아이를 낳고 나면 간단한 생각도 그나마 간신히 할 수 있게 된다. '오전 11시에 젖을 먹였으면 세 시간 뒤에 다시 먹여야 하는데, 그럼 몇 시지?', '컵을 어디다 뒀더라?'

나는 아기 시험을 위해 악착같이 공부해 자신 있게 A학점을 기대하는 학생이었다.

물론 처음에는 고될 것이었다. 이미 찾아 본 사람은 알겠지만 육아 일정표는 정말 무자비하게 짜여 있다. 샤워하는 시간, 망설이는 시간, 스타벅스로 향해 핫 초콜릿을 양껏 마시는 시간은 포함되지 않았다.

아이 수면 교육 일정표를 아직 본 적이 없는 사람들을 위해 일부 소개하자면 이런 식이다.

AM 6:30 - 유축기로 모유를 짜낸 뒤 큰 컵으로 물 한 잔 마시기

AM 7:00 - 먹이기

AM 8:10 - 아침 먹고 다시 큰 컵으로 물 한 잔 마시기

AM 8:30 – 유축기 씻고 소독하기

AM 9:00 – 옷 입히고 나도 옷 입기

AM 9:30 – 자극하기

AM 11:00 – 먹이기

AM 11:30 – 점심 준비

PM 12:00 – 큰 컵으로 물 한 잔 마시기

PM 12:10 – 재우기

PM 12:30 – 점심 먹고 샤워, 집 청소, 아침 먹은 그릇 설거지

PM 2:00 – 먹이기

PM 2:30 – 재우기

PM 5:00 – 먹이기

PM 5:30 – 목욕시키기

PM 6:30 – 먹이기

PM 7:00 – 재우기

PM 7:30 – 저녁 먹기

PM 8:00 – 엄마도 꿈나라로

저녁 준비할 시간은 없을 테니 세 달치 음식을 미리 만들어 얼려둘 것!

하지만 현실은 다음에 더 가깝다

AM 6:30 - 어두컴컴한 방 안에서 혼자 모유를 짜낸다. 유축기의 윙윙거리는 소리가 단잠에 취한 배우자를 뒤척이게 한다.

AM 6:45 - 아이가 꿈틀거리기 시작한다. 당황하기 시작! 젖 먹이는 시간은 7시인데! 불안한 마음으로 아이를 지켜본다. 아이의 작은 울음소리를 언제까지 참아낼 수 있을지, 언제쯤 아이를 안아 일으킬지 고심한다.

AM 7:00 - 해냈다! 7시까지 모유 먹이지 않는 데 성공! 아이가 모유를 먹는 사이, 미칠 듯이 목이 말라온다. 아이가 젖을 얼마나 더 먹을지 몰라 내내 괴로워한다. 젖을 너무 빨리 빼면 아이 배가 덜 찰지도 모르니 고민한다. 왜 아이 배는 투명하게 되어 있지 않은 건가? 그래야 배가 다 찼는지 볼 수 있을 텐데! 아, 저기 물컵에 손이 닿을 수 있을까? 닿나? 아니다, 안 닿는다. 제길. 컵을 엎어 버렸잖아.

AM 7:15 - 아이가 더 이상 먹지 않는다. 일정표대로라면 30분은 먹어야 하는데. 벌써 배가 부른 건가? 모유가 다 떨어졌나?

AM 7:16 - 불안한 마음에 두근거리는 가슴으로 아이 옷을 갈아입힌다.

AM 7:30 - 남편이 꼭 안아줘서 기분이 한결 나아진다. 물도 한 잔 갖다 줬지만(참 자상한 남편 아닌가!) 지금은 목이 마르지 않아서 신경을 끈다. 얼마 뒤 그게 실수였다는 걸 사무치게 느낀다.

AM 7:45 - 아직도 옷 안 갈아입었나? 샤워 먼저 해야 하는데 피곤하다. 아, 그래도 샤워해야 되는데. 안 한 지 며칠 됐는데.

AM 8:10 - 달달한 탄수화물을 닥치는 대로 욱여넣는다.

AM 8:30 - 씻지 않은 유축기를 보고 있는 힘껏 증오를 쏟아낸다. 간호사나 조산사가 되기는 애초에 글러먹었다는 사실을 다시금 깨닫는다.

AM 9:00 - 물려받은 온갖 아기용품과 '저거 우리 아가가 입으면 정말 예쁘겠다!'는 충동이 일구어낸 소비의 결과물을 하나하나 살피며 아이가 입을 옷을 추려내려 애쓴다. 그러다 언제나 같은 결론에 이른다. 뭐가 됐든 깨끗하고, 입히고 벗기기 편한 옷으로 당첨.

AM 9:30 - 아이가 왜 울지? 배고픈가? 혹시 모르니 다시 한번 젖을 물려야겠군.

AM 11:00 - 아이 젖을 먹인다. 벌써? 방금 먹였잖아! 목말라, 살려줘. 물이 어디 있지? 손이 안 닿아. 으악! 아이 밑에 깔렸어.

AM 11:30 - 아이가 먹다가 잠들었다. 이런 건 일정표에 없는데. 12시까지는 자면 안 되는데. 깨워야 되나? 무슨 바보 같은 소리. 이럴 때 밀린 드라마나 보자.

PM 12:00 - 마시려 했던 물컵이 눈에 들어온다. 그런데 지금은 딱히 목이 안 마르다. 핫 초콜릿과 초콜릿 한 줌으로 대신한다.

PM 12:10 - 아이가 아직 자고 있다. 아아, 세상 평화롭네. TV나 더 봐야지.

PM 12:30 - 달달한 탄수화물을 더 먹으면서 쌓이고 쌓인 일거리를 노려본다. 알아서 설거지해 주고 세탁해 주는 현대 사회의 집안일 동반자가 있음에 감사한다. 옛날 우리 엄마들은 이 많은 일들을 어떻게 혼자 다 했을까?

PM 2:00 - 아이가 아직도 잔다. 지금쯤 젖을 물려야 하는데. 아이를 깨워보려 하지만 꿈쩍도 안 한다.

PM 2:30 - 아이가 계속 잔다. 나는 TV를 더 본다. 남편이 내가 쉬고 있으니 보기 좋다, 어느 때보다 예뻐 보인다며 필요한 것이 있는지 묻는다. 차 한 잔이나 초콜릿 케이크 갖다 줄까? 남편에게 목소리나 낮추라고, 그리고 '내가 쉬고 있으니 보기 좋다'는 건 대체 무슨 뜻이냐고 따진다. 내가 게으르다는 건가? 뻔뻔하기는!

PM 5:00 - 아이가 깼다! 젖을 먹인다.

PM 5:30 - 아이가 쉬지 않고 계속 운다. 아이를 달랠 방법이 없다. 고문이 시작된다.

PM 7:00 - 아이를 재우려 하지만 아이는 소리 지르면서 계속 안겨 있으려고 한다. 누우려 하지를 않는다.

PM 7:30 - 아이를 둥가둥가 흔들면서 라자냐를 데워 먹는다. 남편과 교대로 한다. 그런데 남편이 제대로 못한다. 만성 수면 부족으로 스트레스가 최고치인 상태에서도 확실히 알 수 있다. 됐어, 나한테 줘. 그렇게 하면 어떡해!

PM 8;00 - 드디어 아이가 잠들었다.

PM 9:00 - 아이가 깼다. 먹인다.

PM 11:00 - 아이가 깼다. 먹인다.

AM 3:00 - 아이가 깼다. 먹인다.

AM 5:00 - 아이가 깼다. 먹인다.

신생아 시기는 조금 지루하겠지만 세 달만 버티면 되니 그럭저럭 잘 감당해낼 것이다.

잘하면 두 달로 끝날 수도 있지 않은가.

훌륭하다.

그럼 난 다시 예전으로 돌아갈 수 있다. 아이는 계속 둘러안고 있겠지만(소란을 피울 일도 없고 머리카락도 더는 안 빠지겠지).

아이도 버스는 탈 수 있지 않은가? 비행기도?

내가 효율적인 육아 일정표와 앞으로의 계획에 대해 떠들자 엄마가 실컷 웃으면서 불길한 말들을 쏟아냈다. "너도 곧 알게 될 거야.", "아기를 7시부터 재운다고! 아기가 그렇게 갑자기 잔다니! 하하하! 거기다 하나 덧붙여야겠네. '두 시간 동안 아이 흔들기'라고!"

엄마가 뭘 알겠는가? 쌍둥이를 낳아 기른 몸이다. 그렇게 고통스러웠던 시절을 기억이나 할 수 있겠는가.

엄마는 아기를 낳고 1년 동안 차라리 감옥에 가는 게 낫겠다는 생각을 했다고 늘 말했다. 감옥에서는 적어도 차 한 잔 마실 여유는 있을 테니 말이다. 요즘에도 길을 가다가 쌍둥이 엄마를 보면 대뜸 그들을 막아 세우고는 가련한 손을 붙잡고 말을 건넨다. "나도 겪어봐서 잘 알아요. 정말 끔찍하죠?"

아빠는 우리의 신생아 시절이 정말 힘들었는지 그때의 기억을 깡그리 지워버렸다. 신생아가 얼마나 자주 먹느냐고 물으면 아빠는 이렇게 대답했다. "정말 많이 먹어. 하루에 한 번은 먹지."

짐작하겠는가? 기억 자체가 사라진 것이다.

물론 1970년대에 육아는 고된 일이었다. 모든 것이 자극적인 주황색 천지였고 1회용 기저귀도 없을 때였다. 게다가 그 당시에는 ≪통제광을 위한 육아법≫ 같은 책도 없었다.

예정일에서 1주일하고 반이 지나자 조산사가 안달이 났다. 내진, 일명 '휘젓기'를 해 보자며 나를 불렀다.

'휘젓기'라니, 이 얼마나 꾸밈없는 단어인가!

조금만 '휘저어'도 일이 금세 진척된다.

이 단어는 산모들의 불쾌함이 드러나는 산부인과 용어 중 하나다. 그 밖에 꾸밈없이 들리는 단어를 꼽자면 '유도분만용 좌약', '흡착기', '머리 출현' 등이 있겠다.

이전까지 나는 휘젓는 게 뭔지 감도 잡지 못했다. 조산사가 종이로 감싼 탁자 위에 나를 눕히더니 내 질을 고무줄처럼 잡아 늘이기 시작했다. 순진하게도 나는 이 검진이 세심하게 진행되리라 예상했지만 분만의 세계에서 질은 결코 조심스럽게 다루어지는 기관이 아님을 그제야 알게 되었다. 질은 더 이상 몸의 흥미로운 일부가 아니라 조만간 찢겨져 열리고 꿰매어질 질기고 유연한 물건에 불과했다.

휘젓기가 끝난 뒤, 조산사는 산모 대다수가 내진을 받고 24시간 안에 분만한다고 일러주었다.

"그 사람들은 어쨌든 진통이 조만간 시작될 거였잖아요. 예정일이 훨씬 지난 산모들을 내진한 거니까요."

"누가 알겠어요? 출산은 신비로운 거예요. 아직도 무수한 연구가 필요한 분야죠. 그래도 단단히 준비하세요. 파인애플이랑 매운 카레도 먹어 두고요. 그거 먹고 진통이 시작됐다는 산모 분들 많아요."

"그것도 그 산모들이 예정일이 지나 진통할 때가 되어서 그런 거 아닌가요?"

"누가 알겠어요?"

예정일에서 2주가 지나자, 병원에서 유도분만을 결정했다. 그리 기쁘지는 않았다. 그동안 유도분만에 대해 무시무시한 이야기를 많이 들은 터였다. 병원에서도 유도분만이 더 아프다고 할 정도였다. 시간도 더 길어지고, 심하면 의료 '개입'으로 이어진다고 했다(말만 들어도 아플 것 같다).

하지만 그날이 닥치기를 몇 주 동안 기다리고 '아기가 나왔는지' 묻는 지인들의 악의 없는 전화를 수도 없이 받고 나니 느긋하고 게으르고 설계도 형편없는 대자연은 이제 질리게 맛보았다는 생각이 들었다.

"유도분만 하자. 유도분만 때문에 아픈 것쯤은 견딜 수 있어. 출산은 호흡만 잘하면 된다잖아. 그저 호흡만 하면 된대." 나는 데미에게 말했다.

유도분만일 전날 밤, 근사한 저녁 식사를 하기 위해 데미와 함께 뒤뚱거리며 시내로 향했다. 말 그대로 최후의 만찬이었다. 장소는 물론 카레 식당이었다. 욕 나오게 매운 카레를 먹으면 출산도 순조로우리라 확신했다. 정말이지 절대적으로 확신했다.

데미에게는 말하지 않았지만 유도분만일을 잡은 건 이중속임수였다. 나는 긴장을 풀고 내 몸에게 출산일을 알려주면 그날 밤, 몸이 스스로 움직여서 출산 준비에 돌입할 것이라 생각했다. 주변에서 그런 얘기를 많이 듣기도 했다.

"한동안 제대로 즐길 수 있는 마지막 저녁이 될 거야." 공포 영화가 시작할 때 들릴 법한 불길한 목소리로 엄마가 말했다.

"제대로 즐긴다고? 난 몸이 불편한 임산부야. 요실금 증상도 살짝 있고 아무리 편한 자세도 30분 이상 유지하기 힘들다고. 그리고 카레 먹으면 속 쓰리다니까. 아기가 태어나면 더 제대로 즐길 거야. 아기는 오늘 밤에 태어날 거고. 제일 매운 카레 시켜서 칠리소스 팍팍 뿌려 먹어야지. 디저트로 파인애플도 먹을 거야."

거짓말 7
매운 음식과 파인애플이 출산에 좋다

- -

'최후의 만찬'으로 불타는 카레와 파인애플 한 통을 다 먹어 치운 뒤, 나는 일찌감치 잠자리에 들어 진통이 시작되기를 기다렸다.

아무 일도 없었다.

배탈만 났다. 속이 더부룩했다. 진통은 수줍은 아가씨처럼 결국 제 얼굴을 드러내지 않았다.

그걸로 끝이었다.

다음 날 아침, 유도분만을 하기 위해 데미와 버스를 타고 병원으로 향했다.

아기를 만날 시간이었다. 순진했던 나는 유도분만이니까 아이가 빨리 나올 것이라 생각했다. 길어야 12시간이겠지.

점점 마음이 들떴다. 낭만적이었다. 차창 밖으로 지나쳐 가는 도시 풍경을 바라보다가 문득 아쉬워지기도 했다. '이제 세상은 지금과 전혀 다르게 보이겠지. 오늘 우리 아이를 만나는 거야.'

뒷부분은 잘못 짚었다.

아이는 오늘 나오지 않을 것이었다. 하지만 그 당시의 시적인 순간에는 머지않아 공포가 닥치리라는 생각을 꿈에도 하지 못했다.

분만 병동에서 우리는 '유도분만' 구역으로 안내되었다.

유도분만의 희생자들이 피곤에 지친 잿빛 얼굴로 비틀거리며 돌아다녔고, 진통 중인 여성들의 짐승 울음에 가까운 신음 소리가 배경음악처럼 들려왔다.

분만 병동 안쪽 어딘가에서 한 여성이 꽥 비명을 질렀다.

"수박이 나오는 것 같아!"

조산사는 도착하자마자 커튼을 치고 언제나 그렇듯 내게 속옷을 벗으라고 했다.

"좌약 넣을 거예요." 조산사가 말했다.

"무슨 좌약이요?"

"유도분만용 좌약이죠."

"유도분만이 그게 다인가요? 몸 안에 약 넣는 거?"

"맞아요."

실망이었다. 뭔가 더 전문적인 것, 주사기나 링거 같은 것이 있을 줄 알았는데.

조산사는 흰색 탐폰처럼 생긴 것을 내 질 안에 밀어 넣고는 돌아 나가면서 어깨 너머로 툭 내뱉었다. "몇 시간 동안은 진통이 없을 거예요. 그동안 잠을 자 둬요. 등 대고 눕지는 말고요. 그건 위험하니까."

분만실을 가로지르는 날카로운 비명과 신음 소리 속에서 잠을 청하려 했지만 쉽지 않았다. 전쟁 통에서 한숨 붙이려는 것이나 다름없었다.

데미는 거사가 시작될 때까지 기다리는 동안 병원을 둘러보자고 제안했다.

"그게 좋겠다. 음식점이 뭐가 있나 보자. 서브웨이 샌드위치도 있고 스타벅스도 있다던데."

이것도 아이 없는 사람들이나 누릴 수 있는 작은 기쁨이었다.

주변을 돌아다니다가 스타벅스를 발견한 우리는 점심으로 먹을 만한 게 뭐가 있는지 확인하면서 위층에서 보고 들은 끔찍한 장면들을 잊으려 애썼다.

나는 안 그럴 거다. 잘 해낼 거다. 차분히 심호흡만 하면 다 되는 거다.

크림 듬뿍 얹은 특대형 핫 초콜릿과 토피넛 라테를 마시고 나자 배 속에서 강력한 파도가 몰아쳤다. 나는 그대로 가만히 앉아 있어야 했다. 파도는 1분 남짓 지속되다가 전혀 불편하지 않은 상태로 가라앉았다.

나는 이것이 진통이구나, 천진하게 짐작하면서 (최면출산 책에서 조언한 대로) 참 '흥미로운 느낌'이라 부르기로 했다.

다행이네.

그래, 그렇게 심하지 않을 줄 알았다니까.

얼마 뒤 파도가 다시 들이닥치고, 또 닥쳤다.

그 뒤에 무슨 일이 있었는지는 기억나지 않는다. 시간은 더 이상 익숙한 모습으로 순탄하게 흘러가지 않았고 서로 어울리지 않는 순간들만 토막토막 이어졌다.

그저 침대 주변을 서성거리다가 눈앞에 섬광이 번쩍이고 카우보이 모자처럼 생긴 구토 봉투에 토하고 토피넛 라테에 2.7유로, 크림 듬뿍 올린 핫 초콜릿에 2.9유로를 써 버렸다는 사실에 수치심을 느낀 것만 기억난다.

데미: 난 당신이 토한 종이 카우보이 모자를 무릎 위에 한 시간 동안 올려놓고 있었어. 그러다가 창턱에 뒀나봐. 근데 조산사가 난데없이 나타나더니 의료용 폐기물을 온당치 않게 처리했다면서 어찌나 소리를 지르던지.

어느새 밤이 됐다. 불길한 시간이었다.

내가 데미에게 이렇게 말한 기억이 난다. "아기 밀어낼 때까지 한 시간밖에 안 남은 거지. 평균 진통 시간이 12시간이라던데. 나도 12시간 되지 않았어? 내가 뭐든 후딱 해치우잖아."

조산사가 들어왔다.

"아기 나오려면 얼마나 남았어요? 시간 좀 알려주실 수 없나요? 정확할 순 없다는 거 아는데, 그래도 대략 언제쯤인지 알려줄 수 없어요? 지금 몇 퍼센트 진행된 건가요?"

"아직 시작도 안 했어요." 조산사가 말했다.

"시작을 안 했다고요? 이게 어떻게 시작이 아닐 수 있어요? 진통을 하루 종일 하고 있는데!"

"그건 진통이 아닙니다. 유도분만 좌약 때문에 가진통이 온 거예요. 아직 아무 일도 일어나지 않았어요. 자궁이 하나도 안 열렸어요."

"그럼 언제 열리나요?"

"며칠 걸릴 수도 있어요."

"며칠이라고요? 이렇게 며칠씩 아플 순 없어요. 잠은 어떻게 자라고요?" 나는 공포에 질려 횡설수설했다.

"잠은 못 잘 겁니다. 진통 시작하면 더 그럴 거고요. 그때 되면 정말 아프거든요." 조산사가 사무적으로 말했다. 조산사는 고무장갑을 벗고 종이 카우보이 모자를 세 개 더 건넸다. "상태가 정말 안 좋아지면 더 토할 거예요. 시트에 안 묻게 조심 좀 해 줘요. 세탁이 힘들거든요. 토사물 묻은 건 세탁업체에서 수거하지도 않아요."

"지금 무통 주사 맞을 수 있나요?" 내가 물었다.

"안 돼요."

그거 아는가, 롤러코스터가 힘차게 올라가고 올라가다가 절벽을 앞에 두고 멈춰 섰을 때, 눈물 찔끔 나는 수직 하강의 공포를 온전히 감당해야 하는 그 순간의 느낌 말이다. 그 당시 내 기분이 그랬다. 내 힘으로는 빠져나갈 도리가 없는 거대한 금속 막대 밑에 깔린 채 공포를 마주하는 느낌이었다.

그럴 때 무서운 것은 고통이 아니다. 탈출구가 없다는 사실이, 벨트에 꼼짝없이 묶여서 빠져나갈 수 없다는 사실이 극강의 공포로 다가온다.

나에게는 유도분만이, 엄마로 유도되는 과정이 그랬다. 이 모든 것이 앞으로 닥칠 피할 수 없는 두려움과 책임감을 마주하기 위한 훈련 같았다.

출산이 나를 변화시키고 있었다. 나는 파티로 점철된 과거를 뒤로하고 진정한 어른으로 거듭나고 있었다. 그때는 그 사실을 알지 못했지만.

거짓말 8
출산은 그렇게 나쁘지 않다

'진진통 아닌 진통'의 시간은 긴긴밤에도 계속됐다. 끝도 없이. 끈질기게.

날이 밝자 조산사가 들어와 늘 그렇듯 이리저리 쑤석대고 아기의 심장박동을 확인했다.

역시 아직도 진통이 아니라는 나쁜 소식만 들려주겠거니 생각하며 기다리고 있는데 아무 말이 없었다. 조산사의 얼굴에 걱정스런 표정이 스쳤다.

갑자기 모든 조명이 켜졌다.

의사가 들어왔다.

"안녕하세요, 퀸 부인. 걱정하실 것 없습니다. 다만 태아의 심장박동이 느려지고 있어서 사망할 우려가 있습니다."

워워.

안 그래도 기분 뭣 같은데 지금보다 더 안 좋아질 거라고 누가 상상이나 했겠는가?

나는 '퀸 씨'가 아닌 '퀸 부인'이라 불렸다는 사실에 짜증이 치밀었지만 상황이 심각하니 이번만큼은 조용히 넘어가기로 했다.

의사는 제왕절개를 제안했다(엄밀히 말하면 제왕절개를 해야 된다고 '알린 것'이었지만 제안했다고 해두자).

"제왕절개라고요? 그러니까 제 배를 갈라서 아기를 꺼낸단 말인가요?" 내가 말했다.

"맞습니다."

"해 보죠."

내 말이 떨어지기 무섭게 의료진은 나를 침대에 눕혀 곧바로 수술실로 데려가 척추에 마취 주사를 꽂았다. 그런 뒤 나에게 찬물을 뿌려서 마취 효과가 있는지 확인하고는 거대한 인간용 주걱 같은 것으로 나를 떠서 수술대 위에 올려놓았다.

데미: 나도 수술실로 안내받고 손을 벅벅 문질러 닦았어. 얼마 뒤에 의사처럼 등장했지. 연무만 없었을 뿐이지 무슨 쇼

프로에 나가는 것 같더라니까.

데미는 우스꽝스런 초록색 수술용 마스크를 쓰고 나타나 자기가 조지 클루니 같지 않냐며 어이없는 농담을 던졌다.

의사가 배 쪽에 어떤 '느낌'이 들 거라고, '누군가가 배 속을 씻어내는 듯한 느낌'이 들 거라고 말했다.

하하하.

배를 가리는 작은 천이 세워진 덕분에 수술 과정을 눈앞에서 지켜보는 공포는 면할 수 있었다.

한참 동안 무언가를 잡고 끌어당기는 느낌이 들더니 피가 덕지덕지 묻은 거대한 구운 감자가 내 가슴께에 올려졌다.

아기다! 쪼글쪼글하고 성난 얼굴에 입술이 빨간 아기!

나는 이 자연의 기적을 가만히 바라보았다. 이제 이 아기를 어떻게 해야 하지?

내 속마음을 읽었는지 아기가 알아서 알려주었다. 대차게 울기 시작했다.

의사가 간호사에게 고개를 끄덕이자 우리는 신속히 복도로 쫓겨났다. 그렇게 우리는 꽤 오랫동안 버려져 있었다. 일반적인 기준으로 봐도 지나치게 오래였지만 크게 개의치 않았다.

나는 이미 렉시에게 흠뻑 빠져 버렸으니까.

호르몬이 몰고 온 해맑게 노래하는 인형이 다시 나타났다.

진통제 때문이리라.

큰 수술을 받았고 아기를 책임져야 하는 왕초보 엄마가 되었다는 것 모두 엄청난 일이었지만 그 순간에는 모든 게 괜찮았다. 말했듯이 진통제가 최고다.

데미는 옆에 있다가 어느 순간 사라지기를 반복했다. 왜 그랬는지는 지금도 모르지만 아무래도 상관없었다.

데미: 당신이 집에 가서 제대로 된 침대에서 자고 양가에 연락 돌리고 페이스북에 사진 올리고, 올 때 도리토스랑 핫초콜릿 사 오라고 했잖아.

모든 것이 사랑스러웠다.
얼마 뒤 진통제의 효험이 서서히 사라지기 시작했다.

거짓말 9

모유가 최고다

나는 출산하기 전에 이것 하나는 결정해야 된다고 생각했다. 모유수유를 할까 말까?

사실을 말하자면 내가 결정한 것이 아니었다. 나는 모유수유를 해야 한다는 엄청난 사회적, 의학적 압박에 시달렸다.

나는 의학적인 이유로(아이가 젖을 물지 않는다거나 모유가 제대로 나오지 않는다는 등) 아무 죄책감 없이 모유수유를 하지 않아도 되는 운 좋은 엄마가 아니었다. 모유수유를 간절히 원했는데 할 수 없게 된 사람들이 있다면 미안하다. 하지만 궁극적으로 당신들은 최악의 상황을 모면한 셈이다.

렉시가 태어난 순간부터 나는 아이에게 젖을 물리려고 했다. 말 그대로 아이가 태어난 직후에 말이다. 의료진은 내 배를 갈라 열어젖힌 뒤 아이를 내 가슴께에 올려놓았고 나는 곧바로 가슴을 꺼내 아이의 입에 젖을 물리려 했다.

젖병으로 분유를 먹인다는 생각은 해보지도 않았다. 나 역시 모유가 최고라는 생각을 수년 동안 주입받은 터였다.

수술실 밖 복도로 나온 뒤에도 나는 계속해서 렉시에게 젖을 물리려 애썼다. 드디어 아이가 젖을 물었을 때의 그 기쁨이란.

지나가던 조산사들이 격려의 말을 건넸다. "오, 아들이 젖 먹을 줄 아네!"

"딸이에요!" 부산스레 지나가는 그들을 향해 나는 쾌활하게 말했다.

드디어 나는 산후 병동으로 옮겨졌다. 병동에 도착할 때 즈음, 척추에 꽂은 무통 주사의 효험이 사라지기 시작하면서 내 배가 불과 몇 시간 전에 열렸다 닫혔다는 사실이 통렬하게 실감됐다. 게다가 나는 이제 작은 아기를 책임져야 했다.

걱정스러웠다.

그 전까지 나는 큰 수술은 물론 입원 치료 한 번 받아본 적이 없었다. 더군다나 갓난아기처럼 모든 면에서 도움이 필요한 연약한 존재를 돌본 적도 없었다.

불안이 밀려오기 시작했다.

나는 조산사에게 질문 공세를 퍼부었다. "아기가 모유를 먹고 있는지 아닌지 어떻게 알아요? 측정하는 방법이 따로 있나요? 엑스레이로 아기 배 속을 찍어볼 수 있나요? 잠을 너무 많이 자는 건 아닌가요? 지금부터 아기의 수면 시간을 관리해야 하나요? 모유는 한쪽 가슴으로만 먹이나요, 아니면 양쪽 다 먹이나요?"

다 필요한 질문 아닌가.

조산사들은 하나같이 어정쩡하고 모호한 답변만 늘어놓았다. "아이가 하는 대로 따르세요."라거나, 심하게는 내가 묻지도 않은 질문에 보편적인 진리를 갖다 붙이며 대답하기도 했다. "아기는 괜찮을 거예요. 사람은 다 생존하도록 만들어졌잖아요."

그나마 유일하게 유용한 조언은 불길한 것이었다. "젖을 너무 오래 물리지는 말아요. 그러면 엄마가 말도 못하게 아프니까."

맞는 말이었다. 모유수유를 시작하고 하루가 지났을 뿐인데 가슴이 아팠다.

발에 물집이 생겼는데도 같은 신발을 신고 계속 걸어본 적 있는가? 내 가슴이 그랬다. 하지만 나는 그 처참해진 신발을 벗을 수가 없었다.

오래전, 인간이 벌거벗은 채 동굴에 살던 때였다면 가슴도 온갖 위험을 맞닥뜨리며 단단해져 있었을 것이다. 아기의 잇몸 공격쯤이야 거뜬히 견뎌냈으리라. 하지만 현대 사회의 생활 방식과 옷, 브래지어 등등으로 꽁꽁 감춰진 우리의 가슴은 한없이 연약해졌다. 내 가슴은 무수한 옷들과 실내 생활로 지나친 보호를 받고 애지중지 키워진 어린 공주였다. 과잉보호된 탓에 약골이 되고 말았다. 본연의 용도에 걸맞지 않았다.

둘째 날이 되었을 때 가슴이 어찌나 화끈거리던지, 가장 무심하던 조산사조차 나를 측은히 바라봤다. 조산사는 소형차 크기만 한 유축기를 끌고 와 내가 큰 고통 없이 모유를 짜낼 수 있게 도와주었다.

30분 유축해서(아픔은 아주 살짝 줄어들 뿐이었다) 나온 모유는 찻숟가락 바닥을 겨우 채울 정도였다.

윙윙거리는 전동 펌프가 내는 기이한 당나귀 소리를 들으며 유순한 젖소처럼 가만히 앉아 있는 내 모습이 볼품없이 느껴졌다.

"솔직히 말하면 모유수유를 하고 싶지 않아요. 가슴이 이미 지독하게 아픈데 점점 더 아파지는 것 같아요." 유축한 모유에 피가 비치기 시작하자 내가 조산사에게 말했다.

"흠, 나을 때까지 기다릴 시간이 없어요. 젖을 계속 먹여야 하잖아요." 조산사가 말했다.

"분유로 바꾸고 싶어요. 이 모든 게 다 끔찍한 실수였어요." 결심을 선언하는 내 목소리가 더욱 커졌다.

"이미 모유수유를 시작한 마당에 그렇게 갑자기 그만둘 순 없어요. 한번 젖을 문 아기들은 젖병을 안 문다고요. 유두 혼동이라고 하죠. 모유가 최고예요. 지금에 와서 마음을 바꿀 순 없어요." 조산사가 말했다.

"아픈 건 언제 멈추나요?" 질문하는 내 눈에 눈물이 그렁그렁 맺혔다.

"일단은 고통이 더 심해질 거예요. 진짜 모유는 아직 나오지도 않았거든요."

"네? 진짜 모유가 아니라고요? 그럼 지금 나오는 건 뭐죠?"

"초유예요. 아기를 굶기지 않으려고 내보내는 식전 모유 같은 거죠."

"진짜 모유가 나오면 어떻게 되는데요?" 내가 물었다.

"그때 되면 아기가 더 오래 먹겠죠. 그러니까… 지금보다 더 아플 거예요."

지금보다 더 아프다고?

맙소사, 야단났다.

모유수유하기 전부터 이리저리 움직인 탓에 내 몸은 이미 망가져 버렸다. 제왕절개 수술을 받고 나서도 나는 차 한 잔을 마시기 위해, 땅콩 초콜릿 봉지를 집기 위해 손을 뻗었다. 볼일을 보겠다는 무시무시한 '시도'를 하기 위해 절뚝거리며 화장실을 찾아갔다.

이제는 화끈거리는 거대한 젖이 조금만 움직여도 밀물처럼 고통이 밀려왔다. 브래지어며 옷은 애초에 벗어던졌다. 나는 병원에서 반라 차림으로 지내야 했다. 다시 민간인 세상으로 내몰리면 난 대체 어떻게 살아가지?

가슴을 드러낸 채 브라이튼 시내를 거닐 순 없었다. 게다가 그때는 겨울이었다.

아기를 갖기 전에 나는 모유수유에 대해 기계적이고 과학적인 생각을 갖고 있었다. 아이가 젖을 물면 모유가 당연히 나올 것이라고, 아이가 배를 채우고 나면 세 시간, 혹은 네 시간까지도 젖을 찾지 않을 것이라고 생각했다.

휴, 아니지, 아니야.

금방 알게 된 사실이지만 현실은 그렇지 않았다.

아이가 젖을 문다. 가슴이 아프다. 아이가 입을 뗀다. 왜 벌써 입을 떼지? 1분도 안 됐는데!

아이가 잠이 든다. 잠에서 깨면 다시 젖 먹는 시간이다. 병원에 도착한 데미는 '이제 막' 젖을 먹였으니 아기를 데리고 산책을 가겠다고 했다.

나는 빽 소리 질렀다. "어떻게 될지 모른다고! 방금 먹긴 했지. 그런데 10분 안에 또 찾을걸. 이제 뭐가 뭔지 모르겠어! 아이 곁을 떠날 수가 없다고! 그리고 너무 아파!"

내 신세를 한탄하고 있는데 옆 침대에 또 다른 산모가 왔다. 10대밖에 안 되어 보이는 이 가련한 산모는 겁에 질려 있었다.

몇 분 안에 조산사가 들어왔다. 소녀의 사방으로 커튼을 쳐서 사적인 질의응답 소리가 밖으로 새어나가지 않게 했지만 사실 작은 소리까지 다 들렸다.

"수유는 어떻게 하실 건가요?" 조산사가 물었다.

"분유?" 소녀가 속임수를 감지하며 초조하게 말했다.

"젖병으로요?"

"네-에?"

"모유수유 안 하시겠다고요?" 못마땅해 하는 조산사의 감정이 목소리에 그대로 묻어났다.

"네."

병실 안의 사람들이 일제히 숨을 크게 들이쉬었다.

"아기에게는 모유수유가 훨씬 더 좋아요." 조산사가 말했다.

"저희 엄마가 그러셨어요. 모유수유가 좋기는 한데 그만큼 힘들 거라고요." 소녀가 속삭였다.

"아, 그렇게 어렵진 않아요. 여러 면에서 젖병보다 수월하죠. 젖병 닦을 일도 없고!" 조산사가 거짓말을 했다.

나는 말 그대로 피 흘리는 가슴을 부여잡은 채 소녀의 옆 침대에 누워서 모든 사람에게 모유수유를 강요하는 것이 과연 온당한 일인지 의문했다.

물론 모유수유를 좋아하는 이들도 있을 것이다. 모유수유를 한다고 모두 다 아픈 건 아니니까. 꿈을 꾸듯 차분한 표정으로 아이에게 젖을 먹이면서 행복해 하는 엄마들도 많이 봤다.

하지만 나처럼 모유수유가 지독하게 힘든 사람도 있다. 이미 지치고 힘겨운 출산을 겪은 사람이라면 더더욱 그렇다.

아기에게 진정으로 필요한 것은 환하게 미소 짓는 행복한 엄마가 아닐까. 아파서 움찔거리며 배우자에게 허구한 날 "맨날 나야! 항상 내 차지라고! 낮이고 밤이고 쉬는 날이 없어! 한숨 돌릴 시간이 없잖아!"라며 소리치는 엄마보다 말이다.

악역 담당 조산사가 떠난 뒤 나는 옆자리 소녀에게 속삭였다. "잘했어요. 결정은 스스로 하는 거예요."

소녀는 울기 시작했다. "잘할 수 있을지 모르겠어요. 제가 너무 어려서요."

"나이는 상관없어요. 지금 여기 있는 엄마들도 자기가 무얼 하고 있는지 전혀 몰라요. 서른 가까이 된 나도 겁나는 건 마찬가지예요."

사실이었다. 병원을 떠날 시간이 가까워지니 더욱 그랬다.

자격을 갖춘 조산사들이 든든히 지키고 있는 곳에서 무능한 것과, 수술 자국도 채 아물지 않은 몸으로 진통제 하나 없이 홀로 남겨진 집에서 무능한 것은 전혀 다른 문제였다.

거짓말 10

무엇이 필요한지 아이가 알려줄 것이다

- -

병원에서 사흘을 보낸 뒤, 조산사들은 내가 어느 정도 회복
되었으니 렉시를 집에 데려갈 수 있겠다고 결정했다.

이 중차대한 문제를 그들은 간단한 질문 하나로 판단했다.
"대변 보셨나요?"

네, 그랬죠.

정확히 말하자면 나는 그날 아침 비틀거리며 화장실로 들
어가 내 생애 가장 긴 방귀를 뀌었다. 내 몸 안에 그렇게 많은
공기가 들어차 있었다니 믿기지 않았다. (복부 수술을 받아본
사람이라면 내가 무슨 말을 하는지 바로 알 것이다.) 그리고

한참 망설이다가 우연히 변의를 느끼고 변기에 매달리다시피 앉아서 내 내장이 모조리 쏟아지는 건 아닐까 공포에 떨며 일을 치렀다.

나는 집에 갈 만큼 좋아지지 않았다. 눈곱만큼도 좋지 않았다. 돌아누울 때마다 내장이 떨어져 나갈 것 같았고 모유수유 때문에 가슴이 화끈거려서 여전히 반라 차림으로 누워 있었다.

하지만 병원은 빈 침대가 필요하니 가긴 가야겠지.

"걱정하지 마세요. 다 괜찮을 겁니다. 무엇이 필요한지 아이가 다 알려줄 거예요." 조산사가 말했다.

렉시를 집으로 데려간다는 사실만으로도 기쁜 하루가 되어야 하는데 난 도통 즐길 기분이 나지 않았다. 온통 잿빛인 지독한 겨울 날씨가 내 기분을 그대로 대변하고 있었다.

(작가들은 대부분 날씨에 집착한다. 휘몰아치는 음산한 바람, 한껏 퍼붓는 잿빛 빗줄기. 작가들이 원래 허세 하나는 끝내주는 집단인데 나 역시 예외는 아니다.)

사방이 살균되어 있고 효과 좋은 진통제가 있고 깨끗이 쓸고 닦은 바닥이 있는 이 좋은 병원을 떠나라고? 전문 기술을 갖춘 조산사와 의료진이 없는 곳으로 떠나라고? 우린 어떻게 살아남으라고?

물론 렉시는 솜털 보송보송한 머리와 작은 손발 하나하나까지 끔찍이 사랑스러웠다. 아이를 바라보기만 해도, 꼭 껴

안고만 있어도 좋았다. 하지만 아직도 나는 무참히 아팠고…
무서웠다.

내 얼굴에는 초보 부모들에게서 많이 보이는, 녹아내릴 듯
사랑스러운 표정이 없었다. '이 귀중한 새 생명에 흠뻑 빠져
버렸어'라고 말하는 눈빛에 '조금 피곤하지만 행복해 미치겠
어'라고 말하는 듯한 미소가 뒤섞인 표정 말이다.

거울 속에 비친 내 얼굴은 공포영화 속 힘없는 여주인공의
모습이었다.

나는 공포에 질려 있었다.

이 아기를 어떻게 보살펴야 할지 감이 잡히지 않았다. 렉시
는 자신에게 무엇이 필요한지 입도 뻥긋하지 않았다. 그저 울
어 젖힐 뿐이었는데, 그럼 어떤 뜻이든 다 되는 것 아닌가.
배고픈지, 불편한지, 아니면 아빠가 아기용 축구 유니폼을
입혀서 화가 났는지 누가 알겠는가?

데미: 당신도 그 옷 마음에 든다고 했잖아.

학교에도 그런 선생님 있지 않은가? 학생들에게 시달릴 대
로 시달려서 대꾸할 힘도 남지 않은 선생님, 그 사람 앞에서
는 까불어도 된다는 사실을 전교생 누구나 알고 있는 그런 선
생님(죄송합니다, 선생님) 말이다. 그때 내가 그랬다.

나는 압도당하고 혹사당하고 겁에 질려 있었다.

이 야생 세계에서 어떻게 살아남지?

병원을 떠날 시간이 다 되어 부모님이 찾아왔다. 그동안 세계주의자로 살아온 터라 차가 없었던 우리 부부와 갓난아기를 집까지 태워 주겠다고 온 것이었다.

이렇게 다정할 수가.

부모님이라면 렉시의 뜻 모를 울음을 해석하는 데 도움이 될지도 몰랐다. 아기가 던지는 암호를 풀고 제대로 의사소통해서 뭐가 어떻게 잘못된 건지 알게 될지도 몰랐다.

아기를 갖기 전까지만 해도 내 삶이 부모님의 삶과 겹치는 일은 거의 없었다.

우리는 사는 동네도 달랐고 아는 사람도 달랐고 관심사도 달랐다. 거의 모든 것이 달랐다.

영국의 역사 도시를 찾아가 저 성이 정확히 언제 지어졌는지 곰곰이 생각해 보고 향 좋은 차 한 잔에 버터 듬뿍 든 케이크를 즐기는 것은 내 취향이 아니었다. 부모님 역시 일렉트로닉 음악에 함성을 지르고 자갈돌이 깔린 브라이튼 해변에서 맥주를 마시거나 음악 페스티벌에서 실험적인 칵테일을 마시는 것을 즐기지 않는다.

부모님은 내 고향인 에식스주 콜체스터에 살고 있다. 로마 시대의 진귀한 성곽과 성으로 둘러싸인 아름답고 역사적인 장소로, 다큐멘터리 〈에식스 여성들은 문란한가?〉의 소재를 제공하기도 했다.

반면 브라이튼에는 로마시대 성곽 같은 것이 없다. 그저 별나고 다채로운 골동품 가게와 채식주의 식당, '사무실' 같은 역설적이고 멋진 이름을 내건 술집들이 즐비한 곳이다.

몇 마디 더 덧붙이자면 우리 부모님은 이런 분들이다.

엄마는 쌍둥이 아기들을 집에 두고 회사에 다니면서 집을 수리하고, 그러고도 시간이 남아 정치 운동에까지 발을 담근 선구적인 페미니스트다. 통밀빵을 즐겨 먹고 형광색 외투를 입은 채 시외로 사이클링을 가며 지역사회 정원 프로젝트에도 참여한다. 학교에서는 여학생 대표를 맡았었다.

반면 아빠는 10대 시절에 동물원의 동물들을 모두 풀어줬다는 이유로 소년원에 다녀온 전적을 자랑한다. 규칙이라는 걸 지킬 줄 모르는 인물로, 인도로 다녀야 하는 것이 규칙이라는 이유 때문에 굳이 차도로 다니기도 한다. 공원에서 정말 재미있고 인기 있는 행사를 열기도 하고 더없이 너그러우며, 유제품을 잔뜩 넣은 음식을 필요한 양보다 두 배는 더 만들어 사치스러운 요리 실력을 뽐내기도 한다. 마음이 넓고 친절하고 친구가 워낙 많아서 어디를 가든 5분마다 아는 사람을 만나는 바람에 온전히 함께 걸어가기가 힘들다.

부모님에 대해 말하자면 끝도 없지만 한마디로 굉장한 분들이다.

아기를 갖기 전에도 부모님은 종종 나를 찾아왔다. 엄마는 브라이튼이 너무 복작거린다, 차 한 잔에 버터 듬뿍 넣은 케이크가 너무 비싸다고 말(불평)했다. 아빠는 브라이튼의 치즈 동굴에서 치즈를 어마어마하게 사들였고 여기는 주차하기가 힘들다고 말(불평)했다.

부모님은 '아기가 태어나면' 도움이 필요할 거라고 조심스레 말을 꺼냈지만 난 그런 일은 없으리라 확신했다.

"《통제광을 위한 육아법》이라는 책에서 그러는데 모든 게 일정대로 흘러갈 거래요. 뭘 해야 하는지 내가 잘 알고 있어요. 나도 이제 어른이라고." 내가 설명했다.

그래도 부모님은 고집을 부렸다. 혹시 모르니 아이 낳을 때라도 우리가 곁에 있어야 하지 않겠니? 애 낳는 게 언제나 그렇게 간단한 일은 아니야. 너 먹는 치즈가 동나면 어떻게 할래?

"원하시면 오세요. 그런데 아기는 금방 낳을 거예요. 최면 출산에 관한 책도 읽었지만 고통스럽거나 힘들 거라는 생각은 안 드는데."

부모님은 렉시가 태어난 직후 브라이튼을 찾았고 새로 태어난 손녀를 만날 생각에 들뜬 마음으로 한달음에 병원으로 왔다.

엄마는 렉시를 안아 옷을 갈아입히고 가만히 흔들어 재웠다.

아빠는 내 무릎께에, 그러니까 아직 아물지 않은 수술 자국 위에 치즈 한 덩어리를 던지듯 올려놓고는 안색이 안 좋으니 치즈가 더 필요하겠다고 말했다.

나는 데미가 먼저 집에 가서 정리를 하고, 아빠가 우리를 데려다 주면 되겠다고 결정했다.

그때 엄마는 어디 계셨지, 기억이 안 난다.

데미: 장모님은 우리 집을 구석구석 치우고 계셨지. 정말 대단하시다니까.

데미는 탄수화물을 대량 사들이라는 지시를 받았다. 몸에 좋은 냉동식품은 이미 넉넉히 준비해 두었다. 앞으로 몇 달 동안 우리에게 양분을 공급해줄 음식이었다. 이제야 안 사실 이지만, 피곤에 절고 호르몬에 잠식당한 여성에게 필요한 것은 영양가 있는 음식이 아니었다. 그럴 때 일용할 양식은 초콜릿과 감자칩이었다.

데미는 후끈후끈한 산부인과 병동의 젖혀지지 않는 안락의 자 위에서 사흘 밤낮을 보낸 뒤 드디어 병원에서 풀려났다는 사실에 상당히 안도하는 듯했다. 데미는 애초에 병동에서 도망쳤던 것 같은데.

"차 안에서 아기는 어떻게 앉힐 거니? 무릎 위에 앉힐 거야?" 아빠가 물었다.

순진무구한 질문에 나는 한바탕 욕설을 퍼부었다.

"그건 위험하고 바보 같은 생각이야. 안전한 카시트가 있잖 아요! 지금은 빌어먹을 1970년대가 아니라고요."

우리의 대화를 우연히 들은 조산사가 말했다. "제대로 된 카시트는 있는 거죠?"

"그럼요, 있죠. 어떻게 쓰는 건지 몇 달 전에 연습도 해봤 어요."

조산사가 힘차게 걸으며 멀어져갔다. 나에게는 물티슈 샘 플 하나도 주지 않겠다고 마음먹은 듯했다.

"차를 병원 앞에 댈게." 아빠가 말했다.

"거기는 구급차 대는 곳이에요." 내가 말했다.

"몇 분만 세워두는 건데 어때. 괜찮을 거야."

10분 뒤, 나는 렉시를 품에 안고 비틀거리며 병원 밖으로 나왔다. 얼굴은 잿빛이었고 걸을 때마다 수술 자국이 당기는 바람에 나도 모르게 움찔거렸다.

아빠는 차에서 나와 기다리고 있었다. 손녀를 보고 뿌듯한 마음에 환히 웃고 있던 아빠는 행복에 겨운 나머지 구급차 세 대가 자신의 뒤에서 불빛을 깜빡이며 경적을 울려대고 있다는 사실은 미처 눈치 채지 못했다.

"아빠, 카시트 설치 안 하셨잖아요. 카시트를 차에 고정하지도 않고 그냥 뒤에 두면 어떡해요."

"그래도 안전해. 너희들 태어날 때는 카시트 같은 것도 없었어." 아빠가 대수롭지 않다는 듯 손을 내저으며 말했다.

"이게 어떻게 안전할 수가 있어요! 차가 갑자기 멈추기라도 하면 카시트가 앞으로 날아가 버린다고요." 나는 폭발했다.

우리 뒤에서 구급차 한 대가 경적을 크게 울렸다.

"어떻게 고정하는지 나는 모른다. 네가 해라." 아빠가 쏘아붙였다.

카시트 고정하는 법은 미리 연습해 두었다. 하지만 수술한지 얼마 안 된 몸으로 갓난아기까지 안은 채 구급차 세 대의 요란한 경적을 들으면서 고정하는 법은 연습해 보지 않았다.

아빠에게 그렇게 심한 욕까지 할 필요는 없었던 건가. 그래도 솔직히 내가 그렇게 '강박적'으로 군 것도 아니지 않은가.

집에 돌아와 보니 엄마가 집 안 전체를 말끔히 치워놓았다(고마워요, 엄마). 냉장고에는 치즈가 산더미처럼 쌓여 있었다(고마워요, 아빠). 데미는 과자와 케이크를 잔뜩 사다 놓고 따뜻한 차도 한 잔 끓여 주었다(고마워, 데미).

집에 들어가자마자 사랑스러운 딸에게 집을 보여주었다. 우리는 초보 엄마 아빠들이 으레 그렇듯 갓난아기가 실제보다 훨씬 더 말귀를 잘 알아듣는다고 믿고 있었다.

렉시는 울었다.

걱정스러운 마음에 가슴이 벌렁거렸다.

뭘 어떻게 해야 하지? 이제는 물어볼 조산사도 없는데.

문득 내가 아기를 다뤄본 경험이 전혀 없다는 사실이 떠올랐다. 내게는 나이 어린 동생도, 어린 사촌 동생도 없었다. 단 한 명도.

나는 쌍둥이 동생과 자랐다. 쌍둥이니까 당연히 나이가 같았고 내가 아기였을 때 동생도 아기였으니 어렸을 때 나보다 어린 동생을 돌볼 기회는 없었다.

동생 역시 아직 아기가 없었기 때문에 마찬가지로 갓난아기에 대해 아는 것이 전혀 없었다.

렉시는 내가 살면서 처음으로 안아보는 아기였다.

그러고 보니 나는 아기를 잘 다루지 못하는 사람이었다.

부모님이 도움이 되는(쓸모없는) 조언을 건네기도 했지만 다 이런 식이었다. "아이 돌보는 건 지루하고 힘들고 끔찍한 일이야. 그저 익숙해지는 수밖에 없어. 아이는 침실에 두고 문을 닫고 방에서 나와."

앞서 말했다시피 우리 부모님은 1970년대에 쌍둥이를 키운 분들이었다. 그 당시의 육아 철학은 간단했다. '아기가 살아 있게만 해라.'

그들에게 좀 더 야심 찬 목표(수면 교육이나 목욕 등등)는 피로만 더할 뿐이었다.

반면 나는 아기의 수면 일정표까지 마련해 두었다. 하루하루가 일정표대로 흘러가지 않는다면 세상이 무너질 것이라고 확신했다.

도움을 받는 데 익숙하지 않았던 나는 성난 독재자 역할을 맡았다. 부모님이 무얼 하면 좋을지 물으면 나는 피곤에 절은 채 모호한 지시를 내렸고, 결국 그들이 내 맘을 제대로 읽지도 않고 무엇 하나 정확히 하는 게 없다며 고함을 질러댔다.

시끄럽게 떠드는 소리가 렉시를 과도하게 자극하고 있다고 소리치자 부모님은 유순한 양이 되었다. 나에게 부모 고마운 줄도 모르고 그렇게 못되게 굴지 말라는 소리 한번 하지 않았다. 그저 우리를 도와줄 수 있다는 사실에 행복해했고 내가 갓난아기뿐만 아니라 여러 문제로 골치를 썩고 있다는 사실을 이해해 줬다.

내 삶은 송두리째 바뀌었다.

나는 "할 수 있어. 난 멀쩡해. 그까짓 제왕절개 한 번 한 건데 뭐."라며 신경질적으로 산뜻하게 잘라 말했다가 이내 "못해 먹겠어. 얘는 왜 자꾸 울기만 하는 거야? 수술 자국도 아직 아프단 말이야. 비상용으로 초콜릿 좀 먹어야겠어. 뭐가 필요한 건지 애가 도통 말을 안 해 주잖아."라며 울부짖기를 반복했다.

난 항상 의욕적이었다. 혼자 고생은 있는 대로 다 하면서 민폐 끼치기를 싫어하는 사람이었다. 근처에 갈 일 있으니 태워다 주겠다는 지인의 제안을 거절한 채 기어이 혼자서 무거운 쇼핑백을 양손 가득 들고 오다가 손을 베이고 마는 부류였다.

"정말이에요, 하나도 안 무거워요. 감자 몇 킬로그램이랑 맥주 12캔, 골드바 몇 개, 납 몇 무더기 들어 있을 뿐이에요…. 괜찮아요."

결혼식 날에도 그 많은 사람들이 '단지 나를 위해' 먼 길을 찾아와 주었다는 생각에 감동을 받기도 했다.

누군가에게 도움을 청하고 조언을 구하고 기대는 것이 나는 어려웠다. 그러면 내가 너무 이기적인 사람처럼 느껴졌다. 더군다나 남의 손을 빌리면 내 맘에 쏙 들지도 않았다.

부모님은 일주일 동안 함께 지내다가 이기적이게도 우리를 매몰차게 버리고 떠났다. 부모님마저 떠나고 나자 모든 안전망이 사라져 버렸다.

이제 우리 힘으로 이 아이와 함께 살아남아야 했다. 설거지도 스스로 하고 치즈도 알아서 사와야 했다.

우리끼리 맞는 첫째 날, 나는 벌써부터 공황 상태에 빠지기 시작했다.

"렉시가 뭘 원하는지 말을 안 해줘. 우리가 다 잘못하고 있는 것 같아. 렉시의 울음을 잘못 해석하고 있는 거 아닐까. 원하는 것을 제대로 안 해주니까 아이가 더 심하게 우는 거 아니냐고."

나는 꼬리를 물고 이어지는 무수한 질문의 답을 찾기 위해 육아책을 강박적으로 읽고 또 읽었다.

수유 시간과 수면 시간을 미리 정하는 것은 다 좋았다. 그런데 이런 일정을 어떻게 지킬 수 있는지 알려주는 책은 단 한 권도 없었다.

렉시는 한 시간에 한 번씩 배고파하다가 또 한참 동안 잠을 잤다. 그러다 가장 불편한 시간에, 이를테면 새벽 3시나 드라마를 한창 재미있게 보고 있을 때 깼다.

"이제 우리 어떻게 해야 되지? 수면 일정을 지켜야 되는데, 이러다 내가 미쳐 버리겠어. 이렇게 계획 없이 닥치는 대로 살 수는 없어." 내가 데미에게 말했다.

"렉시가 언제 먹고 언제 잠드는지 정리해 보는 게 어때? 일정한 패턴이 있는지 알아보자. 그러면 모유 유축하는 시간도 알아낼 수 있을 거야." 데미가 제안했다.

좋은 생각인 것 같았다.

우리는 렉시의 습관을 살피고 기록했다. 마치 동물을 관찰하고 연구한 끝에 그들의 습성과 욕구 등에 관해 명확한 결론을 내리는 자연주의자(나체주의자가 아니라 야생에서 사는 사람들 말이다)가 된 것 같았다.

엑셀도 적극 활용했다. 정말이다. 렉시가 먹는 시간, 자는 시간, 싸는 시간을 엑셀로 기록하고 여백에 추가 사항도 기록했다.

며칠 뒤, 추가 기록란이 체크박스보다 더 길어졌고 확신할 수가 없어서 체크하지 못하는 것들이 많아졌다.

"먹었냐고? 3분 먹고 안 먹었는데. 이것도 먹은 걸로 쳐야 하나?"

"잤냐고? 내 품에서 몇 초 잠든 것 같은데 침대에 눕히려니까 깼어."

다른 문제도 있었다. 나는 5분이나 10분 전에 일어난 일도 뒤돌아서면 까먹었다.

호르몬과 진통제, 극심한 피로가 나를 멍하니 입만 벌리고 있는 바보로 만들어 놓았다.

체크 사항을 정확히 확인하는 것은 둘째 치고 오늘이 무슨 요일인지 가늠하기도 힘들었다.

데미가 최선을 다해 기록했지만 그럴수록 한 가지 사실만 확실해졌다. 아기들은 제멋대로다. 완전히, 순전히 제멋대로다. 특히 싸는 문제에 있어서는 더욱 그랬다. 도저히 예측 불가능했다. 엑셀 시트가 그 증거였다.

우리는 세 번째 계획, 미친 듯이 검색하기로 옮겨 갔다.

다른 아이들은 수면 시간에 맞춰 잘만 자고 일어난다는데 우리 아기는 도대체 왜 4시간마다 모유를 먹지 않는 건가?

직접 와서 우리 아기를 '바로잡아 줄' 사람은 없나?

'아기 수유의 악몽', '불규칙하게 먹는 아기', '아기 반역자' 등등으로 찾아본 결과, 이렇게 불규칙하게 먹는 습성을 '연속 수유(Cluster Feeding)'라 부른다는 사실을 알게 되었다. 여기서 연속이라는 말은 좋은 것이 아니다.

먹는 시간이 다른 아기들보다 더 무작위인 아기들이 있다. 우리 아기가 그중 하나였다.

렉시는 한 시간마다 모유를 먹은 뒤 대낮부터 내리 6시간씩 잤고, 차갑고 어두운 겨울밤에 깨어 온 힘을 다해 우리를 고문했다.

연속 수유란 말이 결코 좋게 들리진 않았다. 하지만 무언가에 이름을 붙였다면 고칠 수도 있다는 말 아닐까?

그저 받아들일 수는 없었다.

과학적이고 훌륭한 해결책이 필요했다.

그런데 찾지 못했다.

오히려 그 반대였다. 과학은 아기라는 무작위의 세계와 어울리지 않는 학문이었다.

'모유를 추출하여 밀리미터 단위로 먹인다'는 간단한 개념이어야 할 유축기는 모유를 500밀리미터씩 짜내는가 하면 단 1밀리미터도 짜내지 못하기도 했다. 어떤 합당한 이유도, 규칙도 없었다.

헤어드라이어 소리 같은 백색소음을 들려주는 수면 유도 앱은 유용할 때도 있고 소용없을 때도 있었다. 이걸 계속 써야 하나 말아야 하나 판단할 수가 없었다.

데미: 수도꼭지에서 물 떨어지는 소리도 녹음했었잖아. 그 것도 몇 번은 효과 있었어. 그러다 렉시가 다 알아채 버렸지.

다시 먹는 문제로 돌아와서⋯ 렉시가 정확히 얼마나 먹는 건지 당최 알 수가 없었다. 너무 많이 먹는 건가? 부족한 건 가? 대체 누가 알겠는가?

참으로 경이로운 아기라는 신세계에서는 무엇 하나 제대로 측정하거나 수량화할 수가 없었다.

아기들이 모이는 곳에 가면 너그럽고 온화한 얼굴에 환한 미소를 머금고 있는 엄마들이 보였다. 육아가 체질인 엄마 들, 세상에 아이만 있으면 된다는 엄마들 말이다. 그들은 분 명 언젠가 어린이집이나 유치원에서 일을 해 봤을 것이다. 분 명 어린 동생을 두었을 것이고 아가 인형도 있었겠지.

나는 그런 엄마들을 보면서 생각했다. '정말 대단하네요. 세상에 당신 같은 사람들이 많아야 하는데. 나는 육아에 관한 이 모든 것들이 혼란스럽기만 합니다. 그럼요, 아이는 당연히 사랑하죠. 그래서 육아가 즐겁냐고요? 지금 당장은, 글쎄요.'

사실 나는 아주, 심각하게 슬펐다. 어딘가에 갇힌 기분이었다. 그리고 피곤했다. 미치게 피곤했다.

"가슴이 너무 아픈데 어떻게 해도 나아지지가 않아. 밤에 잠 좀 제대로 자고 싶어. 우리 아이는 하는 짓이 다른 아이들이랑 달라." 나는 불평을 늘어놓았다.

"조산사를 만나보는 건 어때? 아니면 병원에 가보든가." 데미가 제안했다.

"그 사람들이 뭘 할 수 있는데? 숱하게 널린 육아책도 답을 못 주는데 그 사람들이라고 다르겠어? 보나 마나 똑같은 말만 하겠지. '아이가 이끌어줄 것이다, 무엇이 필요한지 아이가 알려줄 것이다'라면서 말이야."

"답이 있을지도 모르잖아."

"아니, 없어. 이 문제는 누구도 해결 못해. 나는 평생 피곤에 찌들어 살면서 괴로워할 거야. 렉시는 당연히 귀엽지. 그런데 이건 인정하자. 우린 육아 체질이 아니야. 이번 생은 망한 거라고."

우리의 반짝이는 갓난아기는 더없이 사랑스러웠지만 엉망이 되어 있었다. 우리는 이 세상 그 누구보다 육아에 젬병이었다.

영양학을 공부하는 쌍둥이 동생이 내게 호르몬 분비를 완화하기 위해 비타민을 먹어보라고 추천했다.

"비타민 먹을 시간이 어디 있어! 이게 얼마나 힘든 일인지 알기나 해? 제멋대로 일어나는 일을 어떻게든 알아먹어야 한다고!" 내가 발끈해 소리쳤다.

"그냥 비타민 한 알이야. 내가 사줄게. 다른 거 다 필요 없어 그냥…."

"아니, 아니 됐어. 넌 절대 몰라. 난 일어나자마자 애 젖 물려야 되고 다 먹으면 아이 재우려고 별의별 짓을 다 해야 돼. 근데 애가 잠을 안 자. 그렇게 밤새도록 깨어 있어. 난 정말 어떻게 해야 될지 모르겠다고. 비타민 먹을 시간도 없어."

"그냥 몇 분이면 되는데…."

"잊어버릴 거야."

"내가 알람 맞춰줄게."

"알람소리에 애가 깰 수도 있다고! 어쩜 그렇게 무신경한 말을 할 수가 있어?"

나는 불평만 하는 투덜이, 분위기 파괴자, 스트레스 덩어리였다.

데미: 그 정도는 아니었어. 그땐 정말 힘든 시기였잖아. 그 힘든 육아를 도맡아 한 게 당신이었고. 당신 정말 잘 해냈어.

이 모든 게 호르몬 때문이었으리라. 그런데 한편으로는 예전의 흥 많던 내가 대자연의 섭리에 휘둘렸다는 사실 때문에 그렇게 속이 상한 것이라는 합리적인 확신이 들었다(망할 놈의 대자연 같으니).

내 삶은 어디로 가버린 걸까?

나는 거의 하루 종일 집에 있었다. 와플 식당에 가서 별난 쇼를 볼 일은 없었다. 브라이튼 해변에서 패들보드를 타지도 못했고 당일치기로 과일주 축제에 다녀오지도 못했다. 그때 나에게는 화끈거리는 가슴을 부여잡고 황급히 마트로 달려가 물티슈를 사오는 것이 가장 큰 모험이었다.

그 모든 진부한 말('다 지나간다', '지금 이 순간을 사랑하게 될 것이다', '눈 깜짝할 사이에 애들 학교 갈 때 된다' 등등)이 사실임을 지금은 알지만 그때 당시에는 알지 못했다. 그저 내가 어딘가 잘못되었다고, 내 앞에 비참한 나날들만 기다리고 있다고 생각했다.

다른 엄마들은 나처럼 갇혀 있거나 불행해 보이지 않았다. 아이 체중을 재러 갔다가 한두 마디 주고받는 와중에도 따뜻하게 미소 짓는 엄마들이 있었다. 그들은 잘 감당해내고 있었다. 아니, 그 이상이었다. 그들은 자신이 엄마라는 사실을 즐기는 것 같았다. 맥주도 못 마시고 초밥도 못 먹고 브라이튼 피어에서 롤러코스터도 못 타는데 어떻게 즐길 수 있단 말인가? 이것들 말고 즐거운 일이 또 뭐가 있다고 그러지?

나는 불평을 늘어놓을 참으로 엄마에게 전화를 걸어 아무렇지 않게 말했다. "그냥 수다 좀 떨려고."

"아이가 생기면 사회생활도 집으로 옮겨지는 법이야. 다른 엄마들을 집으로 초대하는 건 어때?" 엄마가 충고했다.

"집에는 이미 지겹도록 처박혀 있었어. 그리고 내가 가장 하기 싫은 게 집에 더 오래 붙어 있으면서 저 빙글빙글 도는 갈색 카펫이랑 쓰레기 같은 히터 바라보는 거야. 손님을 초대해도 문제야. 이 집은 우리 세 식구만 있어도 꽉 찬다고. 소파도 작은 것 하나밖에 없잖아. 난 바닥에 못 앉아. 모유수유하면서 허리가 자주 아프거든. 그렇다고 손님을 바닥에 앉힐 수는 없잖아, 무례하게."

"새로운 동네로 이사 가면 되잖아. 좀 더 큰 집, 가족이 살기에 좀 더 적당한 집으로 말이야." 엄마가 제안했다.

"도시에서? 방 하나짜리보다 더 큰 집을 얻으라고? 우리가 무슨 백만장자인 줄 알아!" 나는 악을 썼다.

"그럼 아예 브라이튼을 벗어나는 건 어때? 엄마 아빠랑 좀 더 가까이 살면 좋잖아. 우리가 도와줄 수도 있고."

그때만 해도 나는 '가족 친화적인 곳'으로 가고 싶지 않았다.

그저 예전의 삶을 되찾고 싶었다.

거짓말 11
산후 우울증은 며칠 안 간다

　렉시는 11월에 태어났다. 11월은 1년 중 가장 즐거운 시기다. 불꽃 축제도 있고 크리스마스도 가깝다. 스타벅스에서는 '화이트 초콜릿, 크리스마스 케이크, 생강 쿠키맛 라테'가 나온다. 브라이튼 시계탑 주변으로 반짝이는 불빛들이 들어선다.

　렉시는 사랑스러웠다. 아, 그 작은 머리하며 손발하며…. 하지만 갓난아기와 단둘이 집 안에서 보내는 하루하루는 여전히 뭣 같았다.

　먼저 나는 정체성의 위기 같은 것을 느꼈다. 나는 맡은 일을 꽤 능숙하게 잘하는 능력자(물론 어떤 평을 읽느냐에 따라 달라지겠지만)에서 적성에 전혀 맞지 않는 일을 맡게 된 무능력자가 되었다. 어떤 멍청한 면접관이 양육 경험이 전무한 나를 뽑아 놓고는 아기탑에 들어가는 보안 출입증을 만들어 줬다. 역시나 나는 보란 듯이, 처참하게 실패하고 있었다. 자격이 없으니 그럴 수밖에 없지.

조산사에 따르면 나는 산후 우울증을 앓고 있었다.

이 사실을 알리자 남편은 모든 상황에서 기운을 북돋아주려고 갖은 애를 썼다. 앞서 말했던 스타벅스 크리스마스 한정 라테로 놀라게 해주는가 하면 우스운 문자를 보냈고 내가 어딘가에 앉을라치면 물이나 차 한 잔을 가져다주었다. 내 가슴을 빌릴 수만 있다면 자신이 대신 모유수유를 하겠다고 말하며 이 모든 불공평에 깊이 공감했다. 모든 일을 내가 도맡아 한다고 했지만 사실 남편이 나와 아이까지 보살피고 있었다.

조산사가 '아이를 키우면서 얼마나 끔찍한 실패를 맛보고 있는지 어디 한번 보자'는 식의 첫 번째 가정 방문을 왔을 때 우리는 산후 우울증에 대해 많은 얘기를 나누었다.

"육아가 제 체질에 안 맞는 것 같아요. 이 모든 게 특별히 행복하다고 느껴지지가 않아요. 근데 이게 이성적인 거 아닌가요? 누군가가 내 삶을 송두리째 낚아채 갔어요. 그 생각만 하면 무기력해진다고요. 나에게 꼬리표를 붙일 필요는 없어요. 판단은 신만이 할 수 있겠죠."

"불안한가요?" 조산사가 물었다.

"당연히 불안하죠. 밤이면 매 시간 깨어 있어야 돼요. 이다음 또 언제 쪽잠이라도 잘 수 있을지 알 수도 없잖아요. 그러면서 연약한 아기가 잘 크고 있는지 확인도 해야 하고요."

"슬픈가요?"

"그럼요. 오늘 아침에도 울었어요. 핫 초콜릿이 다 떨어졌거든요."

"산후 우울증이에요. 걱정 말아요, 다 지나갈 테니까." 조산사가 진단을 내렸다.

"언제요?"

"보통은 며칠이면 지나가는데 사람마다 다르죠."

이런 식의 대답은 질색이다.

책임 회피밖에 더 되는가.

나는 이 기이한 감정들이 어서 지나가기를 기다렸지만 한 달 뒤에도 난 여전히 아무것도 아닌 일에 눈물을 티뜨리고 있었다.

'아기'와 함께하는 첫 번째 크리스마스를 앞두고 나는 호르몬이 끄는 롤러코스터에 꼼짝없이 묶여 있었다. 하루에도 몇 번씩 위로 아래로 들쭉날쭉했다. 부엌에서 신나게 춤추며 웃다가도 돌아서면 지긋지긋한 피곤에 절어 울고불고하며 불안에 떨었다. 말도 못하게 불안했다.

아기를 낳기 전에는 '산후 우울증'이 그저 며칠 동안 감정이 들쑥날쑥하다 마는 것이니 몇 번 더 꼭 껴안아주면 해결될 일이라고 생각했다. 여기에 더해 소소하게 몇 번 운 다음, 부모가 됐다는 행복과 아이를 사랑하는 마음으로 감정이 누그러지면 될 일이라고 생각했다. 하지만 나의 '산후 우울증'은 몇 달 동안 이어졌다.

듣자 하니 산후 우울증은 몇 달간 이어지는 것이 보통이었다. 조산사나 다른 엄마들이 지나치게 '친절'을 베푼 나머지 아직 아이를 낳지 않은 당신에게 이 사실을 귀띔해 주지 않았던 것이다. 그들이 회음부 열상이나 몸속에 산을 쏟아붓는 듯한 진통, 평생 동안 '소변이 찔끔찔끔 새는' 실금 현상에 대해 아무 얘기도 하지 않았던 것처럼 말이다.

다들 말하지 않는 편이 낫다고 생각한 것이다.

여기에도 종의 생존이라는 원리가 내재해 있는지 모른다. 사실을 있는 그대로 들려주면(앞으로 10년 동안 네 인생에 늦잠은 없을 것이다, 너의 차는 언제나 지저분할 것이며 외출할 일이 있으면 짐을 한 보따리 싸야 할 테고, 고함을 치지 않고는 못 베길 것이다) 누구도 아이를 낳으려 하지 않을 테니까.

내가 이렇게 불평하고 미친 듯이 불안에 떠는 것은 호르몬 때문일까, 아니면 내 과거가 갈기갈기 찢긴 뒤 그 자리에 고통과 혼란이 들어섰기 때문일까?

둘 다일 것이다.

어느 쪽이든 나는 아이의 신생아 시기에 이런 두려운 감정을 꽤 자주 느꼈다. 호르몬 변화와 피로, 치명적일 정도로 쓰라린 가슴이 뒤섞이면서 나는 아침, 점심, 저녁 내내 걱정하고 미친 듯이 날뛰고 흐느꼈다.

살면서 이렇게 우울해본 적이 없었다. 이런 삶은 절대 추천하고 싶지 않다. 하루하루가 끔찍했다.

물론 가끔씩 한숨 돌릴 틈도 있었다. 렉시가 자고 있을 때 서바이벌 프로그램이 한다든가, 데미가 나를 억지로 잡아끌고 부엌 주변을 빙빙 돌며 춤을 출 때 그랬다. 그래도 대부분 나는 불안에 떨거나 격한 감정에 압도되었다.

이런 감정들이 계속되지 않는다는 사실을 지금은 안다. 다 지나가더라. 정말 지나간다! 하지만 그 안에 빠져 있을 때는 희망이 보이지 않는다. 산후 우울증은 며칠 안 간다는 소리를 들은 경우에는 더욱 그렇다.

참고로 이제 막 아이를 낳아 얼마간 산후 우울증에 시달리면서 '우아, 이 빌어먹을 게 날 나락으로 빠뜨리네!'라는 생각을 하고 있는 사람이라면 내가 장담할 테니 믿어 달라. 책을 읽고 나면 알겠지만 나도 성장하고 변화했다. 지금 내 삶은 눈부시게 빛나는 무지개처럼 기가 막히게 좋다. 해피 엔딩은 정말 있다.

지금 나는 가족이 있어서 행복하다. 하지만 아이가 태어나고 얼마 동안은 감당해야 할 일이 산더미였다.

아이를 갖기 전에 나는 일진이 좋지 않은 날이면 밤새도록 술을 퍼마시며 감정을 추슬렀고 그다음 날에는 속이 뒤집혀서 숙취를 푸는 데 온 신경을 쏟을 수밖에 없었다.

당연히 이제는 그렇게 할 수 없었다.

이제 나에게는 두 가지 선택지가 남아 있었다. 하나, 감정 조절하는 법을 배우는 것. 슬픔과 불안을 받아들이고 내 마음을 잘 달래어 이해하고 인정하며 이 시간이 지나가기를 참을성 있게 기다리는 것이다. 아니면 둘, 닥치는 대로 먹고 이 것저것 사들이고 TV를 보면서 정신을 흐트러뜨리고, 불편한 감정은 건강에 좋을 것 하나 없는 작은 공 안에 쑤셔 넣는 것이다. 결국 그 공은 언젠가 폭발한다.

나는 두 번째 대안을 선택했다.

이 시끄러운 감정들을 더 이상 알코올로 씻어낼 수 없으니 그다음으로 효과 좋고 합법적인 기분 전환 물질, 초콜릿에 기대기로 했다.

초콜릿에는 천연 항우울제 같은 것이 들어 있다고 한다. 그당시에는 이 사실을 몰랐다. 내가 아는 사실이라고는 시중에 파는 핫 초콜릿이 대부분 밍밍하다는 것뿐이었다. 심지어 색깔이 우유처럼 희끄무레한 핫 초콜릿도 있었다. 세상에. 코코아가 들어가다 만 듯한 이런 싱거운 것을 대체 누가 내놓은 걸까?

어디를 가든 나는 아주 진한 카카오를 요구한다. 주문한 핫 초콜릿이 카카오 함량 70퍼센트인 초콜릿과 색깔이 다르면 나는 크게 노하며 그것을 돌려보낸다.

커피숍에 가면 나는 바리스타에게 코코아 가루가 적어도 여섯 스푼은 들어가야 한다고 상세하게 설명한다. 맞다, 여섯 스푼이다. 그런 눈으로 보지 말라. 조산사에게도 말했지만 판단은 신만이 할 수 있다.

스타벅스는 예전에 탈락했다. 그곳에서는 핫 초콜릿에 시럽을 잔뜩 넣기 때문에 코코아 함량이 말도 안 되게 낮다. 스타벅스에 가서 커피 한잔하자는 말을 들은 날은 나에겐 일수 사나운 날이다.

코코아에 한참 미쳐 있을 때 동네 슈퍼마켓에서 머리가 띵할 정도로 강력한 핫 초콜릿 브랜드를 발견했다. '킹 카카오' 비슷한 이름으로 불렸는데, 상품 포장에는 과다 섭취를 경고하는 문구가 자랑스레 쓰여 있었다.

산후 우울증과 코코아 중독에 빠져 지낸 지 한 달쯤 지났을까, 동네 슈퍼마켓에서 수요가 저조하다는 이유로 이 상품의 판매를 중단했다.

나는 극심한 공황 상태와 더불어 걷잡을 수 없는 분노에 휩싸였다.

킹 카카오를 도대체 왜 안 판다는 거지? 내가 일주일에 세 통씩 사들이는데! 그럼 수요가 있는 거잖아!

담당자를 불러 따지자, 담당자는 (눈에 쌍심지를 켜고 절규하는 내 모습에 겁을 집어먹었는지) 재주문을 하겠노라 약속하면서 재입고까지 며칠 걸릴 수도 있다고 단서를 달았다.

며칠이라니! 너무 한 것 아닌가!

그제야 나에게 문제가 있을 수도 있겠다는 생각이 들기 시작했다. 초콜릿에도 중독될 수 있나? 초콜릿 중독에 대해 얘기하는 사람들은 있지만 그건 언제나 웃자고 하는 얘기 아니었나.

사람들은 나쁜 습관을 말하듯 초콜릿 중독에 대해 얘기했다. "하하, 나 초콜릿 중독이잖아!", "초콜릿 없인 못 살아!"

하지만 내 습관은 그저 웃고 넘길 만한 종류가 아니었다.

나는 좀 더 분별 있는 행동을 해야겠다고 마음먹었다. 아니, 의사의 자문 따위는 구하지 않았다. 그저 인터넷에서 중독 관련 테스트를 찾아 보았다.

첫 번째 질문: '그것 없이 일주일을 버틸 수 있습니까?'

일주일이라고! 일주일은 당연히 못 버틴다. 슈퍼마켓에서 극도의 불안에 떠는 내 모습만 봐도 알겠지만, 초콜릿 없이 하루를 버티는 것도 힘들다.

두 번째 질문: '권장량이나 필요량 이상으로 약물을 복용한 적이 있습니까?'

코코아 가루를 네 스푼 듬뿍 탄 핫 초콜릿에 코코아 가루 뿌려 먹는 걸 말하는 건가?

네.

다음 질문: '약물 사용 때문에 가족에게 소홀한 적이 있습니까?'

핫 초콜릿과 우유를 사러 슈퍼마켓에 가느라 렉시 기저귀 갈아주는 걸 20분 미룬 적은 있다. 그러니 엄밀히 따지면 네.

'약물 사용 때문에 배우자와의 관계에 문제가 생긴 적이 있습니까?'

당연히 네. 나는 허구한 날 데미에게 핫 초콜릿 가루 좀 사다 달라고 부탁했다. 핫 초콜릿을 타 먹는다고 집에 있던 우유를 모조리 털어 넣어서 데미가 우유 없이 차만 마셔야 한 적도 셀 수 없이 많다.

데미는 자신의 차에는 우유를 몇 스푼만 넣으면 되는데 왜 조금도 남기지 않은 건지 따져 물었다. 데미는 절대 모른다. 그 몇 스푼의 우유가 없으면 핫 초콜릿 가루도 그만큼 많이 못 넣는다. 그럼 내가 원하는 핫 초콜릿 맛이 안 난다.

그 밖에 몇 가지 질문이 더 있었다. '그 약물을 끊을 수 있습니까?' (지금 당장은 끊을 생각이 전혀 없으니 그런 질문은 하지도 말라.) '한꺼번에 여러 약물을 복용한 적이 있습니까?' (그렇다. 핫 초콜릿과 해열 진통제를 함께 먹었다.) '금단 증상을 느껴본 적이 있습니까?' (끊어본 적이 없어서 모르겠다. 혹시라도 끊을 날이 오면 그때 알려주겠다.)

이즈음부터 적잖이 걱정이 되기 시작했다. 병원에 가봐야 하나. 상담을 받아봐야 하나. 그런데 다행히 다음 질문에서 기분이 나아졌다. '약물 복용 때문에 일자리를 잃은 적이 있습니까?'

지금은 일이 없다. 하하하! 지금은 일을 잠시 쉬면서 지루한 엄마 역할을 맡고 있고 집에서 핫 초콜릿을 마시며 신세 한탄하고 있다. 어쩔래! 누구도 나 못 자른다.

'약물 복용 때문에 체포된 적이 있습니까?'

아니요. 슈퍼마켓 담당자에게 간신히 고함 한 번 쳐본 게 전부다. 폭언은 아니었으니 경찰이 출동할 일은 없었다.

'약물 복용 때문에 환각에 빠진 적이 있습니까?'

아니요.

이제야 한시름 놓았다.

'약물에 취해 있을 때 누군가와 싸운 적이 있습니까?'

데미와 말싸움한 것도 쳐야 하나? 데미가 숨겨 놓은 와인을 내가 몰래 마셔 버렸을 때, 크리스마스에 먹으려고 아껴둔 초콜릿을 내가 먹어 치웠을 때?

커피숍에서 내가 똑똑히 일러준 요구사항을 따르지 않고 코코아가 쥐꼬리만큼 들어간 희부옇고 밍밍한 핫 초콜릿을 내놓은 바리스타에게 불같이 화낸 것도 쳐야 하나?

아니다, 여기서 싸움은 몸싸움을 말하는 거겠지.

그렇다면 아니요.

이쯤부터 나는 이 설문이 초콜릿 중독자를 염두에 둔 것이 아니라고 확신하기 시작했다. 그렇다면 초콜릿에 중독될 수는 없다는 얘기 아닌가. 이제야 안심이 들었다.

이 기쁜 소식에 고무된 나는 동네 슈퍼마켓에 내 사랑 킹 카카오가 재입고되기를 기다리는 동안 인터넷으로 순수 카카오 가루를 주문하고 나만의 초강력 핫 초콜릿을 만들었다.

먹고 마시고 사라. 이것이 초보 엄마가 불안하고 슬프고 힘겨운 감정에 대처하는 방법이었다.

나는 핫 초콜릿을 (앞서 말했듯) 무지막지하게 마시고 아기 용품을 미친 듯이 주문하고 크리스마스 쿠키 한 통을 그 자리에서 모조리 먹어 치웠다.

슬픔의 첫 번째 단계는 부정이라 했던가. 나는 슬퍼하고 있었다. 틀림없었다. 시도 때도 없이 울었으니까.

2부
변하거나 죽거나 · 다른 선택지는 없다

거짓말 12
출산 후 늘어진 뱃살은 6주 안에 들어간다

앞서 말한 지옥 같은 크리스마스이브가 지나고 크리스마스 당일, 부모님이 찾아왔다. 수면 부족에 피로 누적에까지 시달렸던 나는 부모님에게 불같이 화를 냈다. 그러고는 왜 오전 11시부터 샴페인을 마시는 거냐며 그 자리에 있는 모든 이들에게 성질을 부렸다. 나는 모유수유 중이라 술도 못 마시는데. 어쩜 다들 그리 무심할 수 있는지.

데미: 크리스마스 때 난 한 모금도 안 마셨어. 찬장에 맥주가 6병이나 있었는데 말이야. 이런 나의 영웅적 행동을 기억

하지 못한다니 분하군.

개떡 같은 크리스마스였다. 더군다나 부지런히 늘어나고 처진 내 몸 덕분에 크리스마스용 점프 수트의 지퍼가 배 언저리에 걸려 올라갈 생각을 하지 않았으니 더욱더 개떡 같은 크리스마스였다.

엄마가 되고 나서 잃어버린 무수한 것들과 맞붙어 싸우던 내가 비통해 마지않는 가장 큰 상실은 바로 임신 전 몸매를 잃어버린 것이었다.

예전의 내 몸이 아니었다. 다시 정상으로 돌아갈 기미도 보이지 않았다.

나는 6주의 기적이 찾아오기를 참을성 있게 기다렸다. 자궁이 주먹만 한 크기로 줄어들어 더 이상 임산부로 보이지 않을 것이라고들 하는 그 기적의 6주를 말이다.

드디어 6주가 됐고, 지나갔다. 나는 여전히 누가 봐도 애 하나 품은 임산부의 모습이었다.

이 괴상하게 늘어난 뱃가죽을 잡아주려면 특별한 바지가 필요했다. 게다가 나는 유선염과 두통, 무릎에 만져지는 기이한 덩어리 등등으로 하루가 멀다 하고 병원을 찾을 때마다 입을 헤 벌린 채 졸았다.

나는 자유만 잃은 것이 아니었다. 한때 내 것인 줄 알았던

탄탄한 몸매도 잃어버렸다.

제왕절개 흉터가 가라앉으면 몸매도 되돌아오리라 기대했건만 몇 주가 지나도 바뀐 것은 아무것도 없었다. 화려한 잡지에서 비키니를 입고 등장하는 할리우드의 유명인들처럼 내 몸은 '재깍' 돌아오지 않았다. '재깍'은 무슨, '추욱' 처지기만 했다.

가슴을 포함한 내 몸통은 일주일은 지난 파티 풍선처럼 쭈글쭈글해졌다. 모유수유를 하다 보니 가슴은 엄청나게 거대해졌지만 몇 센티는 족히 늘어졌다. 배는 구겨질 대로 구겨진 채 잔뜩 부풀려진 종이 가방 같았다.

더군다나 노인에게나 찾아올 증상들이 날 괴롭혔다. 한때는 모두 제왕절개 후유증이니 이러다 말 거라고 생각했지만 이제는 이대로 계속될 것만 같았다.

· 과민성 대장 (비의학적인 용어로 말하자면 갑자기 나오는 방귀)
· 가벼운 요실금 (갑자기 나오는 소변)
· 치질 (항문이 뒤집어짐)
· 소화불량 (초콜릿이나 튀긴 음식만 먹으면 불타는 목구멍)
· 하지정맥류
· 걷잡을 수 없이 퍼지는 잡티

- 처지는 피부(와 가슴)
- 느려 터진 신진대사 (덕분에 살은 순식간에 찐다!)
- 체력 급감. 침대 밑에 떨어진 초콜릿 한 조각 줍겠다고
침대를 단 몇 센티미터 옮기는데 딱할 정도로 끙끙대야 한다.

얼마 전까지만 해도 나는 20대 후반의 건강한(음주량을 따
지지 않는다면 건강한 것에 가까운) 성인이었다. 그러다 한순
간에 노인으로 추락했다. 나는 느려 터지고 축 처지고 방귀나
끼면서 하루 종일 울다가 핫 초콜릿이나 마시는 뚱뚱한 암소
가 되었다.

마음속에서 치열한 전투가 벌어졌다.

이런 사람이 되고 싶진 않았다. 이렇게 느려 터지고 무능력
하고 병약한 사람은 내가 바라던 모습이 아니었다. 그런데 내
몸은 당분간 정상으로 돌아올 것 같지 않았다. 입을 만한 옷
이라고는 특대형 운동복에 레깅스밖에 없다는 사실은 두말할
것도 없었다.

으.

예전의 나로 돌아가고 싶었다. 예전의 젊고 쌩쌩한 몸으로,
배 속이 불편할 일도 없고 일상복도 잘 맞는 몸으로 돌아가고
싶었다.

크리스마스는 정말이지 괜찮아야 했다. 저녁 식사 준비는

데미가 맡았다. 닭 요리를 먹었던 것 같고 (데미: 소고기였다고!), 엄마는 어질러진 것들을 말끔히 정리하고는 렉시를 재워주는 등 엄청난 도움을 줬다. 우리는 림보와 그 자리에서 지어낸 '공굴리기' 게임도 했다.

그러니 즐거워야만 했는데 나는 그저 뚱뚱하고 늙었다는 생각만 들었고 모든 게 지긋지긋하게 느껴졌다. 계속 '눈을 붙여야' 했고 저녁 9시에는 잠자리에 들어야 했다.

이것이 내가 그렇게 고대하던 일상인가? 다들 실컷 즐기고 있는 와중에 혼자 일찍 잠들고 술도 한잔 못하는 것이?

이제 와서야 확신하건대, 그때 나는 바로 이런 일상을 고대했어야 했다. 하지만 그 당시에는 내가 결국 이 삶을 사랑하게 되리라는 사실을 믿지 못했다.

거짓말 13
신생아는 종일 잠만 잔다

- -

"잠은 잘 자고 있어요?"

사람들은 초보 부모에게 으레 이런 질문을 던진다. 안쓰러운 듯, 동정하는 듯 '얼마나 힘든지 나도 잘 알아요.'라고 말하는 눈빛으로.

크리스마스를 보내고 '밤 10시에 취침하는' 특별할 것 없는 연말을 보낸 뒤 새해를 맞이했다. 데미와 나는 여전히 잠을 제대로 못 이뤘다. 렉시는 '밤에 통잠을 자게 되는' 경이로운 기적이 일어난다는 백일에 가까워지고 있었다.

그런데 백일의 기적은 도통 일어날 기미가 안 보였다. 3시간이라도 연속으로 잘 수 있으면 운이 좋은 것이었고 한번 깨면 다시 잠이 들기도 힘들었다.

수면 부족으로 이따금 환각이 보이기도 했다. 그리 유쾌한 일은 아니었다. 다만 어느 날 저녁, 장난감 자동차가 변기 위를 내달리는 환각이 보인 적이 있는데 그때만큼은 꽤 재미있었다.

새해도 됐으니 '수면 훈련'을 마지막으로 시도해 보기로 마음먹었다.

새해에 새로운 마음으로 새로 시작하는 거다.

다른 사람들이 수면 훈련을 해냈다면 나도 할 수 있다. 암, 물론이지.

일단 내 울음이 그치면 바로 시작하는 거다.

1월의 어느 추운 날 아침, 나는 아이의 옷장 문 뒤쪽에 간편하게 붙여 놓은 또 다른 수면 교육 일정표를 살펴보았다.

"이제 아침 7시야. 렉시는 방금 모유 먹었어. 그러니 무슨 일이 있어도 11시까지는 먹이지 말아야 돼."

30분 뒤, 렉시가 다시 울었다. 아주 많이. 분명 배가 끔찍이 고픈 것이리라. 영양실조는 아니겠지.

수면 교육 책을 훑어보았지만 아이가 일정에 없는 시간에 배고파 하면 어떻게 해야 할지 알려주는 부분은 없었다.

나는 혹시 몰라 렉시에게 젖을 또 물리면서 이번에는 좀 더 오래 버티기를 바랐다.

30분 뒤, 렉시가 또 울었다. 아주 많이. 이제는 울음을 넘어 비명을 지르기에 이르렀다. 여전히 배가 고픈 게 틀림없었다. 전에 충분히 먹지 못한 건가.

다시 젖을 물렸다. 그 뒤 렉시는 6시간 내리 잠을 잤다.

"깨워야 하는 건가? 일정표에서는 지금쯤 또 한 번 먹어야 한다는데." 잠이 든 지 4시간쯤 접어들었을 때 내가 데미에게 물었다.

우리는 렉시를 깨우겠다며 속삭이듯 이름을 불렀지만 아이는 꼼짝도 하지 않았다.

"어떻게 해야 되지? 아이는 어떻게 깨우는 거야? 헤비메탈 음악이라도 틀어야 하나? 찬물에 빠뜨려?" 내가 물었다.

모두 너무 잔인한 방법이었다.

수면 교육 책에서는 아이를 깨우는 법에 대해 하나같이 모호하기 짝이 없는 얘기만 늘어놓았다. 유일하게 찾은 조언 하나도 아무 쓸모없었다. "아기가 자면 깨워라."

이제 어쩐다?

"아기를 잘 아는 사람이 필요해. 동네 조산사에게 전화해서 뭐라고 하는지 들어봐야겠어." 데미가 말했다.

10분 뒤, 데미가 돌아와 나쁜 소식을 전했다.

"조산사가 그러는데, 일정표대로 하면 안 된대. 아이가 이

끄는 대로, 아이가 원할 때 먹여야 한다네. 이런 방법을 '아이 맞춤형' 수유라고 부르는데, 이게 가장 자연스럽고 좋은 방법이래. 아기는 세 달쯤 지나면 자연스럽게 밤에 통잠을 자기 시작한대. 우리도 그냥 기다려야 하나 봐."

"그럼 내 가슴 화끈거리는 건 어떡하고? 불안한 내 마음은? 수면 부족은? 하다못해 어젯밤에는 변기 위로 작은 경주용 자동차가 내달리는 게 보였다니까?"

"당신도 이제 익숙해져야 한대."

나는 잠시 눈물을 흘린 뒤 운명을 받아들이려 애썼다. 아이가 원할 때마다 언제든 젖을 먹이고 일정표 따위는 무시해 버리고, 그러다 결국 수면 부족으로 천천히 미쳐가는 거지 뭐.

가슴도 쓰라려 환장할 때까지 계속 쓰면 떨어져 나가나? 정말 그럴 수 있을까? 그럴 리야 없겠지만 또 누가 알겠는가?

"조산사가 아이 맞춤형 수유에 관한 책을 한 권 추천해줬어. '모유수유는 마법이다. 그러니 온종일 모유수유하라' 뭐 이런 제목이었던 것 같은데." 데미가 말했다.

"제목이 뭐 그래."

"한번 빌려볼까?"

"그래, 부탁해."

데미가 도서관에서 빌려온 책을 받아 들고 나는 생존 비법이나 현실적 조언이 있는지 샅샅이 뒤졌다. 그런 내용은 단

한 줄도 없었다. 몇 년 동안 모유수유를 하면서 매우 행복했다는 엄마들의 개인적인 이야기만 가득했다.

책에서는 모유의 마법 같은 특징을 소개하면서 아이가 칭얼대면 그 즉시 아이 입으로 가슴을 밀어 넣어 달랠 수 있다는 사실을 극찬했다.

통념과 달리, 책에서는 모유가 필요할 때가 언제인지를 아이들이 직접 알려줄 것이라고 장담했다.

아이들이 한 시간에도 세 번씩, 하루 종일 모유를 원할 때도 있는데, 그래도 괜찮다고 한다. 모두 지극히 정상적인 일이란다.

이전에 이 책을 빌린 사람이 '정상'이라는 단어에 밑줄을 그어 놓은 흔적이 있었다. 그 사람은 '비정상'에 대해 심각하게 고민하고 있었나 보다.

내 고민거리는 그것이 아니었다. 나는 비정상이든 아니든 크게 개의치 않았다. 내 가장 큰 고민은 밤에 잠 좀 자는 것, 불안해하지 않는 것이었다.

≪모유수유는 마법이다. 그러니 온종일 모유수유하라≫에서는 더 나은 수면을 위해 한 가지 방법을 제안했다. 아이와 한 침대에서 같이 자라는 것이었다. 그러면 수유하기도 더 수월할뿐더러 누구나 더 행복하고 편해지리라는 얘기였다.

책에서는 전 세계 부모들이 아이와 한 침대에서 잔다는 사실을 언급했다. 아이와 같이 자는 건 아주 정상적인(또 나왔다, '정상적') 일이란다. 공정하게 말하자면 내가 보기에도 아이와 한 침대에서 자는 것이 자연의 이치를 따르는 일 같다. 그런데 자연의 이치를 따른다지만 터무니없어 보이는 것들도 많지 않은가. 가령 모유수유를 피임 수단으로 활용한다든가, 나뭇가지로 이를 닦는다든가 하는 것들 말이다.

책에서는 빗장이 있는 아기 침대를 감옥에 비유하기도 했다. 아기 침대가 아이를 양육자로부터 고립시켜서 엄마의 따뜻한 사랑을 앗아가고, 결국 훗날 심리적 붕괴까지 일으킬 수 있다고 했다.

빌어먹을.

우리는 벌써 몇 달째 렉시를 아기 침대에 눕히고 있는데.

나는 데미에게 우리가 그동안 아이에게 잔인한 짓을 했고, 이제 태도를 바꿔야 한다고 전했다.

데미가 내 마음이 몇 시간도 안 가 바뀔 것이 뻔한데 새로운 요구사항을 일일이 들어주려면 엄청난 인내심이 필요하다는 걸 아느냐며 지친 표정으로 말했다.

내가 데미에게 이런저런 지시를 내리고 있는데 렉시가 울기 시작했다.

수유를 마친지 얼마 안 됐을 때였지만 나는 책의 조언을 따라 다시 렉시에게 몇 분 동안 젖을 물렸다.

효과가 있었다.

렉시의 울음이 그쳤다.

기분이 좋았다. 흐름에 맡겨라! 마법의 가슴이여!

하루가 끝날 무렵, 가슴이 평소보다 더 쓰라렸다. 괴로웠다. 인간 쪽쪽이로 쓰인 대가가 만만치 않았다.

게다가 집에 티백도, 달걀도, 핫 초콜릿 가루도 모두 떨어졌다. '아이가 울 때마다 젖을 물리기' 접근법을 택한다는 것은 다시 말해 내가 슈퍼마켓에 갈 수 없다는 뜻이었다. 밖은 까무러치게 추웠으니 얼어붙을 듯한 정원 담장에 앉아 소름이 바싹 돋은 맨살을 꺼내 놓고 아이에게 젖을 물릴 수도 없는 노릇이었다.

밤이 찾아왔다. 그날 밤은 결국 내 생애 최악의 밤이 되었다.

렉시는 게걸스레 먹었다. 한 시간마다, 아주 많이 먹었다. 그리고 배가 아픈 건지 무릎을 가슴께로 끌어올리고 칭얼대는 것이 상당히 불편해 보였다.

나는 ≪모유수유는 마법이다. 그러니 온종일 모유수유하라≫의 조언을 따라 렉시를 내 침대에서 재웠다. 언제든 원할 때 '굴러와 먹으라고' 내린 조치였는데 그러니 내가 도통 잠을 잘 수가 없었다.

행여나 잠결에 렉시를 으스러뜨릴지도 모른다는 걱정에 온몸의 근육이 바짝 긴장했다. 작은 소리에도 눈이 번쩍 뜨였다. 아기는 소리도 참 많이 낸다.

'아기 맞춤형' 수유를 한 지 사흘째, 남은 것은 눈물 날 정도로 쓰라린 가슴과 눈에 경련이 일 만큼 미칠 듯한 피로였다. 그야말로 (거의) 정상적인 여자를 사이코패스로 변모시키는 놀라운 기술이었다.

현실을 받아들여야 했다. 나는 느긋하게 흐름에 맡길 수 있는, 육아가 체질인 엄마가 아니다. 그냥 아닌 것이다. 나에게는 이 방법이 맞지 않을 수도 있었다.

피곤에 지쳐 머리가 먹통인 상태로 모유수유 책을 꼼꼼히 파헤치며 추가적인 조언과 혹시 있을지 모를 정신과 전문의의 전화번호를 찾아보았다.

책에는 3년 이상 아이 맞춤형 모유수유를 해왔다는 엄마들의 일화가 소개되었다. 그중에 5년 동안 아이 맞춤형 모유수유를 하면서 밤낮없이 수유 마라톤을 뛰느라 남편을 침대에서 쫓아냈다는 엄마들도 있었다.

5년 동안이나 선잠을 잔다고!

나는 인생에서 5년을 포기할 생각도, 데미를 침대에서 쫓아낼 생각도 결코 없었다. 렉시는 엄마 젖을 기껏해야 6개월 먹으면 다행일 것이었다.

수없이 통곡한 끝에(렉시 말고 내가) 나는 다른 방법을 찾아야겠다고 마음을 굳혔다. 일정표가 효과가 없고 아이 맞춤형 접근법이 끔찍하기만 했다면 이 둘의 절충안도 있지 않을까? 무슨 앱이라도 있지 않을까?

나는 구할 수 있는 책을 모조리 읽어보고 인터넷을 미친 듯이 검색했다.

나와 비슷한 상황에서 육아를 해본 사람들이 있을 것이었다. 나처럼 강박적이고 불안에 떨고 어떤 상황이든 스스로 제어하려 하는 사람들도 육아를 해봤을 것이다.

그럼 누군가는 답을 알고 있지 않겠는가?

거짓말 14
아이가 잘 때 같이 자라

- -

육아의 혼란과 고통 속에 파묻혀 지내던 때, 나는 분별 있는 사람들이 할 만한 행동을 했다.

페이스북에 온갖 불평불만을 쏟아냈다.

물론 내 불만을 어여쁜 아기 사진으로 치장하는 것도 잊지 않았다. 나는 렉시의 귀여운 사진을 올리고 이렇게 썼다. '이 천진난만한 꼬맹이 때문에 엄마는 밤을 홀딱 새워 버렸다. 하하하! 오늘도 역시나! 하하하. 벌써 한 달째. 왜 이 아이는 한시도 쉬지 않는 거지?'

"아기가 잘 때 같이 자. 그래야 충분히 쉴 수 있어." 사람들이 말했다.

아기가 잘 때 같이 자라고?

불가능하다.

나도 대낮에 아이와 같이 자보려고 수없이 시도했다. 하지만 언제 내 가슴이 호출될지 몰라 불안한 마음에 심장이 두근거려서 잘 수가 없었다.

렉시가 30분 안에 또 울려나? 한 시간 안에? 세 시간 뒤에? 무엇 하나 확실하지 않은 탓에 스트레스만 쌓였고, 그렇게 쌓인 스트레스가 다시 잠을 쫓아냈다.

햇빛이 비치는 방에 누워 눈을 질끈 감고 잠을 청한 것이 몇 번인지 모른다. 지칠 대로 지친 나는 쉬고 싶은 마음이 간절했다. 하지만 '어서 자! 지금 자라고! 아기가 깨기 전에 당장!'이라며 안달해봤자 아무 소용없었다. 그렇게 잠을 못 자 벌게진 눈으로 페이스북에 넋두리를 늘어놓았다.

롭이라는 게이 친구가 일정을 적당히만 따르는 수유법을 시도해 보라고 제안했다. 요즘에는 그게 유행이라고, 적절한 절충안이라고 했다. '이것 아니면 저것'이 아니란다. 아이에게 끌려 다니지도 말고, 그렇다고 아이의 울음을 아예 무시하지도 말라는 얘기였다.

나는 회의적이었다. 지금껏 육아 서적을 닥치는 대로 읽고 '유용한 조언'도 무수히 들었지만 그중 단 하나도 먹히지 않았다. 하나같이 끔찍했다! 어떤 조언도 고장 난 우리 아이를 고치지 못했다. 단 하나도!

게다가 게이인 롭이 과연 육아에 대해 조언할 수 있는 사람인지 의심이 갔다. 롭은 아이가 없고 아이를 낳을 생각도 없었다. 더군다나 롭이 아이들 많은 곳에 있는 모습은 단 한 번도 보지 못했다. 잘생긴 게이인 롭의 서식지는 술집 아니면 클럽이었다.

그런데 알고 보니 롭은 어린 여동생을 자주 돌보았고 육아에 대해서도 꽤 잘 알고 있었다. 아마 우리보다 더 나았을 것이다. 가끔 친구들의 숨은 재능을 알고 나면 놀랍기 그지없다.

일정을 적당히만 따르는 수유법은 이런 식이었다. '아기들은 잠드는 방법을 모른다. 그러니 제일 먼저 자는 법을 알려줘야 한다.'

새로운 깨달음이었다. 아기 수면 교육의 퍼즐에서 사라진 조각을 찾은 듯했다.

렉시에게 자는 법을 가르쳐 주라고? 자는 건 자연스러운 일 아닌가. 아기도 피곤하면 곯아떨어진다. 그렇지 않은가?

듣자 하니 그건 아니었다. 아기는 피곤하면 자주 운다고 한다. 하지만 수면 부족에 시달리는 혼란스러운 엄마는 아기가 배가 고파서 우는 것이라고 착각한다(아니면 그저 울음을 멈추기 위해 아기의 입에 무엇이든 쑤셔 넣고 동이 트기 전에 단 몇 분이라도 더 단잠에 빠지려 한다).

배가 고프지 않은 아기에게 우유를 먹이면 과식의 악순환이 시작된다. 과식한 아기는 배탈이 나고, 그러면 평온한 밤은 더욱 멀어진다. 지나치게 먹고 지나친 자극을 받은 아기는 잠이 들기 힘들어지고, 결국 몇 시간씩 불안정한 상태로 울부짖으면서 밤마다 주기적으로 깨기를 반복하는 것이다.

우와.

이거 우리 얘긴데! 우리 애가 딱 그렇잖아!

전혀 몰랐다. 갓난아기가 색맹에 대소변 못 가리고 자기 팔다리로 제 자신을 끝없이 공격하는 것도 모자라 어떻게 잠드는지도 모른다니!

점점 더 흥미가 생겼다.

모유수유는 배가 고프든 안 고프든 아기가 안정을 얻는 엄청난 안식처다. 아기가 과식하는 습관이 들면 물기가 많은 '전유'를 많이 먹게 된다. 그러면 배에 가스가 차서 복통에 시달리고, 결국 아이는 더욱더 모유를 먹게 된다.

이렇게 악순환이 계속되는 것이다. 조금 먹어도 가스가 찬다. 가스가 차면 고통을 달래기 위해 더 많은 모유를 먹으려 한다. 모유에 진통제 성분이 들어 있기 때문이다.

'과식'이 야기하는 이런 문제들 모두 우리의 상황과 정확히 맞아 떨어졌다. 아이에게 자는 법을 가르쳐 줘야 한다는 사실도 알고 나니 그동안 렉시가 왜 그렇게 눈을 깜빡거리며 얼굴이 벌게진 채 소리를 질러대면서도 피곤해 '보이지' 않았던 건지 설명이 됐다.

나는 카페인 없는 차를 한 잔 마시고(카페인이 모유에 들어가 각성 상태를 야기한다) 졸려하는 렉시를 무릎에 눕히고는 롭이 보내준 링크로 들어가 일정을 적당히만 따르는 수유 방법을 익혔다.

물론 만성 피로에 수면 부족 상태에서 그 많은 정보가 한번에 이해될 리는 없었다. 세 번쯤 반복해서 읽고 나니 핵심이 눈에 들어왔다. 관건은 수면 고문의 감옥에서 벗어나는 것이었다.

일을 마치고 돌아온 데미에게 탈출 계획을 알렸다.

"렉시에게 잠드는 법을 가르쳐 줘야 돼. 주변 환경을 조용히, 편안하게 만들고 침실을 아주 어둡고 아늑하게 만드는 거야."

우리는 밤이면 침실을 아주 어둡게, 그러니까 전쟁 중의 등화관제처럼 깜깜하게 만들었다. 기저귀 발진 크림에 걸려 넘어지면서 어떤 멍청이가 이걸 여기다 둔 거냐고 욕할 만큼 깜깜하게 말이다. (당연히 데미 짓일 것이다. 이 집에 나 말고 데미밖에 더 있나. 아 잠깐만, 내가 그랬나⋯.)

우린 피곤했다. 창문 크기를 재고 커튼을 새로 다는 일도 썩 내키지 않았지만 어쨌든 해치웠다. 단 한 줄기의 빛도 새어 나가지 않도록 문틈에 옷가지를 쑤셔 넣었다. 모든 것을 확실히 하기 위해 열쇠 구멍도 솜으로 막았다.

내가 조금 강박적이었는지도 모른다. 하지만 미적지근하게 준비해서 어디 전쟁에 나가 이길 수나 있겠는가.

일정을 적당히만 지키는 수유법에 따라 이제 수면 시간은 매일 저녁 같은 시간에 시작되었고, 우리는 매일 저녁에 렉시를 껌껌한 방으로 데려가 젖을 먹이고 침대에 눕혔다.

엄격한 수면 교육과 비슷했지만 이번에는 효과가 있었다. 잠들기 한 시간 전부터 주변에 소음이나 자극을 없애고 렉시를 진정시키는 데 정말 힘들게 노력한 덕분이었다.

사흘 쯤 지났을까, 렉시는 안고 흔들어 주거나 쉬이 소리를 내주지 않아도 5분 만에 잠이 들었다. 그렇게 우리는 모든 초보 엄마 아빠들의 부러움을 사게 되었다.

데미: 사흘이라고? 그것보단 오래 걸린 것 같은데. 그래도 고생한 시간이 짧았다고 기억한다니 다행이네. 참 자기 편한 대로 기억하는 데 뭐 있다니까.

사람들은 믿기지 않는다는 듯 물었다. "세상에. 아이를 눕히기만 하면 그냥 잠든다고? 둥가둥가도 안 하고? 쉬이 소리도 안 내고? 아이 안고 30분씩 돌아다니지도 않고, 아이 귀에 다스베이더 저리 가라 할 숨소리도 안 내고? 완전 기적인데! 예수님을 낳은 거야 뭐야!"

(이 말에 언짢았다면 미안하지만 이건 내가 아니라 친구가 한 말이다. 내가 예수를 낳았다는 생각은 꿈에도 해보지 않았다.)

밤이 깜깜했다면 균형을 맞춰서 낮에는 밝아야 했다. 나는 이 문제에도 상당히 신경을 썼다. 누가 보면 조금 정신이 나갔다 할 정도로.

"안 돼! 침실 커튼은 닫지 마! 지금은 낮잠 시간이지 밤잠 시간이 아니라고! 아니, 내가 강박적인 게 아니야. 시스템에 맞춰야지!"

렉시가 낮잠을 세 시간 이상 자면 가차 없이 아이를 깨웠다. 인터넷을 찾아보니 아이를 깨우는 유용한 방법이 여럿 있었다. 아이의 손을 어루만지고 부드럽게 쥐거나 잘 자고 있는 아기를 안고 밝은 빛 아래에서 신나게 노래를 부른다. 이런 방법이 잔인해 보일 수도 있다. 하지만 수면 고문만큼 잔인한 것도 없지 않은가.

가끔 오지랖 넓은 할머니들이 "잘 자는 아기 깨우는 거 아니야!"라며 훈수를 두기도 한다.

숱한 여성들이 심각한 수면 환경에 대해 토로했다. 수면 부족에 시달리던 누군가는 맥주 '한 잔'만 마시고 온다며 나갔다가 고주망태가 되어 돌아온 남편에게 이불을 덮어씌우고 흠씬 두들겨 팼다는 이야기도 들렸다.

이렇게 귀가 따갑도록 들려오는 엄마들의 고충은 내가 욕실 거울에 붙여 놓은 한 문장으로 압축될 수 있었다. '아기에게는 충분히 휴식을 취한 행복한 엄마가 필요하다.'

탈출 계획의 두 번째 단계는 낮 동안 렉시의 배에 모유를 가득 채우는 것이었다.

낮에 나는 렉시가 울 때까지 기다리기보다는 먼저 아이를 끌어와 젖을 물렸다. 이렇게 세 시간마다, 가끔은 조금 더 일찍 아이를 먹였다.

일정을 적당히 따르는 수유란 느긋하고 평온한 일상을 이어가면서 과식은 경계하는 것이다. 두 시간 반이나 세 시간마다 한 번씩 수유를 하되, 그 이상은 하지 않는 것이 중요하다. 분유를 먹이는 운 좋은 엄마라면 네 시간에 한 번이 적당하다.

일정을 적당히 따라 수유하는 엄마들은 그다음 수유할 때까지 비는 세 시간 동안 아이와 산책하거나 아이를 흔들어 주거나 아이를 다른 사람에게 맡기는 것이 좋단다. 모든 사람이 이런 일상에 익숙해질 때까지 말이다.

아주 좋은 소식이었다.

렉시가 내 가슴을 지배하던 공포의 시절은 이제 끝났다.

이제 모든 것은 내가 장악한다.

내가!

석기시대에 인류는 자연과 조화를 이루며 살았고 아마도 아이가 울 때마다 젖을 물렸을 것이다. 하지만 그때 인류에게는 병원도, 휴지도 없었다. 나는 병원도, 휴지도 사랑한다.

하루에 대략 세 시간마다 아이에게 젖을 물리고, 아이가 울 때까지 기다리지 않고 내가 먼저 아이를 데려오는 방법은 나에게 잘 맞았다.

10분마다 쓰라린 가슴을 내놓는 건 사람이 할 짓이 못 된다. 그렇고말고.

일정을 정확히 지키지 못할까 봐 조바심 낼 필요도 없었다.

육아라는 감옥에서 두 가슴이 해방되는 순간, 삶이 조금씩 나아지기 시작했다.

감정 상할 일도 없었다. 전보다 훨씬 더 규칙적으로 외출도 하고 여행 계획도 세울 수 있었다. 밤에 잠도 꽤 오랜 시간 연이어 잘 수 있었다. 정신 줄을 놓는 일도 차츰 줄었다. 변기 위를 내달리는 장난감 자동차가 보이는 것도 한참 전의 일이 되었다.

몇 주가 지나자 렉시가 밤 10시부터 아침 7시까지 내리 자는 날도 더러 생겼다.

기분이 정말 좋았다.

고통 없이 잠을 푹 잘 수 있다니. 부모로서 더 바랄 일이 뭐가 있겠는가?

이렇게 예전의 삶이 되돌아오는 건가?

그렇긴 할 텐데 그리 빠른 시일 내에 돌아오진 않을 것 같았다. 사실 전과 똑같은 삶이 돌아오진 않을 것이었지만 그때의 나는 이 사실을 알지 못했다.

거짓말 15
지금이 제일 좋을 때다

렉시가 3개월에 접어들었을 때 런던에 사는 친구들에게 초대를 받았다. 오랜만에 친구들끼리 만나 회포나 풀자고 했다. 요즘 다들 바쁘게 지내는 거 알지만 시간 좀 내서 서로 어떻게 살고 있는지 얼굴이나 보고 얘기하자는 그런 모임이었다. 그리고 당연히 이런 자리에 술이 빠질 수는 없다. 하하하!

런던은 브라이튼에서 한 시간 정도 떨어져 있다. 모임 약속 시간은 저녁 8시였다.

나는 3초 동안 고민했다. 렉시는 유아차에 태워서 데려가고 수유는 기차에서 하면 되지 않을까….

말도 안 되는 소리.

금방 지칠 게 뻔했다. 엄두가 안 났다. 저녁 8시에 만나자고 했지. 8시면 잘 시간인데.

날뛰는 호르몬의 손길에 아기 의자가 방 한가운데로 내던져지듯, 현실이 불쑥 파고들었다. 내 삶은 변했고 이 변화는 일시적인 것이 아니었다. 그러니까 내 일상이 바뀐 지도 이미 몇 달이 지났고 나는 할머니처럼 초저녁에 잠자리에 들었다. 아이는 우리의 삶에 완벽히 맞아 떨어지지 않았고 삶은 예전과 같이 흘러가지 않았다.

한밤의 외출은 더 이상 없는 것인가? 이제 앞으로의 모든 밤이 이렇게 일찍 끝나 버리는 것인가? 아이에게 돌아가야 하니까, 혹은 다음 날의 맹공격을 버텨내려면 푹 자두어야 하니까?

이제부터 다른 식의 즐거움을 찾아야 하는 것인가? 앞으로의 일상은 가족과 함께 숲으로 산책을 간다거나 일요일 저녁에 구이 요리를 먹는 등 건전한 활동으로 채워지는 것인가?

그럼 내가 버터 듬뿍 든 케이크 한 조각에 차 한 잔 곁들이면서 범죄 드라마 챙겨 보다가 일찍 잠자리에 드는 날들을 고대하게 된다는 건가?

세상에, 아니길 바란다.

데미: 사실 난 렉시가 아기였을 때만 누릴 수 있는 그 특별한 시간들이 좋았어. 당신은 정말 괴물이야. 그렇지만 나도 도움이 되지 못해서 죄책감을 심하게 느꼈다고. 당신이 무슨 말 할지 알아. 맞아, 죄책감은 무의미한 감정이지. 근데 무의미하다고 해서 죄책감이 사라지는 건 아니잖아.

렉시를 갖기 전에는 아기가 태어나도 밤 외출은 할 수 있을 줄 알았다. 모유를 유축해서 냉장고에 넣어 두고 나가면 될 것이라고 생각했다.

대자연이 나에게 이렇게 변덕을 부릴 줄은 몰랐다. 유축을 아무리 해도 모유가 일정하게 나오지 않았다. 게다가 렉시의 배 속에 우유가 얼마나 들어가는지 측정할 수가 없으니 아이가 우유를 얼마나 먹고 있는지 알 길이 없었고, 결국 피곤에 지친 초보 엄마는 꽥꽥거릴 수밖에 없었다. "왜 맨날 나야! 왜 나만 이래야 하냐고! 유축기가 뭐 이래! 내 가슴이 우유를 얼마나 내보낼지 알 수가 없잖아. 이제 유축 한답시고 새벽 6시에 일어나진 않을 거야."

문득 이 모든 일이 꽤 오래 걸릴 것이라는 깨달음이 스쳤다. 쉬는 날도, 병가도, 휴일도 없었다. 이 꼬맹이가 살아남으려면 하루도 빠짐없이 부모가 필요하니 그저 그 자리에 있어야만 했다. 물론 우리도 항상 그 자리에 있고 싶었다. 아이의 생존을 위해서라면 당연히 부모의 노력이 투하되어야 마땅했다. 하지만 우리도 지칠 대로 지쳤고 아픈 날도 있었으며 쉬어야 할 때도 있었다.

몇 주 뒤, 친구들의 '성대한 모임' 사진이 페이스북에 올라왔다. 즐거워하는 친구들의 모습을 보니 나도 덩달아 기분이 좋아졌다. 마음속으로나마 그 사진 속에 내 모습을 끼워 넣었다.

아기를 낳지 않았다면 나는 어떤 모습이었을까? 카메라 앞에서 행복하게 엄지를 치켜세우는 모습? 유쾌하게 와인을 병째로 들이켜는 모습? 먹다 만 빵을 입에 물고 웃는 모습?

내가 페이스북 사진을 둘러보는 동안, 렉시는 내 거대한 배 위에서 곤히 자고 있었다.

나는 가운 차림이었다. 그 안에 입은 티셔츠는 모유로 얼룩져 있었고 눈썹은 한동안 뽑지 않아 무성했고 머리도 다듬을 때가 훌쩍 지나 있었지만 누가 알겠는가? 렉시가 태어난 순간부터 내 머리는 언제나 뒤로 질끈 묶여 있었는데.

나는 페이스북에 올라온 친구들의 사진에 어울리지 않았다. 나는 어른들만의 밤 모임에 적합하지 않았다. 어찌어찌해서 근사한 옷에 몸을 구겨 넣었다 해도 모유수유로 생긴 요통 탓에 기차에 타서 쿠션감은 찾아볼 수 없는 간지러운 의자에 앉아 간다는 것 자체가 곤욕일 것이었다.

아이를 낳으면 삶이 상상했던 것보다 훨씬 더 많이 변한다는 사실을 나는 서서히 깨닫고 있었다. 일단 몸이 바뀌고 생활 방식이 바뀐다. 그리고 친구 관계도 바뀐다.

친구 관계에서 아이들은 기이한 역할을 한다. 아이들이 우스꽝스런 안경을 쓰고 색실 스프레이를 뿌려댄다는 말이 아니다. 아이가 생기면 친구 관계가 바뀐다는 뜻이다.

렉시가 생기기 전에 내 곁에는 사랑스럽고 예쁘고 특별하고 친절하고 사려 깊은 친구들이 있었다. 나는 렉시가 태어나도 이 친구들을 자주 볼 수 있으리라 생각했다. 닥쳐 보니 현실은 달랐다. 친구 집에 주차 공간이 없거나 친구가 시내 한복판에 살거나 5킬로미터 넘게 떨어져 산다면 그들은 달에 사는 것과 다름없었다. 더군다나 그들 대부분은 환한 대낮까지 잠을 자면서 숙취를 해소해야 했다.

나는 이 친구들을 사랑했다. 친구들이 미치게 보고 싶었다. 하지만 현실적인 골칫거리 때문에 그들과의 만남은 자꾸 미뤄졌다. 이런 식이었다. "사랑해 친구야. 하지만 난 울부짖는 갓난아기를 들쳐 안고서는 어디든 가고 싶지 않아."

물론 우리 집으로 오겠다는 친구들도 있었다. 하지만 말했다시피 우리 집은 손님은커녕 어른 둘에 아기 하나가 살기에도 빠듯한 곳이었다. 손님용 침대도 없을뿐더러 유축기며 아기옷, 속싸개를 비롯해 가슴 크림, 유두 보호기, 버려진 브라 등 사회적으로 용인되기 힘든 쓰레기 천지였다. 친구들을 아기용품 쓰레기 더미로 데려올 순 없었다. 정작 친구들은 별로 신경 쓰지 않을 테니 다 쓸데없는 고민이었지만 사고 처리 과정에 그놈의 호르몬이 끼어들어 행패를 부렸다.

그런가 하면 진작 헌신짝처럼 버렸어야 했지만 모성애 때문에 어쩔 수 없이 이어온 친구 관계도 있었다.

아이를 낳기 전에 나는 사람들의 결함에 관대한 편이었다. 누구든 재미있어 보이면 우연히 친구가 되어 관계를 이어왔다. 그래서인지 친구들을 어떻게 만났는지 확실히 기억하지 못하는 경우가 대부분이었다. 아마 어디 술집에서였겠지. 그러면서 그중 최고는 곁에 두고 최악은 버렸다.

술을 심각할 정도로 많이 마시는 친구들도 있었다. 명확하게 말하면 그 친구들은 중독이라는 외줄 위를 아슬아슬하게 걸어가고 있었다. 주기적으로 욱하거나 주변 사람들에게 기대려는 친구들도 꽤 많았다. 솔직히 말해 정서적으로 엉망인 친구들도 있었다. 나 정도는 명함도 못 내밀 수준이었다.

아이가 없을 때는 아무 상관없었다. 친구들을 사랑했으니까.

하지만 아이가 태어나고 나니 상황이 달라졌다.

어른으로서 제대로 기능하지 못하고 성장하지 못한 친구들, 생각과 감정 사이에서 노선을 확실하게 정하지 못하는 친구들, 눈이 풀리고 고성을 지를 때까지 술을 마셔야 직성이 풀리는 친구들은 차츰 멀어졌다. 아이가 생기고 나면 이런 친구들은 참아내기 힘들어진다.

갓난아기를 돌보면서 스트레스에 시달리다 보면 타인에게 베풀 심적 여유가 없어진다.

지나치게 자기중심적이었던 친구들은 내가 아이를 낳은 뒤 자연스레 멀어졌다. 내가 그들에게 해줄 수 있는 것이 없었기 때문이다. 그들 입장에서는 내가 쓸모없어졌으니 나를 신경 쓸 이유가 없었고 나 역시 그들을 신경 쓸 시간도, 에너지도 없었다. 그들과의 우정이 얼마나 가벼웠는지 깨달을 때마다 가슴이 아팠지만 현실적으로 연을 끊는 것이 최선이었다.

그렇게 과거의 우정이 사라진 자리에 새로운 우정이 싹텄다.

그 사이에 혼란스러운 단계가 있었다. 한쪽 문이 닫히면 또 다른 창문이 열린다 했던가? 아니면 그 반대인가? (어느 쪽이든 왜 창문이 열리는 건지 아무리 생각해도 모르겠다. 그럼 창문으로 기어 올라가야 한다는 얘긴가? 도둑이 되란 말인가 뭔가?)

아무튼.

한 세상이 끝나면 다른 세상이 펼쳐진다.

육아라는 놀라운 신세계에서 나는 아이를 둔 새로운 친구들을 사귀었다. 산부인과 동기들, 아기 모임에서 만난 엄마들과 어울리기 시작했다.

기분이 묘했다. 아기를 낳기 전에 내 곁에는 최고로 멋진 친구들이 가득했고 앞으로의 날들도 이렇게 유쾌한 친구들과 함께하리라 믿어 의심치 않았다. 하지만 그 친구들에게 아이가 없다면 다 잊어버려라. 결국 비슷한 처지의 아이가 있는 사람들에게 끌리는 것이 인지상정이다.

새로 만난 친구들은 내 혼란과 고통, 불확실함을 이해했다. 그들 역시 내가 겪고 있는 일을 똑같이 겪고 있었기 때문이다. 더군다나 그들은 지리적으로 가까웠고 유아차와 유아가 들어갈 수 있는 곳에서 만나야 할 필요성을 십분 이해했다.

아이는 정말이지 굉장한 연결 다리다. 이 세상의 모든 초보 부모들에게 공통분모를 안겨주니 말이다.

서서히, 예전 삶은 멀어지고 새로운 삶이 싹텄다.

예전 친구들을 잃고 싶지는 않았다. 하지만 삶의 새로운 국면에서 살아남으려면 새로운 친구들이 필요했다. 내 여정을, 고통을, 분투를 잘 아는 친구들이 있어야 했다. 아이의 용변 습관에 대한 얘기를 억지로 견디는 것이 아니라 함께 나누고 싶어 하는 친구들이 필요했다.

이런 필요에 완벽히 들어맞는 유일한 부류는 갓난아기를 둔 다른 부모들뿐이었다.

거짓말 16

다 한때다

동네 엄마들과는 적어도 일주일에 한 번씩 '그리 유아 친화적이지 않은' 브라이튼의 숱한 카페 중 한 곳에서 만났다.

우리가 스타벅스에 자리 잡고 앉아 현대사회의 육아에 대해 담소를 나누는 동안 아이들은 비명을 지르거나 번잡한 거리로 달아나려 했다.

스타벅스에서도 우리를 싫어했다.

동네 엄마들과 만나 즐겨 얘기하는 주제 중 하나는 '아기 단계'였다.

'아기 단계'란 말은 불편한 무언가를 포장해서 가볍게 말할 때 쓰는 표현 중 하나다. (다리 왁싱을 하러 갈 때 주변에서 '조금 얼얼할 것'이라 말하거나, 간호사가 주사를 '따끔하고 말 것'이라 말하는 경우가 그렇다.)

사람들은 '다 한때'라고 말한다. 그러면 아기가 두 시간 내리 울어 젖힐 때의 불편함이 해소되기라도 하듯이 말이다.

그럴 일은 없다.

육아의 세계에서 단계는 갓난아기들이 기이한 행동을 무작위로 벌이는 시기를 말하는데, 이에 대해 상세히 알려주는 육아 서적은 잘 없다. 이런 시기는 오자마자 사라져 버리기 때문이리라.

아마도.

하지만 단계는 대부분 그리 순식간에 지나가지 않는다. '그저 한때'가 아니라 길고 끔찍한 시기가 되는 것이다.

동네 엄마들이 말하는 아기들의 '단계'로는 다음 같은 것이 있다.

· 밤에 끙끙대기 (아이는 곤히 잠들었는데 계속 괴상한 소리를 내서 애를 태운다)

· 쉼 없이 흐르는 콧물

· 오후 5시부터 7시까지(소위 개떡 같은 시간에) 내리 울기

· '왜 아무 이유 없이 열이 나는 거지?'

· 마지막으로, 어마어마한 똥 폭탄이 쏟아지는 무시무시한 달

이런 얘기는 아이 없는 친구와 할 수 없다. 그들은 이해를 못하거나 신경을 안 쓴다. 게다가 그들에게 귀중한 조언이 나올 리 만무하다.

다른 엄마들보다 한 달 먼저 아이를 낳은 엄마는 우리들 사이에서 선구자이자 단계 전문가로 통했다. 그 엄마의 아들이 누구보다 먼저 이 모든 단계를 거쳤기 때문에 이다음에 어떤 단계가 기다리고 있는지 정확히 알려줬다.

동네 엄마들과 스타벅스를 찾은 어느 날, 렉시가 하루 종일 응가를 하지 않고 있었다.

이 사실에 동네 엄마들은 경악했다.

선구자 엄마는 렉시가 어마어마한 똥 폭탄 단계에 접어들고 있다고 일러 주었다.

"그렇게 똥 폭탄이 시작되는 거야. 한참 동안 안 나오다가 한 번에 무지막지하게 쏟아지지."

혹시나 무언가를 먹고 있을 독자들이 있을지 모르니 상세한 묘사는 생략하겠다. 그저 몇 문장으로 요약하자면 이렇다.

· 옷이 엉망이 된다.

- 어쩜 이렇게 많이 나올 수가 있지?
- 왜 항상 밖에만 나오면 이러는 걸까?
- 어디 갈 때에는 꼭 여벌 옷을 두 벌씩 챙겨야 한다.

우리가 무시무시한 똥 폭탄에 대해 얘기하는 사이, 렉시의 얼굴이 벌게지더니 기저귀가 빵빵해졌다.

이번엔 '맙소사' 단계인가.

선구자 엄마가 동정 어린 손길을 건넸다. "애들은 항상 밖에 나올 때 이러더라고."

"기저귀 갈아야겠어." 내가 말했다.

"정말 괜찮은 거 맞아? 혹시 모르니 물티슈 더 가져가야 하지 않겠어?" 선구자 엄마가 물었다.

난 괜찮을 줄 알았다. 렉시는 이제 3개월밖에 안 된 아기지 않은가. 난 베테랑이다. 응가가 얼마나 크든 밖에서 기저귀 가는 것쯤은 일도 아니다.

필요한 것들은 모두 가방에 정갈하게 챙겨 놓았다. 오늘은 하나도 빠뜨리지 않았다. 육아의 세계에서 나는 승자였다. 모두 괜찮았다. 모든 것이 내 통제 하에 있었다.

나는 차분히 렉시를 데리고 과하게 따뜻한 스타벅스의 화장실로 향했다. 화장실에는 접이식 기저귀 교환대도 하나 있었다.

모두 상당히 문명화된 환경이었다.

기저귀를 갈려고 보니 선구자 엄마가 나를 왜 그렇게 동정 어린 눈길로 바라보았는지 그제야 이해가 갔다. 이건 공포였다. 아이를 말끔히 씻기고 옷도 모두 갈아입혀야 하는 상황이었다. 렉시가 입고 있는 옷들은 못 쓰게 되어 소각해야 할 정도였다.

스타벅스에 소각시설이, 여벌 옷이 있을 리가 없었다.

나는 가지고 온 물티슈를 모조리 써서 렉시를 샅샅이 닦아 주었다. 옷을 갈아입히고 너러워진 옷은 나중에 소각하기 위해 가방에 넣었다.

그런데, 또다시, 더욱더 어마어마한 똥 폭탄이 쏟아졌다. 이번에는 핵폭탄 급이었다.

나는 언제나 위기 상황에 대한 대처 능력이 뛰어나다고 자부했다. 그동안 어떤 상황도 잘 헤쳐 나갔다. 무언가에 굴복할 일도, 능력 밖이라 감당하지 못할 일도 없었다.

하지만 무더운 공중 화장실에서 발가벗은 채 똥 범벅이 되어 악을 쓰는 아이와 함께 있는 상황에서는 어떤 해결책도 요원해 보였다.

나는 허둥대다가 할 수 있는 유일한 선택지를 택했다. 두 번째 옷도 과감히 내던지고 렉시를 발가벗긴 채 데리고 나왔다.

겨울이었다. 헐벗은 아기에게 적합한 계절은 결코 아니었다.

벌거벗은 채 우는 아이를 끌어안고 벌게진 얼굴로 화장실에서 나오는 내게 커피숍에 있던 모든 사람들의 시선이 쏟아졌다.

그때 내 모습은 폭탄이 터진 뒤의 만화 속 인물 같았을 것이다. 머리는 하늘 높이 치솟고 눈은 충격을 받아 휘둥그레진 모습 말이다.

"괜찮아? 여벌 옷 좀 줄까?" 동네 엄마들이 물었다. 그들의 눈에 걱정이 한가득 서려 있었다.

그들은 깨끗하게 다림질한 뒤 접어서 아기 가방에 가지런히 넣어둔 옷을 건넸다.

정말이지 사랑스러운 엄마들이었다(물론 지금도 그렇다).

고마운 마음으로 세일러복 한 벌을 건네받으며 나는 무수한 교훈 중 하나를 배웠다. 여벌 옷은 언제나 두 벌씩 챙길 것.

생존 전략에서 말하듯, 둘은 하나와 같고, 하나는 없는 것과 같다.

아기 단계를 하나씩 헤쳐 나갈 때마다 데미와 나는 이번 단계만 지나면 조금 더 수월해질 것이라는 그릇된 희망을 품었다. 하지만 현실은 달랐다. 새로운 단계를 지날 때마다 우리 집은 그 단계를 벗어나기 위해 대책 없이 사들인 아기용품 더미로 점점 더 비좁아졌다.

몇 년 동안 도시에 살면서 우리는 뼛속들이 소비자가 되어 있었다. 우리의 삶은 쓰레기를 구입하는 것으로 점철되었다.

프랑스 빵집에 버터 듬뿍 넣어 갓 구운 크루아상이 있다고?
그거 좋지. 주니퍼베리가 들어간 시그니처 칵테일이 있어?
오, 가보자. 글루텐 프리라고? 좋아, 구석기 다이어트를 해
야 하니까 유기농 슈퍼마켓에 가봐야겠어. 세상에, 고를 게
이렇게나 많다니!

데미: 구석기 다이어트가 뭔지 도대체 모르겠네. 게다가 당
신이 우리 집 식탁에 끈질기게 올려놓는 그 글루텐 프리 뭐시
기는 도무지 좋아할 수가 없다고.

도시에서는 모든 구매 욕구를 실현할 수 있다. 최고의 레스토
랑, 무엇보다 흥미롭고 이색적인 음식들, 최신 여가 생활을
마음껏 누릴 수 있다. 브라이튼 시에서도 언제나 활기 넘치고
흥미진진한 일들이 펼쳐졌다. 그저 재미삼아 테디베어로 저글
링 하는 사람도 있고, 거대한 캥거루 점핑 부츠를 신고 경중경
중 뛰며 출근하는 사람도 있다(한번 찾아보라, 정말 웃기다).
　거리 발코니에서 맥주를 한 잔 마실 수도, 부족의 드럼 음
악을 들을 수도, 아니면 자갈 해변에서 신선한 새우와 버터
바른 갈색 빵을 먹을 수도 있다.
　환상적이지 않은가.
　하지만 갓난아기가 생긴 마당에 이런 도시 생활은 감히 꿈

도 꿀 수 없었다. 이제는 물티슈 사러 슈퍼마켓에 갈 수만 있어도 꽤 괜찮은 하루라 할 수 있었다.

그렇게 우리의 소비는 새로운 국면을 맞았다.

나는 이 비참한 시기를 좀 더 수월하게 보내게 해줄 아기용품을 인터넷으로 사들이기 시작했다.

물론 우리도 좀 더 어른답게 굴었어야 했다. 이것저것 사들인다고 문제가 해결되지 않는다는 사실을, 더 심오한 정신적 변화가 필요하다는 사실을 깨달았어야 했다. 이 순간을 즐겼어야 했다. 과거는 뒤로 하고 새로운 삶을 받아들였어야 했다.

하지만 그러지 못했다.

그저 또 다른 불편한 상황이 닥치면 이를 해결해 줄 제품을 찾아 나섰다.

순진하고 필사적인 초보 부모였던 우리는 광고주가 꿈에 그리던 호갱님이었다. 육아용품들을 사들이면 육아의 무수한 고충들을 피할 수 있으리라 믿어 의심치 않았다.

치발기도 그랬다.

4개월에 접어들면서 렉시는 침을 질질 흘리고 머리를 여기저기 찧고 다니면서 맥주병 같은 부적절한 것들을 마구잡이로 물어뜯는가 하면 (그리 자주는 아니지만) 한밤중에 번뜩 깨기도 했다.

이제야 좀 수월해지려나 싶어 한숨 돌리고 있는 찰나, 대자연이 쓰레기를 한 움큼 쥐어 우리 집에 쏟아 버렸다.

또다시.

쾅! 이제 렉시는 침을 질질 흘리고 닥치는 대로 씹어대며 짜증을 내고 새벽에 화들짝 깨는 아기가 되었다.

너무 불공평한 것 아닌가. 대자연이여, 그대는 정말 고약하구나.

이 문제는 또 어떻게 풀어야 한담? 분명 누군가가 획기적인 제품을 발명해 놓았을 테지?

미숙하고 순진한 나는 이 문제를 더 수월하게 풀어줄 도구나 장치가 반드시 있으리라 믿었다.

다시 인터넷 검색에 돌입했다. 다행히 반짝반짝 윤이 나는 상품들이 만족스러운 듯 미소 짓는 아기 사진과 함께 늘어서 있었다. 만세! 그래, 내가 생각한 게 바로 이거였어. 돈만 조금 내면 이 모든 만족이 곧 내 것이 되는 거야.

그것 참 좋은 소식 아닌가.

얼마면 돼? 잔돈은 있나?

그런데, (아마존 리뷰를) 자세히 살펴보니 이 마법 같은 물건들로 제대로 된 효과를 보지 못할 수도 있다는 말들이 더러 있었다.

가령 '약산성' 물질이 아기 피부에 묻어나지 않는다는 호박 모양 치발기 목걸이는 효과가 과학적으로 입증되지 않았단다. 다 추측일 뿐이란다.

아기가 '이거 순 엉터리'라고 말할 수 있으려나?

젖니 통증 완화 가루는 좀 더 그럴듯해 보였다. 아기 잇몸에 무언가를 발라준다는 게 실제 의료 행위처럼 보였다.

나는 이 가루 8봉지를 5파운드에 배송비까지 주고 구입했다.

설명서에는 통증의 정도에 따라 하루에 8봉지'까지' 쓰라고 되어 있었다.

그러니까 젖니 통증 완화제 하루치를 비싼 돈 내고 산 셈이었다.

그래도 한 번쯤 시도해 볼만 하니까.

젖니 통증 완화 가루를 바르니 렉시도 불편한 느낌이 조금 줄어든 듯 보였다. 마치 노래를 크게, 최대치로 크게 틀어서 아기의 울음을 잠시나마 그치게 하는 것과 같은 이치였다.

내가 이 가루를 입안에 밀어 넣자 아이는 호기심을 보이면서도 조금 성가셔 했다.

아이가 "이건 대체 뭐야? 우유는 어디 있어, 엄마?"라고 말하는 듯했다.

나는 기적처럼 통증이 가라앉기를 기다렸다.

기적은 개뿔.

렉시는 여전히 침을 흘리며 울부짖었고 여전히 맥주병을 씹어 댔으며 여전히 한밤중에 번뜩 깼다. 예전과 달라진 게 하나도 없었다.

젖니 통증 완화제 통을 뒤져 설명서를 보니 유효성분에 카모밀라라는 것이 들어 있었다. 이건 카모마일의 다른 말 아닌가. 그러니까 나는 렉시에게 카모마일 차를 한 잔 준 것이나 다름없었다. 기대했던 강력한 진통제는 결코 아니었던 것이다.

동요하지 않고 이번에는 젤이 들어간 차가운 치발기 고리를 구입했다. 받아보니 크기가 렉시 입의 두 배는 되어 보였다. 얼음처럼 차가운 이 거대한 고리를 렉시의 작은 잇몸에 쑤셔 넣을 수가 없었다. 어떻게 시도해 보려고 해도 아이가 괴로워했다.

"이런 식으로 물건을 계속 사들일 수는 없을 것 같아. 이제는 상황이 달라졌다는 것을 받아들여야 하지 않을까. 아이가 생긴 기쁨만큼 고통과 난관이 따른다는 사실을 받아들이자." 아무 효과도 없는 아기용품이 점점 쌓여가는 것을 보다 못한 데미가 말했다.

맞는 말이었다. 아이를 고칠 수는 없다. 유기농 젖니 통증 완화제를 한 상자씩 사들인다 해도 변하지 않는 사실이었다.

하지만 물건을 사들일 수 없다면 이 난관들을 대체 어떻게 헤쳐 나간단 말인가?

거짓말 17
이유식을 먹기 시작하면 잠을 더 잘 잔다

아이는 조급함과 어울리지 않는다. 분별 있는 이들에게는 이 사실이 당연하게 들리겠지만 나는 언제나 서두르면서 살아온 사람이었다.

일을 할 때 나는 정신 나간 멀티태스커였다. 이메일을 쓰면서 소설의 플롯을 구상하고 크림치즈 베이글을 먹으면서 은행에 전화하는 이 모든 일을 동시에 해결했다. 그러고도 남는 기운으로 고객 문의 센터에 전화를 걸어서 아까 전화가 연결되기 전에 내 계좌번호를 입력했는데 왜 또 계좌번호를 물어보는 건지, 내가 입력한 건 기록되지 않는 건지 따져 물었다.

무수한 일들을 그렇게 처리했다. 단숨에.

헌데 아기들은 느으려어터졌다. 그렇다고 아기에게 빨리 좀 자라라고 소리 지를 수는 없는 노릇 아닌가. 그건 누가 봐도 잘못된 육아법이다. 어쨌든, 서두르는 내 방식은 아기에게 통하지 않는다. 뭐, 시도를 안 해본 건 아니다. 딱 한 번 해보긴 했다.

렉시가 5개월이 됐을 때 나는 조금 더 진전을 보이길 바랐다. 우리가 어딘가로 향해 가고 있다는 사실을, 기저귀를 갈고 아이 뒤치다꺼리를 하는 이 모든 단순 노동이 쓸모없지 않다는 사실을 내 눈으로 확인하고 싶었다. 렉시는 이제 밤에 통잠을 자기는 했지만 그러려면 낮 동안 모유를 한가득 먹여야 했고 밤 11시에 '밤 수유'도 한 번씩 해야 했다. 이제는 정말 제대로 된 잠을, 매일 밤 단 한 번도 깨지 않는 곤한 잠을 자고 싶었다.

아기 모임에서 만나는 조산사들은 아기가 이유식을 시작해 고형식을 먹게 되면 매일 저녁 7시부터 아침 7시까지 내리 잘 수 있다고 말했다.

이유식을 먹인다고!

이것이야말로 내가 바라던 바였다.

아기가 6개월이 되기 전에는 이유식을 먹이지 말라고들 했다. 하지만 찾아보니 너무 서두르지만 않는다면 조금 일찍 이유식을 먹이는 것도 괜찮다는 얘기가 있었다.

알고 보니 언제 이유식을 먹여야 하는지를 두고 격렬한 정치적 논쟁이 벌어지고 있었다. 5개월에 이유식을 먹여도 괜찮은 건가? 5개월 반은 어떤가? 아기는 아직 4개월이지만 태어날 때부터 한 덩치 하던 몸이라 벌써부터 돌아서기 무섭게 배고파하고 KFC 치킨도 덥석 물 기세라면 괜찮지 않을까?

대체로 5개월이면 이유식을 먹여도 별 문제는 없어 보였다.

바보같이 나는 몸에 좋은 아보카도가 자연이 내린 영양의 보고이니 첫 번째 이유식으로 이상적이리라 철석같이 믿고서 쌀죽부터 먹이는 단계를 건너뛰려고 했다.

우선 아기용 식탁 의자를 샀다. 이미 좁아터진 부엌이 3분의 1로 줄어들었다. 데미가 아기 의자를 환불하고 휴대용 식탁 의자를 샀다. 지금 있는 식탁 의자 위에 걸쳐놓을 수도 있고 차에도 간편히 실리는 것이었다.

훌륭해.

"우와, 렉시, 정말 예쁜 새 의자다. 이것 봐, 새 의자야. 의자!"

렉시를 의자에 앉히고 벨트를 채운 뒤 아보카도를 한 스푼 가득 먹였다. 한 입 받아먹은 아이는 굉장히 만족스러운 표정을 지었다. 그렇게 렉시에게 몇 스푼을 더 먹였다.

기가 막힌데!

모든 게 정말 간편해 보였다. 음식이 들어간다. 아이는 크고 건강해진다. 밤에 잠도 더 오래 잔다.

'밤 수유'도 이제 과거의 일이 되고 말 것이다.

더 많은 칼로리가 들어가면 잠도 오래 잘 거야. 맞지?

틀렸다.

그날 밤, 렉시는 저녁 9시에, 자정에, 새벽 1시, 3시, 5시에 깼다.

나는 몹시 낙담했다.

대관절 어떻게 된 일이지?

아이는 제대로 된 진짜 음식을 사랑스럽게 잘 받아먹었다. 그런데 왜 이렇게 시도 때도 없이 깨는 걸까? 대체 뭐가 문제지?

미친 듯이 검색을 해서 문제를 찾았다. 어린 아기에게 아보카도는 소화하기 힘든 음식이기 때문에 쌀죽이나 당근 퓨레 등을 먹이는 것이 좋다고 한다.

결국 쌀죽을 한 상자 사다 놓고 네 스푼씩 먹이니 그제야 아이도 잠을 잘 잤다. 그래도 밤 수유는 여전히 계속되었고 아이는 아침 일찍 깼다. 바뀐 것은 아무것도 없었다.

다음 날, 나는 다시 쌀죽을 섞어서 렉시를 의자에 앉히고, 먹이고, 닦고(렉시까지), 설거지를 했다. 다음 날도, 그다음 날도.

먹고 치우고 닦는 이 모든 일이 골칫거리가 되었다. 렉시의 수면 습관은 눈꼽만큼도 달라지지 않았다. 더군다나 점심시간에 나갈 일이 있으면 아기 이유식까지 챙겨야 했다.

데미: 나는 렉시가 이유식을 먹기 시작하니까 참 좋았어. 드디어 내가 뭘 좀 해볼 수 있게 됐잖아.

대체 난 무슨 부귀영화를 누리겠다고 그렇게 서둘렀던 걸까? 왜? 내 앞에는 처리해야 할 더 많은 일이 한 달 더 빨리 떨어졌을 뿐이었다.

순 엉터리다.

그렇게 해서 끔찍해 보이는 채소 퓨레가 얼음 틀에 가득 채워지고 벽지 풀 같은 아기 밥과 접착제 같은 죽이 식탁을 점령하는 흉측하고 지저분한 날들이 시작되었다.

퓨레가 된 음식은 렉시는 물론 나와 데미의 옷과 머리에 들러붙었다. 퓨레 찌꺼기는 유아차까지 점령했고 집 안 곳곳의 작은 틈새에도 비집고 들어가 나올 생각을 하지 않았다.

'모유수유만' 하는 것이 얼마나 간편한 일이었는지 뒤늦게 깨달은 나는 시간을 되돌릴 수 있기만을 간곡히 바랐다.

이것이 아기와 함께하는 삶이다. 지금의 개떡 같은 하루하루를 음미하라. 앞으로 더 개떡 같아질 수 있으니까.

거짓말 18

말 못하는 아기였을 때가 낫다. 말대답 할 일은 없으니까!

- -

렉시가 6개월이 되었을 즈음, 산휴 수당은 이미 오래전에 끊겼고 모아둔 돈도 쓸모없는 아기용품에 탕진해버린 탓에 바닥을 드러내고 있었다. 어서 빨리 돈을 벌어야 했다.

여기서 문제가 생겼다. 데미와 내가 일을 하는 동안 렉시는 누가 돌보지?

보육시설을 알아봐야 했다.

브라이트에서 괜찮다는 어린이집(진정한 식물들을 조금이 라도 구경할 수 있는)은 이미 몇 년 전부터 예약이 차 있었다.

그렇다, 몇 년 전부터다.

임신하기 전부터 대기를 걸어두어야 한단다.

자리가 있는 어린이집도 몇몇 있었지만 대부분 환경이 그리 좋지 않았다. 집에서 가까운 곳이 한 군데 있기는 했다. '은신처'라 불리는 곳이었는데 그곳에서 내세우는 장점은 감옥에 비견할 만한 보안이었다. 최신식 CCTV가 갖추어진 시설에서 아이들을 하루 종일 보호 관찰한다는 것이었다. 마당은 콘크리트로 되어 있고 드높은 담 주변으로 가시철사가 둘러져 있으며 50대가 넘는 회전 카메라는 안전한 웹사이트를 통해 접근할 수 있었다.

좋든 나쁘든 모든 보육시설에는 똑같은 시설이 설치되어 있었다. 1세 미만이 사용하는 어두침침한 방에는 빗장이 둘러진 침대가 늘어서 있고 전문대학을 갓 졸업한 소녀들이 순찰을 돌고 있었다. 어딘지 루마니아식 고아원이 연상되는 분위기였다.

"어떻게 하면 좋지? 돈이 다 떨어져서 일은 해야 되는데 렉시가 너무 어려서 시설에 보내기도 그렇고." 동생에게 물었다.

"렉시가 정말 너무 어리다고 생각해? 옛날 프랑스 귀족들은 아이를 시골로 보내서 세 살까지 살게 했대. 아이들이 프랑스어를 어느 정도 익혀서 저녁에 뭘 먹고 싶은지 얘기할 수 있어야지 집으로 돌려보냈대."

"부모와 떨어져 지내기엔 너무 어리잖아. 아직 아기라고.

무슨 일이 일어나고 있는지 알아먹기엔 너무 어린 나이 아니니. 엄마 아빠가 자기를 버렸다고 생각할 거야." 내가 말했다.

"옛날 프랑스 소작농들은 아기를 옆에 두고 일했어. 언니도 렉시가 자는 동안 일을 해보는 건 어때?" 동생이 말했다.

(알고 보니 그 당시에 동생은 프랑스 섭정 시대에 대해 한창 조사하고 있었다. 굉장한 역사 소설을 쓰고 있었는데 읽어보니 상당히 재미있었다. 한번 읽어보시라. 기가 막힌다.)

동생이 한 말을 생각해 보았다. 그래, 렉시가 자는 동안 일을 하는 거다. 지금으로선 그것이 유일한 해결책으로 보였다. 짬을 내 일을 하거나 자금난에 시달리거나.

렉시의 물티슈나 기저귀 등등에는 그리 돈이 많이 들지 않았는데 집세나 각종 고지서, 생각 없이 사들인 아기용품, 내 핫 초콜릿과 설탕 중독에 쏟아부은 돈까지 빠져나가고 나니 통장 잔고가 몸서리쳐질 만큼 밑바닥까지 떨어졌다.

왜 우리 부모님은 나를 좀 더 의존적으로 키우지 않으신 걸까? 왜 나를 예쁜 치마를 걸치고 가정의 모든 경제적 책임을 남편에게 지우는 여자로 키우지 않으신 걸까? 데미와 나는 왜 이렇게 진보적인 것이며, 모든 집세와 고지서를 왜 함께 부담하는 것일까? 결국 진보적인 성향이 우리의 발목을 잡았다.

프리랜서 작가로서 나는 병가 수당도, 휴가나 유급 출산휴가도 누릴 수 없었다. 언제나 그럭저럭 살 만큼은 벌었지만 결코 그 이상은 아니었다. 연금이니 뭐니 하는 지루한 문제들을 생각하기엔 아직 어린 나이라 믿으며 미래에 대해 깊이 생각해 보지도 않았다.

돈 생각만 하면 마음이 거북하고 불안하고 메스꺼웠다. 우리 상황이 간신히 괜찮은 수준에 그친다는 사실을 알고 있었기 때문이다.

집세는 계속 올랐다. 고지서 비용도 자꾸 올랐다.

결국 동생의 조언에 따라 렉시가 자는 동안 글을 쓰기로 했다. 밤늦게까지 일하고 아침 일찍 일어나 J. K. 롤링처럼 초대박 작가가 되는 낭만적인 성공 신화에 도전해 보는 거다.

렉시가 낮잠을 자는 동안 나는 먼지 쌓인 노트북을 꺼내 메일함을 뒤지며 일거리를 찾았다.

안타깝게도 머리에서 이상 징후가 느껴졌다. 머릿속이 녹아내린 것 같았다.

기본적인 단어까지 하나하나 짚어가며 읽어내려 애쓰고 있는 사이, 렉시가 깼다.

아기 울음소리만큼 정신을 흐트러뜨리는 것도 없다.

'점심 먹고 나면 항상 두 시간씩 잤는데. 하고 많은 날 중에 왜 하필 오늘 이렇게 일찍 깨는 거지? 엄마가 겨우 일 좀 하려고 하는데.'

나는 동생에게 전화를 걸어서 렉시를 유아차에 태워 데리고 나가 달라고 애원했다. 마법처럼 돈을 만들어 내기 위해 이 스트레스 쌓이는 일을 처리할 수 있도록 말이다.

동생은 섭정 시대에 프랑스에서는 아기를 속싸개로 단단히 싸 놓고는 우유 먹일 시간이 될 때까지 내버려뒀다고 꼬집어 말했다. 하지만 결국 우는 소리 몇 번에(렉시 말고 내 우는 소리였다) 동생도 두 손을 들었다.

동생이 렉시를 데리고 나가 있는 동안 나는 이메일을 꼼꼼하게 살폈다.

에이전트에서 보낸 이메일이 와 있었다. 몇 달 전에 내가 소설을 하나 보낸 것이 있는데, 같은 소설을 몇 년 전에도 보냈다가 퇴짜를 맞았던 터라 별다른 기대는 하지 않고 있었다.

이메일을 찬찬히 읽었다.

출판사에서 내 원고를 마음에 들어 했단다. 하나도 아니고 두 개나! 일을 내고 말았다. 세상 모든 작가들이 바라 마지않는 성배가 내 품 안에 들어왔다. 출판 계약이라니!

그때 나는 마음껏 기뻐했어야 했다. 출판사라고! 드디어! 출판 계약은 세상 모든 작가들의 꿈이 아닌가!

그런데 달리 보니 좋지만도 않았다. '제길, 새로운 책을 쓰면서 어떻게 아기까지 돌보지?' 머릿속엔 온통 이 생각뿐이었다.

"두 번째 책은 지금 당장 쓸 수 없다고 말하는 게 좋을 것 같아. 그건 내년에 하면 되잖아." 데미가 논리적으로 따졌다.

"가당찮은 소리 하지도 마! 출판 계약 따내려고 몇 년을 기다렸는데. 두 번째 책도 쓸 거야. 방법은 어떻게든 찾으면 돼." 내가 소리쳤다.

커피를 진하게 내린 뒤 일에 돌입하려는 찰나, 동생이 렉시를 데리고 돌아왔다. 잠이 홀딱 깬 렉시는 당장 놀고 싶어 하는 눈치였다.

"잠을 안 자네. 엄마가 보고 싶었나봐." 동생이 설명했다.

아기들이 그렇다. 당최 예상할 수가 없다.

그날 저녁, 나는 엄마에게 전화를 걸어 우리가 어렸을 때 그 모든 걸 어떻게 감당했는지, 쌍둥이를 보면서 무슨 수로 일까지 할 수 있었는지 물었다.

"감당한 게 아니야. 그냥 한 거지. 울지 않고 지나가는 날이면 오늘은 운이 좋구나, 생각했다니까. 그리고 너희 봐 주시는 분도 있었잖아. 브렌다 이모 기억 안 나?" 엄마가 말했다.

브렌다 이모는 나도 기억한다. 진짜 이모가 아니라 동생과 내가 어렸을 때 우리를 돌봐주신 붉은 머리의 친절한 아이 돌보미였다. 이모는 우리에게 샌드위치도 만들어 주고 라디오에서 80년대 팝송도 들려주고 신발 끈 묶는 법도 알려줬다. 정말 좋은 분이었는데.

맞다, 아이 돌보미가 있었지.

답을 찾았다. 집에서 아이를 돌봐줄 괜찮은 사람을 구하면 된다. 다른 아이들이 잔뜩 있는 시설에 렉시를 두고 오는 것보다 훨씬 좋은 방법이었다.

그렇게 우리만의 메리 포핀스 찾기가 시작되었다.

내가 자란 화창하고 소박한 에식스주에는 환하게 웃는 얼굴로 아이들과 함께 놀아주고 가끔은 응석도 받아주면서 한 시간에 몇 파운드면 바랄 게 없다는 할머니들이 넘쳤다.

반면 정신 산만하고 창조적인 브라이튼에서는 이런 타고난 양육자들을 찾아보기 힘들었다. 아이 돌보미를 구한다고 하면 보헤미안이나 자유롭게 사는 예술가들이 몰려드는데, 대부분 중독 문제를 갖고 있었다. 게다가 도시의 주거비가 끔찍하게 비싸다 보니 돌보미의 집은 꼭 아파트 꼭대기 층에 있었다. 그곳에서 세상에 환멸을 느끼는 예술가(아마도 전직 약물 중독자)가 아이의 부모가 데리러 오기만을 기다리는 동안 이제 막 걸음마를 뗀 아이는 철제 조각들 사이를 돌아다니며 하루하루를 보내야 했다.

그렇게 아이 돌보미 지원자들을 무수히 만났다. 개중에는 아이를 별로 안 좋아한다고 솔직하게 털어놓는 사람이 있는가 하면 아이에게 와인이 들어간 음식을 먹여서 교육청의 항의를 받았다는 사람도 있었다.

결국 다른 사람들보다 좀 더 쾌활해 보이는 돌보미를 찾았다. 집은 작았지만 브라이튼 사람들은 다 작은 집에 사니까 크게 문제될 것은 없었다. 사람이 괜찮아 보였고 아이도 진심으로 좋아하는 것 같았다. 교육청 보고서에 따르면 아이를 죽이거나 해한 적도 없었다.

이 사람에게 맡겨 보기로 결정했다. 아니, 결정했다기보다는 그래야만 했다. 선택지가 얼마 없었다.

아이가 태어날 때 내가 할 수 있는 것은 아무것도 없다고들 한다. 여기에 덧붙이자면, 아이를 남에게 맡길 때 내가 할 수 있는 것은 아무것도 없다.

이렇게 빨리 렉시를 남의 손에 맡기게 되다니. 생각보다 몇 년은 더 빨랐다. 렉시가 조금만 더 컸다면, 엄마 아빠의 사정을 이해해 주고 자기 기분이 어떤지 말해줄 수만 있다면 훨씬 수월했을 텐데.

처음 적응 시간을 갖기 위해 돌보미의 집으로 향하던 그 운명의 길을 나는 지금도 생생히 기억한다.

렉시를 태운 유아차를 밀며 좁은 길을 걸어가는 사이, 브라이튼의 사악한 갈매기들이 머리 위로 미끄러져 내려왔다. 조만간 아이가 자신들의 부리와 발톱에 내맡겨지리라 믿어 의심치 않는 듯했다. 새로운 돌보미도 나처럼 렉시를 갈매기로부터 보호해줄까? 혹시나 그 사람이 단 한 순간이라도 렉시를 밖에 내버려둬서 저 큼지막한 새들이 아이를 낚아채 가면 어쩌지? 갈매기가 아이를 낚아채 갔다는 기록이 없다고 해서 그런 일이 안 일어난다는 보장은 없지 않은가.

렉시에게 엄마가 일하는 동안 예쁜 이모가 대신 돌봐줄 거라고 말하는데 자꾸 눈물이 났다.

물론 렉시는 단 한마디도 알아듣지 못했다. 그저 '바바바' 거리면서 자신이 얼마 전 소중한 애착 대상으로 지정한 동성애 축제의 무지개 깃발을 씹어 댔다.

아이 돌보미의 집이 가까워졌다.

그냥 도망가 버릴까. 렉시를 다시 집으로 데려가서 돌보미고 뭐고 다 잊어버릴까. 아이 하나 키우는데 값비싼 집이, 전기가 정말 필요한가? 그동안 숱하게 들었던 어딘가 작은 집에서 전기 없이 살 수도 있지 않을까?

아서라. 갓난아기 돌보면서 재래식 변기를 무슨 수로 비운단 말인가.

나는 마지못해 발걸음을 옮겼다.

아이 돌보미의 집으로 향하는 10분 남짓한 시간 동안 불길한 징조는 곳곳에 도사리고 있었다. 까치 한 마리가 머리 위로 날아갔다. 골목길에서 난데없이 검은 고양이가 튀어 나왔다. 술 취한 노숙자 아저씨가 '아아아' 소리를 내면서 비틀비틀 걸어갔다.

결국 돌보미의 집 앞에 다다랐다.

문을 두드리면서 나는 ≪헨젤과 그레텔≫의 마녀가 문을 열고는 "아이는 두둑이 먹였겠지? 난 포동포동한 걸 좋아하거든."이라고 말하기를 내심 기다렸다.

하지만 역시나, 문 뒤에 서 있는 사람은 예쁜 이탈리아인 돌보미였다. 그녀는 환하게 웃으며 내 두 볼에 키스했다.

"들어오세요. 우리 렉시가 잘 적응하는지 보자고요."

나는 적응 기간에 뭘 해야 하는지 (역시나) 줄줄이 설명했다.

"렉시는 항상 이 동성애 상징 깃발을 안고 자요. 그리고 이건 아이가 먹는 퓨레예요. 가끔 먹다가 뱉는 것 같지만 다시 집어넣어 주면 잘 먹어요."

돌보미가 차분하게 미소 지었다. "걱정하지 마세요. 전에도 해봤어요. 세심히 잘 돌봐줄게요."

네, 그럼요. 잘 돌봐줘야죠. 그건 기본이죠. 그런데 정확히 내가 한 것처럼 아이를 볼 수 있나요? 나는 속으로 말했다.

바로 그때 렉시가 울음을 터뜨렸다.

"걱정하지 마세요. 어머니 가시면 괜찮아질 거예요." 돌보미가 아이를 받아 안고 부드럽게 흔들어 주며 말했다.

렉시는 엄마를 잡으려는 듯 팔을 길게 뻗고는 더 크게 울었다.

아이고.

심장이 찢겨져 나가는 것 같았다.

지난 6개월 내내 렉시는 내 옆에 있거나 내 팔에 안겨 있었다. 내 몸의 일부나 다름없었다. 엄마와 떨어지기에는 너무 일렀다. 아직 너무 작은 아기였다. 아이는 아직 준비가 안 됐다. 무슨 일이 벌어지고 있는지 알지도 못하는데.

더군다나 렉시의 대리 양육자가 내 '조언'(지시 사항)을 토씨 하나 틀리지 않고 지킬 리 만무했다.

내 불안을 읽었는지 돌보미가 말했다. "오늘 적응 시간은 몇 시간밖에 안 돼요. 단 몇 시간 사이에 나쁜 일이 일어나진 않을 거예요. 만약에 나중에 어머니가 수술이라도 받게 되면 어쩌실 거예요? 그때는 어쩔 수 없이 아이를 누군가에게 맡겨야 하잖아요, 안 그래요?"

맞는 말이다. 하지만 그렇게 되면 아이를 잘 아는 애 아빠에게 맡기겠지. 당연한 것 아닌가. 이 무슨 황당한 논리람?

그래도 돌보미 말이 틀린 것은 아니었다. 고작 몇 시간인데 큰일이야 나겠는가.

뜯겨져 나갈 것 같은 심장을 부여잡고 밖으로 나와 렉시의 울음소리를 지워내려 애썼다.

렉시는 작정하고 울었다. 거리로 한참 나온 뒤에도 아이의 울음소리가 들렸다. 정말이지 아이들은 영악한 꼬마 야수다.

컴퓨터 앞에 앉아서도 심란해서 일이 손에 안 잡혔다.

당장이라도 달려가 아이를 잡아채 와락 끌어안고 싶은 마음뿐이었다.

이렇게 어수선한 마음을 다잡을 시간이 필요할 줄은 생각도 못했다.

나는 데미에게 전화해 펑펑 울었다.

데미가 걱정스런 목소리로 속삭이듯 말했다. "얼마나 심하게 울었는데? 정말 괴로워하는 소리였어?"

나는 렉시가 '몹시' 괴로워했다고 확신했다.

결국 아이를 좀 더 일찍 데리러 가기로 했다. 혹시 모르는 일이니까.

한 시간 뒤, 우리는 고대하던 재회의 순간을 상상하며 돌보미의 집 앞에 다다랐다.

"아이가 우릴 보고 기뻐 날뛰겠지!"

렉시가 엄마 아빠를 애타게 찾으면서 사랑하는 부모님이 어디로 사라졌는지 영문도 모른 채 오전 내내 울고 있었을 모습이 눈에 선했다. 불쌍한 우리 아기 양.

돌보미 집의 문 앞까지 왔는데 아이 울음소리는 전혀 들리지 않았다.

"좋은 징조네. 내가 떠날 땐 미친 듯이 울고 있었거든." 내가 데미에게 말했다.

우리는 문을 두드린 뒤 기다렸다.

대답이 없었다.

더 세게 문을 두드렸다.

여전히 대답이 없었다.

공포가 엄습했다.

"세상에. 무슨 일이 생긴 거면 어떡하지?"

이미 과도하게 활성화된 내 상상력이 마음껏 상상의 나래를 펼치기 시작했다. 우리 아이에게 일어날 수 있는 온갖 끔찍한 일들이 하나둘 머릿속에 그려졌다.

"돌보미에게 전화해야겠어! 왜 나간 거야? 지금은 렉시가 낮잠 잘 시간이라고. 지금이 낮잠 시간이라는 걸 알 텐데. 렉시는 저 위층 침대에서 자고 있어야 한다고. 설마 아이 혼자 두고 나간 건 아니겠지?" 내가 절규했다.

돌보미에게 전화했지만 받지 않았다.

정말이지 살면서 그때처럼 공황 상태에 빠진 적이 없었다. 얼마나 공포에 떨었는지 몸이 움직여지지 않았다. 몸을 움직일 수도, 생각할 수도 없었다. 그저 길거리에 주저앉아 울고만 싶었다.

그때 돌보미가 길 반대편에서 렉시가 잠들어 있는 유아차를 끌고 걸어오고 있는 게 아닌가.

"빨리 오셨네요." 돌보미가 현관문을 열며 쾌활하게 말했다. "공원 갔다 오는 길이에요. 작은 소풍을 떠났는데 그 사이에 렉시가 잠들었어요."

나는 렉시가 정확히 언제 잠들었는지, 얼마나 오래 자고 있는 건지, 밥은 언제, 얼마나, 정확히 몇 그램 먹었는지 묻고 싶은 마음을 가까스로 억눌렀다.

바보같이 겁에 질려 있었다는 사실을 우리는 기어코 인정하지 않았다. 그저 돌보미에게 고맙다고, 내일 적응 시간에 다시 오겠다고 말했다.

"아주 잘 지냈어요. 아이가 참 순하네요." 돌보미가 말했다.

좋은 의도로 헛소리를 하는 상대방에게 으레 그러듯, 우리는 돌보미에게 거짓 미소를 지어 보였다.

렉시가 순하지 않다는 것은 누구보다 우리가 잘 알았다. 이렇게 스트레스에 시달리고 불안에 떠는 부모를 둔 아이가 어찌 순할 수 있겠는가. 그렇다고 좋은 말을 해주는 사람에게 정색하며 그렇지 않다고 말하기엔 우리는 너무 예의가 발랐다.

거짓말 19
모유수유하면 살이 빠진다

- -

　다시 일을 시작하면서 어른의 세상으로 돌아오고 나니 이제 본격적으로 젖을 떼고 아이에게 분유를 먹여야겠다는 생각이 들었다.

　6개월 동안 모유만 먹였다. 엄밀히 말하면 6개월 이상이었다. 이유식은 이미 시작했으니 이제 더 나아가 내 가슴에 자유를 선사할 때였다. 게다가 이제 아이 이빨도 나오고 있었다 (아야).

　하루에 한 번씩 분유를 먹이는 것에 죄책감이 드는가?

　그렇다.

이렇게까지 해야 되나 싶은가?

그렇다.

하지만 엄마가 어떤 존재인지 잘 알지 않는가. 엄마는 모든 것에 죄책감을 느낀다. 지금도 아이들과 떨어져 있어서 죄책감을 느낀다. 참, 아이들은 학교에 갔지, 맙소사. 학교에 있어야 할 아이들을 데리고 있는 건 불법이다.

모유수유를 끊으려고 보니 불편한 현실이 눈앞에 닥쳤다.

이제 나는 살이 쪘다. 뚱뚱해졌다. 눈앞의 음식을 가리지 않고 말끔히 처리했다. 뚱보가 되었다.

모유수유는 내가 굳게 믿은 마법 같은 체중 감량 계획에 들어맞지 않았다.

모질고 무시무시한 체중계는 내 체지방이 37퍼센트라고 알려줬다.

체지방률이 익숙하지 않은 사람들을 위해 요약하자면, 살이 형편없이 쪘다는 말이다.

데미: 그때는 나도 살이 많이 쪘지. 아니, 당신이 살쪘다는 말이 아니야. 아니, 아니, 당신은 살 안 쪘어. 내가 쪘지. 내가 많이 쪘잖아. 그 말 해주려고.

모유수유하면 크게 애쓰지 않아도 '자연스럽게' 살이 빠진다고? 핫 초콜릿과 비스킷 중독자에게는 어림도 없는 소리다.

임신도 하고(입덧에 치핵, 이상하게 자꾸 막히는 코까지 경험했다) 모유수유라는 무시무시한 난관(갈라지는 유두, 유선염, 전반적인 통증)까지 지나고 나니 돌아온 것은 풍보 복장을 입은 듯한 몸뿐이었다.

모유수유를 끊었을 당시 내 몸 상태는 다음과 같았다.

키 169cm

몸무게 79kg

체지방 37퍼센트

펑퍼짐하고 물컹하고 흔들리는 뱃살과 축 처진 피부, 배 한 가운데 자리 잡은 끔찍한 임신선

배 둘레 95cm

살 쓸림

이중 턱

아직도 임신한 것 같은 배가 거대한 풍선에서 바람이 빠지듯 홀쭉해지기를 한참 기다렸지만 그런 일은 결코 일어나지 않았다.

엄마는 걸핏하면 곁눈질로 나를 훑어보면서 옷 주머니에 물티슈를 넣어 놓은 거냐고 물었다.

현실을 피할 수 없었다.

내 배는 더 이상 바람이 빠지듯 들어가지 않을 것이다.

배 속에 아기 대신 공기가 들어간 것이 아니었다.

모조리 지방이었다.

아이를 낳고 마침내 체중계 위에 발을 디디던 당시는 정말이지 충격 그 자체였다. 나는 그저 살이 조금 쪘겠거니 생각했다. 그러니까 아기 무게만큼 정도, 모유수유 몇 번 하면 금방 빠지고 말 몇 킬로그램 정도 쪘으리라 생각했다. 그런데 전보다 15킬로그램 가까이 쪘다고? 휴우, 그럼 어린애 한 명이 들어가 있는 것 아닌가.

잠깐 울고 난 뒤, 나는 이것이 오히려 좋은 일이 될 수 있다고 생각을 고쳐먹었다. 살만 빼면 예전의 몸으로 돌아갈 수 있을지 몰랐다. 내 축 처진 뱃살이 다시 원상태로, 알맞게 그을린 배로 돌아올 것이다.

그럴 수 있겠지.

〈오렌지 카운티의 주부들〉이란 프로그램에 나오는 여자들은 다 몸짱이던데 그중에 애가 셋인 엄마들도 있었다.

다이어트는 얘기만 듣고 있으면 참 쉬워 보였다. 하지만 몇 시간이 지나 초콜릿 비스킷을 말도 못하게 줄여야 한다는 사실을 깨닫는 순간, 다이어트는 세상 그 무엇보다 힘든 일이 됐다.

그래도 살을 좀 빼 보자고 마음먹었다. 몇 킬로그램만 빼도 예전 모습에 훨씬 더 가까워지리라 확신했지만 어린아이가 있는 상황에서 살을 빼기가 쉽지 않으리란 것도 잘 알고 있었다. 피로와 단 음식은 벤과 제리처럼, 하겐과 다즈처럼 떨어질 수 없는 단짝이니까. 결국 중년 여성들을 위한 다이어트 클럽에 가입하기로 했다.

그런 클럽 있지 않은가. 가면 맛있는 음식도 먹을 수 있다. '여기 맛있는 음식 사진이 몇 장 있다. 이 모든 음식들을 먹으면서 살을 뺄 수 있는 방법을 알려주겠다! 자, 어서 와서 일주일에 한 번씩 굴욕적으로 체중을 재고 당신처럼 살찐 다른 여성들과 담소를 나누어라.'라고 하는 곳 말이다.

첫 번째 클럽 모임은 정확히 내가 상상한 모습 그대로였다. 장소는 (역시나) 먼지투성이 교회 강당이었고 문을 열고 들어오는 여성들은 빠짐없이 체중계에 올라갔다.

한 탁자에서 인공감미료가 들어간 간식거리를 팔고 있었다. 초콜릿 브라우니와 비스킷, 주스 등 하나같이 이상적인 식습관을 기르기에는 부적절한 것들이었다. 그런데도 클럽 회원들은 이것들을 기어코 손에 넣겠다며 길게 줄을 서서 대량으로 사들이고 있었다. 나 역시 초콜릿 브라우니가 동나기 전에 어서 쟁여놔야겠다고 생각했다.

모임의 리더는 살을 꽤 많이 뺐다는 쾌활한 여인으로, 뚱보에서 몸짱으로 가는 여정에 필요한 기술을 넉넉히 알고 있었다. 솔직히 리더는 아직도 조금 통통해 보였는데 듣자 하니 예전에는 살이 어마어마하게 쪄서 특별 제작한 부츠를 신었다고 했다.

리더는 유용한 다이어트 팁을 전하면서 재미있는 저칼로리 술 게임도 알려주었고, 사먹는 초콜릿의 크기가 바뀔 때마다 조심하라는 경고도 잊지 않았다.

첫 번째 모임이 끝날 무렵, 나는 열량표와 비스킷을 받았다.

모유수유를 하면 하루에 초콜릿 바 하나는 더 먹을 수 있다고 했지만 하루에 초콜릿 바 세 개에 핫 초콜릿까지 무지막지하게 들이키던 사람에게는 성에 찰 턱이 없는 양이었다.

마음을 다잡아야 했다. 절제하는 법을 익혀야 했다. 일단 할당된 초콜릿과 남은 초콜릿 브라우니까지는 다 먹고 나서 생각해 봐야지.

나는 새로 사귄 뚱뚱한 친구들과 함께 건강식 관련 책을 한 권 들고 15킬로그램 가까이 빼서 내 안의 비욘세를 찾아내리라는, 출산 후의 구릿빛 건강한 몸매를 만들겠다는 굳은 다짐을 하며 모임 장소를 빠져나왔다.

집에 돌아와 몸에 안 좋은 음식을 모두 내다 버렸다. 냉동 피자, 마늘빵, 토마토수프 캔, 젤리 상자, 그리고 무엇보다, 일하는 짬짬이 주워 먹었던 초콜릿 바까지 눈물을 머금고 처리했다.

그런 다음 다이어트 클럽에서 챙겨온 인공 감미료가 더해진 저지방 식품들로 찬장을 채웠다.

데미가 질겁했다. 내가 버린 음식들 모두 자신이 먹으면 되는 것 아니냐고 따졌다. 왜 그렇게 음식을 낭비하는지? 다른 사람 줘도 될 텐데? 환경을 생각하는 마음은 다 어디 갔는지? 게다가 저 감미료 잔뜩 든 가짜 음식은 다 뭔지?

"당신은 이해 못 해. 난 당신처럼 제어가 안 된다고. 집 안 어딘가에 고칼로리 음식이 있으면 내가 모조리 먹어 치워버릴 거야. 쓰레기통을 뒤져서라도 말이야." 내가 우는 소리를 했다.

데미는 건강에 해로운 음식이 있으면 자기가 숨겨놓겠다고 제안했지만 그가 주로 어디에 숨겨놓는지 내가 훤히 알고 있기 때문에 아무 소용이 없을 것이었다.

얼마간 옥신각신한 뒤 나는 모든 음식의 칼로리를 일일이 계산할 수 있는 다이어트 클럽 앱을 깔았다. 채소를 대량 사들이고 운동도 더 많이 하고 렉시가 잠이 들면 짬짬이 핫요가 수업도 들었다.

다행히 몸무게가 조금씩 변하기 시작했다.

채소량을 늘리니 몸무게가 더 많이 바뀌었다. 다이어트 클럽에서 사온 인공 감미료 잔뜩 들어간 고 탄수화물 음식이 바닥나자 몸무게가 실제로 눈에 띄게 줄었다.

몇 달 동안 몇 번의 굴욕적인 체중 검사와 피곤한 칼로리 관리, 분노와 우울을 오간 끝에 10킬로그램 가까이 떨쳐냈다. 기분도 나아졌다. 훨씬 좋아졌다. 피곤한 것도 줄었고 살찐 소 같은 모습도 많이 사라졌다. 아직은 렉시를 낳기 전보다 두 사이즈 더 크지만 헉헉거리지 않고도 계단을 뛰어 올라갈 수 있게 되었다.

안 좋은 소식도 있었다. 배가 탄력 있는 고무줄처럼 원래대로 튕겨져 돌아올 생각을 안 했다. 허벅지가 마법처럼 부드러워지지도, 멋지게 그을려지지도 않았다. 비욘세는 무슨.

살은 빠졌지만 내 몸이 전과 같아질 수 없다는 사실을 받아들여야 했다. 내 배는 결코 전처럼 홀쭉해지지 않을 것이다. 가슴은… 그 얘기까지는 하지 말자. 살짝 귀띔만 해 주겠다. 늙어 보인다.

그렇다, 예전의 몸은 영영 사라졌다. 멀리 떠나 버렸다.

옷에 관해 얘기하자면, 나는 황무지에 서 있었다. 임신하기 전에 입던 옷은 맞지 않았고 톱샵이나 H&M에는 새롭게 처진 내 몸을 그럴듯하게 꾸며줄 만한 옷이 없었다. 그저 임부복이나 데미가 입던 운동복으로 만족할 수밖에 없었다.

그때 나는 당장 밖으로 나가 새 옷을 사뒀어야 했다. 전혀 다른 사람이, 어른이 되었어야 했다. 새로운 삶과 몸을 끌어안아야 했다. 하지만 아직은 현실을 인정할 수가 없었다.

까놓고 말해서 아직 30대 초반인데 할머니들이 입는 펑퍼짐한 바지를 흔쾌히 입을 사람이 어디 있겠는가?

어른이고 나발이고 다 필요 없다.

거짓말 20
1년만 지나면 육아를 좀 더 즐기게 될 것이다
- -

렉시의 돌이 가까워지자 압박감이 커지기 시작했다.

우리 부부는 일을 하면서 틈틈이 아이를 돌보고 간간이 밤잠을 설쳤으며, 아이를 둔 가족에게 알맞지 않은 곳에 살고 있었다.

우리 아파트는 시끄럽고 눅눅하고 어둡고 비좁았다. 게다가 파티가 끊이지 않는 번잡한 도시 중심에 근접해 있다는 사실 때문에 집세는 하늘 높이 치솟았다. 우리는 토사물이 난자한 거리에 사는 대가로 한 달에 수천 파운드씩 내고 있었다.

사람들은 허구한 날 우리 집 앞마당에 맥주 캔을 던졌다.

우리 집 현관에서 섹스하는 커플도 있었다.

'여기는 가족 친화적인 곳이 아니'라는 사실을 우리만 몰랐던 건가.

나는 시간제로 일하면서(물론 아이가 있으면 삶은 절대 시간제가 될 수 없다) 두 번째 소설을 마무리하고 있었고 데미는 프리랜서 작곡가로서 전적으로 일에 매달렸다. 그렇게 우리는 그럭저럭 살아갈 돈을 벌었다. 가끔은 그랬다.

데미: 나 시간제로 전화 상담사 일도 했잖아. 그러면서 스포츠 저널리즘 과정도 마쳤고. 그냥 하는 말이야. 나 이것저것 많이 했다고. 그럼, 당신도 많이 했지. 알고말고.

우리 가족의 생계는 모두 데미의 일감에 달려 있었다. 데미가 대형 작곡 프로젝트를 따내면 우리의 삶은 윤택해졌다. 그러다 비수기가 되면 삶이 각박해졌다. 모든 사람들이 휴가를 떠나서 작업 의뢰를 하지 않는 여름과 크리스마스가 닥치면 우리는 두려움에 떨었다.

이런 삶을 견뎌내는 비결은 미래에 대해(그리고 집세 인상에 대해) 심각하게 생각하지 않는 것이었다. 그래봤자 불안만 커질 뿐이니까.

사는 게 생존이 되었다. 나는 밤마다 너무 자주 깨지 않게 해달라고 기도했다. 다음 날이면 렉시를 돌보미의 집으로 데려다주면서 마음속으로 작별 인사를 하고, 점심시간까지 쉬지 않고 일을 하다가 렉시를 데려오고, 아이가 낮잠을 자는 동안 시간을 쪼개서 또 일을 했다.

우리는 근근이 살아갔다. 그리 즐거울 일은 없었다. 프리랜서의 보장되지 않는 일자리, 비싸고 번잡한 도시에서의 삶, 아이 있는 가족이 살기에 적절치 않은 아파트 모두 큰 타격이 됐다.

아이가 태어나기 전에 괜찮은 집으로 이사를 갔어야 했다. 육아 휴직과 병가 수당이 나오는 책임 있는 직업을 가졌어야 했다. 아이 있는 집에 왜 트럼펄린이 있고 정원이 있는지 일찌감치 알아차렸어야 했다. 부모 노릇을 하게 되면서 우리는 아이를 맞이할 준비만 했지 새로운 한 가족으로 살 준비는 하지 못했다. 이제는 너무 지쳐서 큰 변화를 감행할 힘이 남아 있지 않았다.

사는 게 스트레스였다.

아이가 갓 태어났을 때에 비하면 그렇게 암울하거나 끔찍하진 않았지만 삶은 여전히 버거웠고 보람도 없었다. 결승선도 없었고 몇 시간 동안 아기의 울음 폭탄을 정면으로 맞았다고 해서 보상을 받는 것도 아니었다. 다섯 시간 자고 일어나 하루 종일 일해도 보너스 한 푼 받지 못했다. 돈은 줄고 피로는 더해졌다.

우리는 해피 엔딩에 이르지 못했다.

더군다나 가끔 렉시가 두 시간 동안 그치지도 않고 내리 울 때면 혈압이 치솟거나 산송장이 되어 버렸다.

부모가 되었다는 사실에 아직 완전히 익숙해지지 않았던 터라 스트레스를 푸는 방법도 예전과 다르지 않았다.

역시 술을 마셨다.

렉시가 고형식도 먹고 모유 먹는 양도 꽤 줄은 덕분에 나는 밤이면 아이에게 해를 입힐 걱정 없이 알코올 7단위 정도는 기분 좋게 마실 수 있었다. 이 주량은 알코올 단위(술에 포함된 알코올 양을 일컫는 것으로, 1단위는 순수 알코올 10밀리미터를 가리킨다)와 키, 몸무게, 성별과 인종을 모두 고려해 수학적으로 계산한 것이다.

계산을 정확히 했는지 확인해 보기 위해 모유의 알코올 농도를 검사하는 특수 용지도 구입했다. 모유에 알코올이 유해한 정도로 들어 있으면 용지가 시커멓게 변하는데, 내가 검사할 때는 연한 회색만 나왔다. 와인 한 잔을 마신 직후 검사해도 마찬가지였다. 술을 마시고 몇 시간 뒤에 검사하면 용지는 언제나 눈처럼 새하얬다.

첫 번째 결론: 과음만 하지 않으면 알코올은 모유에까지 영향을 미치지 않는다.(그렇다고 내 말을 곧이곧대로 믿지는 않

길 바란다. 난 의사가 아니다.)

두 번째 결론: 와인 한 병을 다 마신 뒤 잠자리에 들어도 다음 날 아침이면 당신의 모유는 음주 청정 지대가 되어 있을 것이다.

내가 매일 밤 와인을 한 병씩 들이켰다는 말이 아니다. 그래도 언제든 병나발을 불 수 있다는 사실을 알고 있는 것만으로도 얼마나 큰 위안이 됐는지 모른다.

물론 예전처럼 데킬라를 몇 잔씩 시원하게 들이붓는 일은 더는 없을 것이다. 우리도 책임져야 할 작은 생명체가 있으니까. 와인이 제격이었다. 교양도 있어 보이지 않는가. 와인 잔도 새로 장만했다.

어느 날 저녁, 렉시가 열이 있었는지 아니면 어금니가 나서 그랬는지 두 시간을 목이 쉬어라 울다가 잠들었다. 우리의 스트레스는 수직 상승했다.

"와인 좀 마셔야겠어. 슈퍼마켓 갔다 올게." 둘 중 하나가 눈을 파르르 떨면서 말했다.

"알코올 13도 이상으로, 잊지 마." 다른 하나가 요구사항의 심각성을 무마하려는 듯 짐짓 가벼운 웃음을 실어 소리쳤다.

아이가 생기기 전에 술은 가볍게 '나가 놀자' 같은 것이었다. 아이가 생긴 지금, 술은 스트레스 진정제가 되었다. 무엇보다 필요한 안정제였다. 기호품이 아닌 필수품이었다.

우리 집에서 멋들어진 술잔을 모조리 치우면 결국 진통제만 남을 것이었다. 끝없이 치솟는 스트레스를 낮추려면 무언가가 필요했다.

가끔씩 우리는 잘못된 이유 때문에 술을 먹는 것이 아니라고 스스로 위안했다. 우리는 교양 있는 부모라고, 다른 보통 사람들처럼 저녁에 와인 몇 잔 마시는 것뿐이라고 변명했다.

재활용품점에서 가져온 탁자 위에 치즈와 고추냉이 땅콩을 올려놓아 추잡한 중독자의 식탁이 아닌 근사한 술집에 더 가까워 보이게 만들었다.

그런 다음 첫 번째 와인 잔을 10분 안에 비웠다.

"첫 잔은 언제나 한번에 비우는 거지. 스트레스 많이 받았잖아." 우린 낄낄거렸다.

30분 뒤, 두 번째 잔이 비워졌다.

"한 병으로는 몇 잔 안 나와, 그치?" 우리는 생각보다 빨리 비워지는 병을 유심히 살폈다.

둘 중 하나가 망설이며 제안했다. "가서 한 병 더 사오자."

"좋아!" 다른 하나가 소리쳤다.

'금요일, 토요일마다 한 사람당 와인 한 명씩 비우기' 의식은 곧 우리의 주말 전통이 되었다. 가끔은 그 전통이 평일까지 이어졌다.

어느새 나는 술을 마시기에 '너무 이른' 시간이 언제인지 따져보게 되었다.

오후 7시는 누가 뭐래도 좋은 시간이다. 중산층 가정의 저녁 식사 시간인 데다 식사하면서 와인 한 잔쯤 곁들일 수 있다는 사실은 누구나 알고 있으니까.

그럼 오후 6시는? 당당함은 조금 떨어지지만 식전주라는 것도 있지 않은가? 이탈리아에 가보니 그곳 사람들은 느긋한 저녁 식사 전에 주황빛이 도는 거대한 유리잔에 식전주를 가득 따라 마셨다.

오후 5시는 아무래도 너무 이르다. 아닌가?

여름이 다가오고 있었다. 이맘때쯤 브라이튼에서는 온갖 가족 축제가 열렸다. 이를 빌미로 프로세코 와인 텐트며 각 지역의 사과주 가판대를 비롯해 '어른들이' 술을 마실 수 있는 무궁무진한 기회가 펼쳐졌다. 이따금 아이들과 함께 기하학 무늬의 돗자리를 깔고 앉아 재미있는 유리잔에 술을 따라 마시는 부모들도 보였다.

다른 사람들이 한다면 그건 당연히 괜찮다는 것 아니겠는가.

따지고 보면 우리도 한낮에 벤치에 앉아 사과주를 마시는 것이나 다름없지 않은가?

따지고 보면 그랬다. 하지만 야외에 앉아 있는 사람들은 지역에서 직접 담가 진짜 사과 냄새와 맛이 나는 유기농 사과주를 마시고 있었다.

제길, 우린 아이를 키우고 있단 말이다! 그러니 이렇게 술을 마시는 것은 당연히 괜찮다. 스트레스를 해소해야 한다는 의학적 필요도 있으니까.

돌이 될 때까지 렉시는 구르고, 바로 앉고, 이가 나고, 이유식을 먹고, 기어 다니는 시기를 거쳐 갔다. 이제는 '여기저기 아장아장 걸어 다니며 닥치는 대로 망가뜨리기' 단계에 접어들고 있었다.

하루가 멀다 하고 컵이 깨지고 책이 찢기는 것을 보면서 나는 우리 집이 얼마나 비좁은지, 아이에게 얼마나 적절치 않은 곳인지 사무치게 느꼈다.

축열 히터는 꺼질 생각을 하지 않고 뜨겁게 달아올라 렉시의 눈에 띄기만을 기다렸다. 그러다가도 집이 좀 따뜻해져야겠다 싶을 때는 어쩐지 돌처럼 차갑게 식어 버렸다. 부엌은 한 사람만 들어가도 꽉 차버려서 렉시가 무엇에든 걸려 넘어질 위험이 있었다.

이 집이 한 살배기 파괴자에게 적절치 않은 곳이라는 사실이 희미하게 드러났다. 그런데 이사까지 해야 할 정도로 나쁜 건가? 우리보다 훨씬 더 열악한 환경에 사는 친구들도 있었다. 우리와 비슷한 아파트에 부부와 아이 넷이 사는 것도 봤다. 그렇다, 아이만 넷이다.

아직까지 이사는 너무 극단적인 선택으로 보였다. 이사라니, 생각만 해도 피곤했다.

렉시가 태어나기 전까지만 해도 우리 부부는 이 아파트에 만족하며 잘 살았다. 어떻게 이보다 더 완벽할 수 있겠는가? 위층에 친구들이 살고 집세도 브라이튼 치고는 나쁘지 않은 편이었다. 조금 어둡고 우중충하긴 했지만 우리 몸 편히 뉠 수 있고 아스널 축구팀 스카프도 마음껏 매달 수 있는 곳이었다.

집 안의 가구는 모두 중고였고(하나는 의도치 않게 훔친 것이 되어 버렸지만) 그중에 가장 장식적인 것이라면 색연필 더미를 뭉쳐 놓아 재미있게 꾸며놓은 벽이었다.

하지만 렉시가 점점 크면서 집 안에 들이는 아기용품들의 덩치가 점점 커지자(범보 의자, 보행기, 유아용 자전거, 거대한 아기 침대 등등) '즐거운 우리 집'에 대한 생각도 차츰 바뀌기 시작했다.

우리가 젊은 커플이나 살 수 있는 집에 한 가족의 삶을 구겨 넣고 있다는 사실이 분명해졌다. 이곳에 살 만한 젊은 커플도 세련되었다기보다는 형편없는 사람들일 가능성이 컸다.

이 아파트는 근심 걱정 없는 20대, 싸구려 얇은 카펫과 곰팡이 낀 욕실도 개의치 않는 젊은이들에게나 적당한 곳이었다. 아이가 생기면 청결을 챙길 수밖에 없다. 변기 물도 잘 내려가야 하고 공간도 많이, 아주 많이 넓어야 한다.

다른 엄마들의 집에 갔다 오고 나면 우리 집은 더욱더 부적절해 보였다. 우리가 술에 절어 있는 동안 이 합리적인 엄마들은 20대 초반부터 이미 부의 사다리를 착실히 올라가고 있었다. 그들은 임신뿐만 아니라 아기가 태어난 뒤까지, 가족이 완성된 후 한참 뒤의 삶까지 내다보고 있었다.

새로 사귄 동네 엄마들은 현대적인 요리 기구와 아이 방, 딱딱한 콘크리트를 덮는 폭신한 타일이 깔린 아담한 정원까지 갖춰진 예쁘고 아늑하고 아이 친화적인 집에 살고 있었다. 그들에게는 새 가구와 최신식 청소기가 있었고 싱크대 밑 플라스틱 상자에는 당연하다는 듯 가구용 광택제가 놓여 있었다.

진정으로 어른스러운 이들의 집은 낡은 요리 기구와 갈색 벽지, 거실에 '거지 소굴'이라 쓰인 포스터가 걸려 있는 우리의 우중충한 집과 극명한 대조를 이루었다.

출산 전에 만난 친구들은 이미 자기 집을 장만해 꾸며놓았을 뿐만 아니라 육아 휴직과 연금 제도까지 있는 번듯한 직장에 다니고 있었다. 이것이야말로 제대로 된 어른의 삶이었다.

반면 우리는 어쩌다 보니 임신과 출산의 길을 걷게 된 무책임한 프리랜서였다.

나에게는 잠깐 일을 쉬고 애를 봐도 걱정 없는 육아 휴직이 없었다. 우리 집은 방 하나짜리 월세였다. 우리에게는 차도, 건조기도, 잡다한 짐을 한꺼번에 몰아넣을 수납장도 없었다.

집에서 많은 시간을 보낼수록(우리는 줄곧 집에 붙어 있었다)

모든 것이 잘못 돌아가고 있다는 생각만 더 강해졌다.

이미 괴상한 열전도 방식으로 기가 차게 만들었던 축열 히터는 이제 신경에 거슬리는 지경에 이르러서 결국 툭하면 걸어차였고 온갖 비난과 고함을 감당해야 했다.

창문 하나 없는 축축한 복도는 숨이 막힐 듯 답답했다.

콘크리트와 바위로 뒤덮인 마당은 이따금 뻔뻔한 여우들이 뛰어다니는 곳으로 감탄을 자아냈지만 이제 위험한 계단과 까칠까칠한 모서리가 가득한 위험지대가 되었다. 또 여우가 아기를 먹지 않는다고 누가 그러는가? 누가 장담할 수 있겠는가?

게다가 위층에 사는 아이 없는 친구들이 날만 어두워지면 과거에 우리가 그랬듯 삶을 탕진해 버리는 탓에 참을 수 없이 시끄러웠다.

이기적인 놈들.

나는 늘 미래 계획을 잘 세우며 살아 왔다. 그런 내가 어찌 이런 엄청난 실수를 저지른 걸까? 어떻게 우리는 필수적인 기반 시설 하나 없이 새로운 삶에 발을 디딘 걸까?

지나고 보니 우리 부부는 순진했고 과대망상에 빠져 있었다. 데미와 나 둘 다 온전한 가족을 만들려면 얼마나 많이 변해야 하는지 제대로 인식하지 못했다. 주변 사람들이 진작 경고했지만 귀담아 듣지 않았다.

우리는 자유로이 생각하는 창조적인 영혼이었다. 집도, 차도, 그 무엇에도 구애 받지 않았다. 틀에 박힌 생각은 질색이었다. 어떤 규범도 따르지 않는 우리가 왜 틀에 박힌 가정생활을 따라야 한단 말인가? 우리 아직 안 죽었다고!

우리는 아이를 갖고 싶었고 그러면서 지금처럼 신나고 변덕스럽고 독립적인 도시의 삶을 이어가고 싶었다.

둘 다 가질 수 없다는 사실을 그때는 알지 못했다.

어리석었다.

이제 분명해졌다. 아이를 낳는 것은 저절로 '삶 속에 끼워 맞춰지는' 일이 아니었다. 아이는 삶에 끼워 맞춰지지 않는다. 아이들은 부모의 삶을 산산조각 낸다. 우리가 아이에게 맞춰서 삶을 다시 세워야 한다.

모든 것이 바뀌어야 했다.

아이를 낳아 기르면서 배운 점이라면 이것이리라. 변화를 받아들이지 않으면, 성장을 거부하면, 과거에 매달리면 삶은 고통스러워질 것이다. 머지않아 그 고통은 더욱 옥죄어 올 것이고, 결국 더 이상 버틸 힘이 남지 않아 변화하지 않을 수 없을 것이다.

(겪어본 사람들은 이 심오한 말들을 몇 번이고 강조하고 싶을 것이다.)

어느 날 오후, 즐겨 읽는 잡지 신간이 렉시의 손에 갈가리

찢긴 뒤, 나는 현실에 눈을 떴다.

왕실 결혼식이 열린 날이었다. 윌리엄 왕자와 케이트 미들 턴의 눈부시게 낭만적인(데미: 국민들의 피 같은 세금을 들이 부은) 결혼식이 열리고 있었다.

나는 왕실 결혼식을 보기 위해 렉시를 데리고 동네 술집으 로 향했다. 군주제 폐지를 강경하게 지지하는 데미가 집에서 는 이 행사를 절대 볼 수 없다고 잘라 말했기 때문이다.

집에 돌아오니 우리 집 앞마당에 맥주 캔과 다 먹고 난 치 즈 과자 봉지(그것도 큰 것)가 버려져 있었다.

항상 이 모양이었다.

유아차에서 꼼지락거리며 우는 렉시를 놔두고 나는 언제나 처럼 정원의 쓰레기를 그러모았다. 그런 뒤 정신없이 유아차 를 접고 덮개를 덮어놓고 가스 배관과 연결해 자물쇠를 잠가 놓았다. 그러는 와중에 딸아이를 떨어뜨리지 않도록 심혈을 기울였다.

집에 들어와 보니 데미가 창문 없는 복도에 시원한 공기가 조금이라도 통하라고 선풍기를 틀어 바람을 이리저리 보내고 있었다.

침실은 부부 침대와 아기 침대, 기저귀 교환대, 갖가지 아 기 장난감들로 믿기 어려울 만큼 가득 차 있었다.

"가스레인지가 또 안 되네. 집주인 쪽에 전화했는데 새로운 걸로 바꿔줄 순 없대. 4구가 다 망가져야 바꿔준다나."

울음이 터졌다.

"이 집에서는 더 이상 못 살겠어." 내가 말했다.

"나도 그 생각하고 있었어. 문제는 우리에게 어떤 집이 적당할지 모른다는 거지." 데미가 말했다.

우리는 차를 마시며 생각해 보았다.

"우리 부모님 사시는 곳 근처로 가는 건 어때? 그쪽 동네는 집값도 안 비싼데." 에식스에 가족 친화적인 집들이 많다던 엄마의 말을 떠올리며(그 말을 듣고 내가 엄마에게 욕을 해댔다는 사실은 까맣게 잊어버리고는) 내가 제안했다.

데미가 내켜하지 않았다. "난 에식스에 살지 않을 거야. 인종차별주의자와 체인 빵집만 그득하잖아."

"에식스 사람들은 그렇게 인종차별 안 해. 그리고 체인 빵집에서도 이제 커피 필터를 쓴다고."

"거기 사람들이 인종차별주의자가 아니라는 걸 어떻게 알아? 우리는 백인이잖아. 우리가 인종차별 받을 일이 없는데 무슨 소리 하는 거야." 데미가 말했다.

"난 인종차별 받은 적 있어, 코스타리카에서. 나더러 미국인이라고 하던데."

"그거랑 다르지."

"뭐가 달라!"

다시 차를 마시며 다른 생각을 해보았다.

"아니면 굳이 옮길 필요가 없을지도 몰라. 지금 우리 스트레스가 극에 달해서 그렇지, 1년만 지나면 훨씬 나아진대. 아이 있는 부모들이 다 그렇게 말하잖아." 내가 말했다.

맞는 말이었다. 주변에서 다들 1년만 지나면 괜찮아진다고 입을 모았다. 하지만 1년이 지나도 나아질 기미는 보이지 않았다. 오히려 스트레스만 치솟아 올랐다.

"도시에서 아이 키우는 게 나쁘지는 않지. 이 모든 차와 소음과 대기 줄만 무시한다면야." 데미가 말했다.

우리는 브라이튼의 유별난 가게들, 맛있는 핫도그를 파는 영화관, 전깃줄 위에 교묘하게 걸린 신발들을 생각해 보았다. 하지만 그중 무엇 하나 어린아이의 관심을 끌 만한 것은 없었다. 주변은 번잡한 도로로 둘러싸여 있었고 거리에는 술에 취한 20대 청춘들이 몰려 다녔다.

"이제는 이 집이 우리에게 알맞다는 생각이 안 들어." 내가 말했다.

"그럼 뭐가 알맞은데?" 데미가 물었다.

둘 중 누구도 대답하지 못했다.

거짓말 21
아이 주도 이유식이 훨씬 수월하다

우리는 궁지에 몰렸다. 우리에게 맞지 않은 삶에 갇혀 버렸지만 어떻게 앞으로 나아가야 할지 알지 못했다. 도시를 떠나고 싶지도 않았다. 한때는 도시를 열렬히 사랑했으니까. 하지만 이제 이곳은 우리 가족과 어울리지 않았다.

이제 어떻게 하지?

알 수 없었다.

그러던 중, 결심이 서게 만든 사건이 벌어졌다.

모든 일은 병아리 콩에서 시작되었다.

웃지 말라. 심각한 일이다. 목숨까지 위험했다.

어느 날(정확히 말하면 내 생일이었지만 아이가 있는 마당에 생일이 무슨 대수인가?), 나는 브라이튼의 무수한 유기농 슈퍼마켓 중 한 곳을 거닐며 스펠트 밀빵을 찔러보고 대체 왜 사람들이 산양유 요거트를 사가는 건지 의아해 하고 있었다(유당 분해 문제 때문이라고들 한다).

점심시간이 가까워지자 렉시는 점점 사나워졌다. 갓 돌을 넘긴 렉시는 이유식에 완전히 적응해 고형식도 잘 먹었고 그즈음에는 점심에 제대로 된 한 끼를, 그것도 따뜻한 음식을 먹어야 했다.

나는 음식을 담은 통이 유아차 밑에서 덜거덕거리다 새지는 않을까 걱정이 됐다. 통에는 어젯밤 만들어 둔 라자냐와 보기에는 좀 거북한 으깬 고기 반죽이 들어 있었다.

'당장 통을 꺼내서 렉시에게 먹여야 해. 귀찮아 죽겠네. 그냥 집에 가서 젖이나 물리고 싶다.' 나는 생각했다.

그 순간, 아이 주도 이유식이 떠올랐다. 웬만한 독자들도 다 알 것이라 확신하지만 혹시나 모르는 독자들을 위해 간단히 설명하자면 이렇다. "퓨레니 으깬 음식이니 다 필요 없다. 무엇이든 섞지 않아도 된다. 아이들은 빵이나 과일 등의 자연 식품을 그대로 빨아 먹고 갉아 먹을 수 있다. 아이들은 잇몸으로 무엇이든 으깰 수 있고, 그러다 보면 어떤 음식이든 결국엔 분해되기 마련이다. 부모 입장에서는 할 일이 대폭 줄어

든다. 단, 음식이 어디로든 튈 수 있으니 아이와 의자, 바닥과 당신 자신을 잘 닦는 비닐 커버로 단단히 씌워라."

문득 이런 생각이 들었다. '아이 주도 이유식을 지금 해볼 수 있겠는데. 곤죽이 된 라자냐로 사방이 엉망이 되는 것보다 훨씬 낫겠어.'

바로 그때 날콩 진열대(유기농 슈퍼마켓에는 꼭 날콩이 있다)에 들어서는데 시식 담당 종업원이 물에 불린 병아리 콩을 건넸다.

"완벽해! 이렇게 간단한 간식을 먹으면서 가는 거야. 렉시, 엄마가 스펠트 밀빵 찔러보는 동안 이것 좀 빨고 있어 봐." 내가 말했다.

나는 부드럽고 말랑말랑하리라 생각하며 병아리 콩을 렉시에게 건넸다.

내가 한참 잘못 짚었다.

물에 불린 병아리 콩은 땅콩처럼 단단하다.

렉시는 콩을 받아먹고 금세 숨이 막혀서 벌겋게 질린 얼굴로 쌕쌕거렸다.

끔찍한 일은 느린 속도로 진행된다고 했던가. 렉시의 숨이 막히던 순간, 내가 공황 상태에 압도되고 해줄 수 있는 게 아무것도 없어서 무기력하게 보고만 있어야 했던 모든 순간이 지금도 빠짐없이 기억난다.

렉시의 얼굴이 점점 더 붉어졌다. 목에서 쇳소리가 났고 아이의 눈은 공포에 잔뜩 질려 있었다.

끔찍했다. 내 생에 최악의 순간이었다.

"도와주세요! 구급차 좀 불러 줘요!" 나는 눈이 휘둥그레져서 쳐다보고 있는 음식점 종업원에게 애원했다.

종업원은 커다란 스푼을 내던지고 순식간에 앞치마에서 핸드폰을 꺼내 구급차를 불렀다.

얼마 뒤 구급차가 슈퍼마켓 앞에 멈춰 섰다.

음식점 종업원 분, 국민보건서비스 관계자 여러분, 정말 고맙습니다.

구급대원들이 렉시에게 산소마스크를 씌우고 아이의 입안에 불을 비췄다.

"산소량이 급격히 떨어지고 있습니다. 그래도 호흡은 계속하고 있네요. 지금 즉시 병원으로 이송해야 합니다. 아이가 뭘 삼킨 거죠?"

"병아리 콩이요." 내가 말했다.

"뭐라고요?"

"병아리 콩이요. 콩 종류예요. 후무스 만들 때 많이 쓰는 거요."

구급 대원들은 이 문제에 대해 이야기를 나누더니 병원에서 이 유기농 콩을 제거할 수 있으리라 확신했다. 어쨌든 여기는 브라이튼 아닌가.

렉시와 나는 다급히 응급실로 향했다. 렉시가 당장 죽을 일은 없으며 그저 화난 고양이처럼 쌕쌕거린다는 사실을 확인한 의료진은 우리를 비응급 구역으로 보내 마냥 대기하게 했다.

8시간 뒤, 소아과 의사가 렉시를 진찰했다.

이미 저녁 7시였고 렉시는 잠들어 있었다. 쌕쌕거리는 것도 얼마 전에 멈춘 걸 보니 병아리 콩이 어느 정도 내려간 모양이었다.

의사가 렉시의 목을 유심히 살펴봤지만 아무것도 보이지 않는다면서 렉시가 병아리 콩을 토해냈거나 삼켰을 것이라 진단했다. 아니면 병아리 콩이 처음부터 없었던 것인지도 모른다고 했다.

"분명히 아이 목에 들어갔어요. 숨이 막혔거든요. 그 콩이 폐로 들어갈 수도 있는 건가요?" 내가 말했다.

의사가 싸늘한 표정으로 나를 오래 바라보더니 말했다. "어머니는 작은 일에도 노심초사하는 초보 엄마시네요. 그러면서 이미 과로한 의료진을 혹사시키고 있습니다. 안 그렇습니까?"

"그럼 그게 대체 어디로 갔다는 거죠? 아이가 질식했다면 분명 콩이 기도에 막혔다는 거잖아요. 안 그래요?" 내가 따져 물었다.

"폐로 들어갔을 가능성은 없습니다. 병원에 더 계셔봤자 다른 사람들 시간만 낭비하는 겁니다." 의사가 말했다.

이 말에 나는 뚜껑이 열렸다.

의사에게 불같이 쏟아냈다. 병원에 더 있고 싶어 하는 사람이 어디 있겠는가, 오늘은 내 생일이다, 우리 집 냉장고에 피나콜라다 칵테일 두 캔이 기다리고 있다, 렉시는 항상 저녁 7시부터 아침 7시까지 잔다, 그래서 다음 날 모유수유할 때까지 알코올 7단위를 마실 수 있다. 나의 금쪽같은 음주 시간이 지금 이 순간에도 소리 소문 없이 사라지고 있다!

의사가 대꾸했다. "그럼 어서 가셔야죠. 저녁 7시는 아까 지났는데."

데미: 잠깐, 나도 한마디 할게요. 그때 나도 병원에 있었습니다. 혹시나 내가 뒷짐 지고 있었다고 생각할 사람들이 있을까 봐 하는 말입니다. 저 역시 아내에게 집에 가서 피나콜라다나 마시자고 얘기했습니다. 아내가 술 얘기를 계속 했거든요. 병원에서 아픈 아이를 안고 그렇게 격노하면서 술 얘기를 하는 자신의 모습이 사회 부적응자처럼 느껴졌다네요.

다음 날, 렉시의 가슴이 더 안 좋아졌다.

심각하게 걱정이 됐다.

렉시를 병원에 데리고 갔지만 여전히 의사는 그만 좀 불안해 하라고 다그쳤다.

며칠이 흘러도 렉시의 가슴은 점점 더 나빠지기만 했다.

이내 렉시는 밤새도록 기침하기 시작했다. 골초가 할 법한 밭은기침을 심하게 했다.

의사들은 흉부 감염이라는 말만 반복했지만 내 딸 상태는 내가 더 잘 알았다. 그 빌어먹을 병아리 콩 때문이었다. 그게 아니면 대체 무엇 때문이겠는가?

다각도로 엑스레이를 찍고 PET 스캔을 한 뒤에야 드디어 한 전문의가 렉시의 폐에 점액이 증가했고 '문제'가 있다는 사실을 발견했다.

"그게 병아리 콩이라고요! 썩어 문드러진 병아리 콩이요!" 내가 소리쳤다.

"그게 뭐가 됐든 꺼내야 합니다. 수술을 해야겠네요. 그동안 감염이 악화되면 폐가 영구적으로 손상될 수도 있으니 습한 환경을 멀리해야 합니다." 전문의가 말했다.

그 즉시 샤워실 천장에 자라고 있던 푸른곰팡이와 창문 없는 복도에 낀 검은곰팡이가 떠올랐다.

"푸른곰팡이가 낀다는 건 어딘가가 습하다는 뜻이죠?" 내가 물었다.

"그럼요. 곰팡이가 있는 환경은 반드시 멀리해야 합니다." 의사가 말했다.

집으로 돌아왔을 때, 나는 집주인 측에 전화를 걸어 위태로울 정도로 습한 아파트 환경에 대해 따졌다.

주인이 바로 건축업자 두 명을 보냈다는 사실은 칭찬할 만했지만, 환풍기를 달겠다며 벽에 구멍을 뚫는 그들의 모습은 코미디 듀오나 다름없었다.

"아, 케빈, 아니 아니지. 이렇게 벽을 반이나 뚫어 놓으면 어떡해. 내 팔이 다 들어가네. 이거 보여?"

"벽 허무는 거 아니었어요?"

"아니지. 벽 전체를 부수는 게 아니고 환풍기 다는 거야."

"완풍기가 뭐예요?"

우여곡절 끝에 장착된 환풍기는 습한 공기에 아무런 변화도 일으키지 못했다. 오히려 습한 바깥 공기가 더 들어오는 것 같았다.

"집을 옮겨야겠어. 선택의 여지가 없어." 내가 데미에게 말했다.

"그런데 어디로 옮기느냐가 문제지. 인터넷을 몇 달 동안 뒤졌잖아. 우리가 갈 수 있을 만한 곳은 아파트 지하층밖에 없어. 지하는 여기보다 더 습할 거야." 데미가 말했다.

"지상에 있고 습하지 않고 쾌적한 침실이 있는 적당한 집을 찾아야 돼. 이제는 집을 사야겠어. 집세가 그칠 줄 모르고 치솟잖아. 어떻게든 집을 사자."

나는 며칠 동안 대출을 알아 봤다.

좋은 소식과 나쁜 소식이 있었다. 좋은 소식은 우리가 브라이튼에서도 부유하고 풍족한 캠프 타운 지역의 부동산을 살 형편이 된다는 것이었다. 나쁜 소식은 그 부동산이 차고라는 것이었다.

이제 남은 선택지는 하나밖에 없었다. 도시를, 꼬마전구가 눈부시게 늘어선 매장들과 베이글 빵집과 밀크셰이크 가게와 버블티 상점을 떠나는 것이다.

우리는 이 모든 걸 사랑하지 않았던가? 이 활기 넘치고 독창적인 도시 생활을 누릴 수 없으면 슬퍼지지 않을까?

이 문제에 대해 더 깊이 생각해 보았다.

한 살짜리 아이와 보내는 하루하루는 부산스럽고 번잡하고 돈도 많이 들며 사나운 투쟁이었다. 언제나 똑같이 반복되는 호된 하루하루가 우리의 삶이었다. 렉시를 유아차에 태워 더럽고 시끄러운 거리를 지나 돌보미의 집에 데려다 주고 나면 나는 프리랜서의 갑갑한 사무실에서 하루 종일 일에 파묻혀 있었고 저녁 내내 음침하고 비참한 아파트에 앉아 있었다. 우체국에 늘어선 줄 얘기는 꺼내지도 말라. 소포 하나 보내려면 몇 시간을 기다려야 했다.

우리는 더 이상 도시 생활을 좋아하지 않는 것인지도 몰랐다.

최악의 고비에 이르렀다. 스스로 뛰어 오르느냐, 떠밀리느냐의 순간이었다. 괜찮은 영화에서 영웅들은 언제나 이런 순간을 맞는다. 이제 미지의 세계로 용감하게 도약해야 할 때였다. 한참 전에 일구어야 했을 새로운 삶을 이제는 꾸려야 할 때였다. 그 후로 행복하게 잘 살았다는 이야기 속으로 들어가야 할 때였다.

데미와 나는 인터넷 부동산 중개업소를 샅샅이 뒤져서 브라이튼 근처 소도시에 우리가 살 수 있는 집이 있는지 알아보았다.

예산이 빠듯했다. 우리 예산으로 침실 두 개짜리는 가능했지만 침대 두 개가 다 들어갈 수 있는 침실을 구하기는 힘들었다.

"내 고향 쪽 부동산을 알아보는 건 어때? 거기에선 우리 예산으로 어떤 집이 가능한지나 한번 알아보자." 내가 제안했다.

데미는 '인종차별하는 에식스'라며 투덜거렸지만 내가 검색해 보는 것까지 막지는 않았다.

알아보자마자 충격에 빠졌다.

좋은 의미의 충격이었다.

"이게 우리 예산으로 가능하단 말이야? 진입로도 있잖아." 데미가 말했다.

"정원도 있어! 여기 이 집은 창고도 있네." 내가 신나서 덧붙였다.

"검색 제대로 한 거 확실해? 예산에 0 하나 더 붙인 거 아니야?" 데미가 물었다.

"아니야."

"외딴 곳에 있거나 그런 것도 아니고?" 데미가 물었다.

"아니야. 마을 한가운데에 있어."

"마을이라고! 그래서 그렇게 싼 거네." 마침내 문제를 찾아냈다는 듯 데미가 소리쳤다.

"나 살던 데서 조금만 벗어나면 있는 큰 마을이야. 인종차별하는 동네에는 가기 싫다며."

"마을이라니 생각만 해도 지루한데." 데미가 말했다.

"이제는 우리에게 그런 곳이 필요한 건지도 몰라. 평화롭고 고요한 곳 말이야. 우리 지금도 외출 거의 안 하잖아. 저녁 9시면 피곤해져서 드라마나 보고 있고. 이제 현실을 받아들여야 하지 않을까. 이것 봐. 가족이 함께 사는 밝고 환한 집이야. 침실은 위층에 있고 습하지도 않고!"

그동안 우리는 브라이튼의 축축하고 비좁은 상자 같은 집에서 어떻게든 살아보겠다고 하늘 높이 치솟는 집세를 내 가면서 오랫동안 버둥거렸다. 우리에게 이보다 더 나은 선택지가 있다는 사실이 믿기지 않았다. 문제는 우리가 새로운 세상으로 과감히 뛰어들 만큼 용감한가였다.

몇 군데 집을 둘러보기로 예약한 뒤 주말에 렉시를 데리고 가서 애프터 셰이브 로션 냄새를 풍기는 중개인을 만났다. 우리가 둘러본 곳은 위브호에 있는 방 네 개짜리 집이었다.

진입로를 따라 걸어 올라가는데 햇빛이 밝게 비쳤다. 봄꽃이 흐드러졌고 경쾌한 외바퀴 수레에는 수선화가 가득 피어 있었다.

이럴 수가!

브라이튼의 우리 집에 비하면 이 집은 정말이지 엄청났다. 도시에서 이런 집을 구하려면 수백만 파운드는 있어야 할 것이다.

집 주변에도 초목이 우거져 있어서 평화로웠다. 자동차 소음은 없었다. 술에 취한 채 꽥꽥거리는 사람들도 없었다. 이런 집 현관에서 섹스할 사람은 없을 것 같았다. 맥주 캔이 굴러다니는 광경도 보이지 않았다.

"여긴가요? 어마어마하네요." 내가 말했다.

중개인이 의심스럽다는 듯 눈살을 찌푸렸다. "1970년대식이고 옆집과 붙어 있는데요."

"그래도 주차장이 있잖아요."

"주차장은 이 주변 어느 집에나 다 있어요."

"식당도 있고요."

"식당이 없으면 밥을 어디서 먹나요?"

"소파에서 무릎 위에 쟁반 올려놓고요?"

중개인이 재미있다는 듯 빙긋 웃었다. 물론 나는 농담이 아니었다.

"집주인이 안에서 기다리고 있습니다. 그러니 집에 대해 부정적인 말은 하지 말아 주세요. 이전에 보고 간 커플은 카펫을 보고 비웃었거든요."

가당치도 않게 내가 무슨 말을 하겠는가! 집 안에 다 쓴 주사기들이 널브러져 있다 해도 나는 상관하지 않았을 것이다. 그 정도는 우리가 기꺼이 감수할 수 있었다. 물론 중개인에게 그대로 말하지는 않았다. 그럼 거래에서 밑지고 들어가는 셈이니까.

집 안으로 들어가서 나는 계단 밑 찬장과 다락 입구, 욕실, 건조용 장롱, 정원 창고를 볼 때마다 감탄사를 연발했다.

우와.

이 집은 〈댈러스〉라는 프로그램이 인기를 끌었을 때 꾸며진 것으로, 광택제를 두껍게 칠한 부엌의 어두운 목재 찬장과 웨딩 케이크처럼 소용돌이치는 벽 장식, 우툴두툴한 질감의 벽지와 두꺼운 판으로 둘러싸인 가스난로가 뽐내듯 자리하고 있었다.

복고풍이라니, 멋지지 않나? 게다가 이 집은 전혀 습하지 않았다. 그저 페인트칠 조금 하고 저기 벽만 무너뜨리면 될 것 같았다.

나이 지긋한 집주인이 속삭였다. "바로 전에 온 부부는 벽을 허문다고 그러더라고요. 그 말을 듣고 난 이렇게 생각했죠. '저들에게는 절대 이 집 안 팔아!' 하고요."

나는 정중하게 웃으면서 집수리 계획에 대해서는 입도 뻥끗하지 말자고 다짐했고 담홍색 카펫이 참 '멋지다'며 선의의 거짓말을 했다.

실내 장식은 차치하고 이 건물 자체가 마음에 쏙 들었다. 공간이 널찍했다. 중개인이 뭐라 말하든 이것이야말로 호사스러운 삶이었다.

"저희가 사겠습니다." 내가 말했다.

"남편 분에게 먼저 물어보셔야 하지 않아요? 아니면 다음에 다시 와서 보셔도 되는데?" 마음씨 좋은 집주인이 물었다.

"아닙니다. 그럴 시간이 없어요. 요즘 남편은 제가 원하는 것이라면 뭐든 들어줘요. 안 그러면 제가 울어 버리거든요."

데미: 맞아, 당신 얼마 전부터 계속 그러더라.

"좋습니다." 집주인이 머뭇거리며 말했다.

집에 돌아와 데미에게 좋은 소식을 알렸다.

"오늘 렉시 데리고 가서 괜찮은 집 봤어. 당신 〈댈러스〉 좋아하지 않아? 그 집에 계단도 있고 건조용 장롱에, 다락도 있어. 우리가 사겠다고 집주인에게 말했어. 괜찮지?"

데미는 느긋한 사람이다.

"좋아. 그렇게 하자." 데미가 말했다.

우리는 끔찍한 결정을 내린 것일까, 이렇게 우리 삶이 무너지는 것일까? 알 수 없었다. 하지만 오래전부터 다른 선택의 여지는 없었다.

3부
아프면서 성장한다

거짓말 22
튼살은 결국 사라진다. 코코아 버터를 써 보라!

얼마 안 있어 우리는 짐을 싸고 우편물 수령 주소를 바꾸고 집 매매 계약 절차를 느려 터지게 진행하는 법무사를 독촉했다.

평생 간직할 물건들을 챙기며 짐을 꾸리던 중, 렉시가 태어나기 전에 구입한 여러 물건들이 눈에 띄었다. 성 패트릭 데이를 기념하는 물렁물렁한 특대형 모자, 비어퐁 게임 도구, 참신한 파인애플 모양 선글라스, 잭 다니엘 전용 유리잔 등등.

이런 물건들은 한동안 손도 대지 않았다. 모조리 자루에 담아서 내다 버려야 하나?

아니다.

언젠가 렉시가 더 크면 이런 것들이 또 필요한 날이 올 것이다. 안 그런가? 언젠가 성 패트릭 데이에 또다시 얼큰히 취해 저 거대한 초록색 모자를 쓰고 노래를 부르게 될 것이다. 하와이풍 파티에 참석해 저 파인애플 선글라스를 낄 날이 다시 올 것이다. 우리는 다시 도시로 돌아올 것이다.

렉시가 더 크고 돈도 많이 모이면 다시 이곳으로 돌아와 예전의 삶을 되찾을 것이다.

그동안 이것들은 새집 다락에 두면 된다. 우리에게도 다락이 생기다니!

짐을 하나하나 꾸릴 때마다 지난날이 햇빛에 바랜 사진처럼 희미하게 드러났다.

이제 헤어져야 하는 소중한 친구들도 생각났다. 사랑스러운 동네 엄마들, 아이를 갖기 전까지 함께 어울리면서 거나하게 취했던 친구들.

슬펐다. 정말 슬픈 일이었다. 물론 부모님은 딸 가족이 자신들 곁으로, 화창한 에식스로 돌아온다는 소식에 두 손 들고 환영했다. 하지만 그곳에 살던 어릴 적 고향 친구들은 대부분 다른 곳으로 떠나버린 뒤였다.

"걱정하지 마. 또 새로운 사람들을 만날 거야. 아이가 있으면 사람 사귀는 것도 쉽잖아." 데미가 위로했다.

새로운 사람이라니, 다 꺼지라 그래. 나는 생각했다.

지금이야말로 소파에 늘어져 빈둥대는 구제불능이 아니라 책임감 있는 어른처럼 입고 다녀야 할 때였다.

지난 한 해 동안 나는 헐렁한 운동복을 입고 머리는 하나로 대충 묶은 채 구부정하게 다녔다.

이 고요한 전원 지역에 사는 부모들은 아기를 낳기 전의 내가 어땠는지 모른다. 나도 한때는 사람이었다는 사실을 그들은 모를 것이다.

이제는 정말이지 몸과 마음을 가다듬고 정상적인 어른처럼 입고 다녀야 했다.

부랑자 괴물은 덜어내고 책임감 있는 엄마의 모습을 보여줘야지.

임신 중에 나는 일반적인 임부복 대신 톱샵에서 특대형 드레스를, H&M에서 특대형 조끼와 레깅스 등을 구입했다.

임부복은 왜 그리 하나같이 실용성 위주로 만들어지는 것인지 의문이었다. 나는 임신한 거지 죽은 게 아니란 말이다. 레오파드 무늬는 다 어디 갔는가? 핫 핑크 색깔은? 임산부용 청바지 중에는 접어 올릴 수 있는 것, 주름이 잡혀 있는 것도 있었다. 그런데 찢어진 청바지는, 징 박힌 청바지는 왜 없는 것인가?

이제 좀 더 원숙해진 엄마의 모습으로 돌봐야 할 아이도 있는 지금에 와서야 나는 깨달았다. 지난 1년 동안 내 쭈글쭈글한 배에 코코아 버터를 듬뿍 발랐지만 살은 여전히 축 처졌다. 아무리 식단 조절을 하고 운동을 해봤자 이 뱃살은 빠지지 않을 것이다. 코코아 버터를 아무리 발라봤자 무엇 하나 달라지지 않을 것이다.

내 몸매는 이미 바뀌었다. 꽉 끼는 옷을 입으면 처진 뱃살이 불쑥 튀어나와서 썩 좋아보이지 않았다.

옷장을 열어보니 해변에 앉아 맥주를 들이키는 어린 소녀에게나 어울릴 법한 옷이 즐비했다. 그 소녀는 축제를 찾아가고 술집을 드나들며 딱 붙는 청바지를 즐겨 입었다. 뱃살도 처지거나 늘어지지 않았다.

내 예전 스타일은 파티에 가는 날씬한 몸매의 20대에게나 어울리는 것이었다.

나는 더 이상 파티에 가는 20대가 아니었다. 날씬한 축에도 못 꼈다.

노화가 눈에 띄게 진행되고 있었다. 노화는 이미 내 몸과 얼굴에 찾아왔다. 갓난아기를 키우는 스트레스가 젊음을 앗아갔고 눈 깜짝할 사이에 나는 중년에 접어들고 있었다. 두둑해지고 축 늘어진 내 몸에는 편안하고 너그러운 옷이 필요했다. 당연히 허리 부분이 꽉 끼면 안 됐다.

신축성 있는 원단이나 형광색은 이제 가까이 하기엔 먼 그대였다(하긴 언제는 가까이 두었냐마는). 세상에. 그런 옷들은 울룩불룩해진 내 중심부를 더 두드러지게 할 뿐이었다. 어울리지 않는 옷을 입은 축 늘어진 늙은 양을 생각해 보라.

현실을 받아들여야 했다. 원하는 몸이 아니라 지금 내 몸에 맞게 입어야 했다.

그윽하고 성숙하고 우아한 어른, 이것이 내가 추구해야 할 스타일이었다. 날 단정하게 만들어 줄 옷, 그러면서 배 쪽은 들러붙지 않는 옷이 필요했다.

〈귀여운 여인〉에서처럼 놀라운 변신의 순간이 필요했다.

어디 시작해 볼까.

옷장 문을 열고 내 옷들을 객관적으로 평가했다.

임신 전에 입었던 옷들 중 대부분은 이만 작별해야 했다. 내 몸이 예전처럼 '짠'하고 돌아오길 기다렸지만 내가 아무리 살을 뺀다 한들 전과 같은 몸으로 되돌아올 일은 없을 것이었다.

폴리에스테르 원단의 꽉 끼는 옷들은 모두 자선단체 기부용 상자에 담겼다. H&M과 톱샵, 포에버21에서 사들인 거의 모든 옷들도 같은 처지가 되었다.

다시 입어볼 엄두도 나지 않는 스키니 청바지 역시 모두 기부해야 했다. 레이스 달린 작디작은 속바지도 이제는 널찍해진 엉덩이만 두드러져 보이게 할 뿐이니 그만 안녕. 지그재그 무늬, 핫 핑크, 얼룩말 무늬 양말들도 안녕. 잘 가라.

너희들을 입는 동안 참 즐거웠다. 하지만 나는 더 이상 예전의 내가 아니란다. 이제 와서 입어봤자 예뻐 보이지도 않는 걸.

누군가가 나에게 이제 엄마가 되었으니 그런 것들을 내다 버리라고 했다면 나는 당장 소리쳤을 것이다. "무슨 소리예요! 엄마는 젊고 재미있는 옷 좀 입으면 안 돼요? 왜 엄마는 항상 실용적인 틀에만 맞춰야 하는 거죠? 아이가 있다는 이유만으로 원하는 모습은 다 포기해야 하는 건가요?"

여전히 같은 생각이다.

누구나 자신이 원하는 대로 입을 수 있어야 한다는 생각은 바뀌지 않았다. 하지만 나 같은 경우에 원색으로 된 파티용 옷들을 입으면 정말 이상해 보인다.

자선단체 매장에 보낼 옷들로 거대한 이민 가방 두 개가 가득 찼다. 나는 이제 텅 비다시피 한 옷장을 둘러보았다. 텅 빈 공간에 매달린 옷걸이들이 새로운 삶을 기다리고 있었다.

오랫동안 내 몸은 레깅스와 데미의 헐렁한 운동복, 군용 재킷 안에 숨겨져 있었다.

나는 마치 두 세계 사이에 낀 사람 같았다. 나는 삶이 바뀌었다는 사실을 받아들이려 하지 않는 사람, 혼돈의 세계에서 내적인 위기를 맞은 사람이었다.

더 이상 그런 사람으로 비춰지고 싶지 않았다.

문제는 새로운 옷을 어디서 구해야 할지 전혀 모른다는 것이었다. 톱샵과 H&M이 출입금지 구역이 되었다면 이제 어디로 가야 한단 말인가?

꽃무늬로 범벅 된 옷은 절대, 결단코 들이지 않을 것이다.

유용한 조언이 필요했다.

나는 점잖으면서도 멋지게 입는 동네 엄마들에게 옷을 어디서 사 입는지 물었다.

엄마들은 갭과 자라, 넥스트, 보덴, 그리고 아주 가끔은 막스 앤 스펜서를 추천했다.

예전에는 이런 매장이 더 나이 든 여성들을 위한 곳이라는 생각에 거들떠보지도 않았다.

이제 생각을 고쳐먹어야 했다.

나는 렉시를 유아차에 태우고 시내로 향해 편안해 보이는 청바지와 운동화, 비대칭 티셔츠와 파스텔색 후드 티셔츠를 구입했다.

요즘 엄마들이 흔히 입는 옷들이었다. 지루하긴 했다. 하지만 이런 옷들을 입고 거울 앞에 서면 으쓱해지면서 기분이 썩 괜찮았다.

'외출용'도 몇 벌 구입했는데 예전처럼 화려하거나 인조 냄새가 물씬 풍기는 것들은 아니었다. 실크나 울 같은 어른용 옷감으로 만들어진, 꽉 끼지 않으면서 근사하고 멋들어진 옷들이었다.

집에 돌아와 새로운 '평상복'이 된 7부 청바지와 줄무늬 티셔츠, 흰색 운동화를 입어 보았다.

이제 막 세탁한 면처럼 깔끔하고 편안해 보였다.

거울에 비춰보니 잘 차려입은 어른처럼 보였다. 조금 젊은 엄마 느낌이었다.

새로운 사람이 된 기분이었다.

아주 좋다.

이번에는 머리 스타일을 냉정하게 평가했다. 렉시가 태어난 뒤로 내 머리는 '머리에 신경 쓸 시간이 없다'고 말하는 듯이 하나로 질끈 묶여 있었다. 집에서 부분 염색한 금발은 이미 자랄 대로 자라서 따분한 갈색 뿌리를 한참 드러내고 있었고 머리끝에는 여전히 오렌지 빛 금색이 매달려 있었다.

유지하기 조금 더 쉬운 방법을 찾아야 했다. 더 짧으면서 10대 전용 물감 통 같지 않은 스타일이 필요했다.

미용실에서는 구불구불하게 어깨까지 오는 길이로 드라이가 필요 없는 스타일을 제안했다.

멋진데.

미용실 의자에 앉아 2시간 반을 기다리고 나니 내 머리는 턱선 즈음에서 층을 낸 밝은 초콜릿색이 되었다. 훨씬 더 괜찮아 보였다. 이 머리를 한지도 한참이 지났는데 드라이할 필요도 없다. 그저 자연스레 말리면 끝이다.

완벽하다.

마지막으로 화장 상태를 살폈다.

렉시에게 재미삼아 페이스페인팅을 해준다며 형광색 화장품을 덕지덕지 바른 것을 제외하면 나는 꽤 오랫동안 화장을 하지 않았다. 그나마 남아있는 화장 도구들은 평소에 하고 다니기 부적절하거나 다 말라 바스러졌거나 유효 기간이 지나 있었다.

마스카라와 아이라이너는 5년은 족히 넘은 것이었다. 요즘 잘 나간다는 색색의 아이섀도는… 이걸 내가 해본 적이 있었던가?

이 모든 것들을 내다 버리고 클리니크에서 아주 간편한 화장 도구 세트를 구입했다. 마스카라 하나, 립스틱 몇 개, 파운데이션과 아이라이너 하나가 다였다.

복잡하지 않고 멋있다.

양보다 질이다.

이제 좀 나아졌다.

더디지만 확실하게, 나는 성장하고 있었다. 생각보다 훨씬 더뎠지만 그래도 상관없었다. 변화는 이미 일어나고 있었다.

거짓말 23
아이를 물건으로 구슬리면 안 된다

- -

대도시와 작별하고 전원생활이 시작되었다.

드디어.

집 매매니 담보대출이니 하는 절차는 결코 간단치 않았지만 이 정도 성가신 것은 사소한 문제였다. (법무사들은 정말이지 느려 터졌다! 모든 일을 우편으로 처리하다니. 시대에 발 좀 맞춥시다들!)

법무사들이 달팽이 같은 속도로 몇 가지 우편을 주고받는 사이(이 사람들은 우편을 마차로 보내나), 우리는 대형 제습기를 두 대 들여 놓았다.

제습기가 집 안 공기를 사막처럼 건조하게 만드는 바람에 눈이 간지럽고 이상하게 검은 콧물이 나왔지만 적어도 공기가 습해지지는 않았고 이사하는 날을 기다리는 동안 렉시의 가슴 역시 많이 좋아진 듯 보였다.

우리는 그렇게 계속 기다렸다.

드디어 집 매매 절차가 모두 마무리될 즈음, 한 살 반이 된 렉시는 우리가 이미 다 싸놓은 짐을 혼자 풀 수 있게 되었다.

혼자 걷기 시작하면서 렉시는 비판에 민감하게 반응했고 우리가 뭐라고 하면 버럭 성질을 냈다. "짐 좀 그만 풀어 제발! 엄마가 백 번 넘게 말했잖아!"

몇 시간 동안 짐을 싸고 풀고를 반복한 끝에 드디어 모든 짐을 이삿짐 트럭에 싣고 교외의 새로운 집으로 출발했다.

이삿날 일찌감치 출발한 덕분에 새집에는 아침 6시에 도착해서 8시에 열쇠를 건네받았다.

이삿짐들이 다 내려진 뒤, 데미와 나는 미친 사람처럼 두 팔을 벌리고 헤프게 웃으며 집 안 곳곳을 뛰어다녔다.

렉시도 우리를 따라 앙증맞은 다리로 비틀비틀 돌아다니면서 옹알거렸다. "집, 집!"

이사 오기 전에 우리는 소용돌이무늬의 분홍색 카펫부터 바꿔야 했는지도 모른다. 우툴두툴한 벽지도 떼어내고 1970년 대식 음침한 부엌도 미리 갈아엎어야 했는지 모른다. 반라의 고대 그리스 여신들이 그려진 기괴한 욕실 타일은 애초에 떼어 냈어야 했다. 가짜 연기가 이글거리는 1970년대풍 가스 난로도 들어냈어야 했다.

그래도 어쨌든 이 집 전체가, 이 모든 게 우리 것이라니 믿어지지 않았다.

주인은 (친절하게도) 렉시를 위해 1970년대식 거대한 아기 인형을 남겨놓고 갔다. 웃지 않아 사악해 보이는 눈매에 얼굴은 잿빛이었고 옷은 얼룩져 있었다. 데미와 나는 그 기괴한 모습이 섬뜩해 보였지만 렉시는 아니었다. 렉시는 인형이 마음에 들었는지 그 즉시 집에서 제일 큰 방에 인형을 내려놓았다.

"내 방이야!" 렉시가 선언했다.

"아니야, 여긴 엄마 아빠 방이야. 가장 크고 전망이 좋잖아."

렉시의 얼굴에서 웃음기가 사라졌다. 아이의 시선이 나에게 고정되었다. "내 방이야 엄마."

"아니야, 렉시. 네 방은 여기, 뒤쪽에 좀 더 어둡고 작은 데야."

"아니야 엄마. 여기가 내 방이야."

"그럼 이건 어때? 엄마 아빠가 이 방을 쓰고 너는 딸기 요거트 먹는 거?" 내가 협상안을 제시했다.

"좋아!" 기분이 좋아진 렉시가 냉큼 말했다.

이 귀여운 바보.

렉시를 데리고 아래층으로 내려와 딸기 요거트를 뇌물로 건네려고 하는데, 이런, 안타깝게도 실수를 하고 말았다. 스푼이 이삿짐 상자 어딘가에 처박혀 있었던 것이다.

"걱정하지 마. 우리 나가서 아침 사 먹자. 신난 아침 식사가 될 거야. 모험을 떠나자!"

이 후미진 마을에는 맥도날드가 없다는 사실을 잘 알고 있었지만 카페는 몇 군데 있으리라 자신했다. 아침 메뉴로 계란 프라이에 이 지역에서 만든 소시지를 곁들여 주는 깜찍한 찻집 하나 정도는 있겠지.

아이들은 소시지라면 환장하니까.

우리는 짐 푸는 일을 데미에게 맡기고 시내 중심가로 향했다(사실 마을 같은 곳에는 시내 중심가라 할 만한 곳도, 진정한 시내 중심가 상점이라 할 만한 곳도 없다. 이런 곳에서 시내 중심가라면 우체국이 있는 곳쯤 되겠다). 이사를 기념하는 특별한 아침으로 갓 구운 초콜릿 크루아상과 에그 베네딕트를 파는 가게 하나쯤은 찾게 되길 바라면서.

한 군데도 없었다.

카페가 딱 하나 있었는데 에그 베네딕트가 안 된단다. 하얀 빵으로 만든 토스트에 스콘만 있다는데 그 마저도 문이 닫혀 있었다.

"좋아, 렉시." 나는 '엄마는 아무렇지도 않아, 아가야. 그런데 방 얘기는 다신 꺼내지 마!'라는 의미를 최대한 담아 말했다. "다음 계획으로 넘어가야겠다. 저기 저쪽에 신문 가판대 보이지. 거기에서 소시지 롤 같은 거 팔 거야."

신문 가판대에서 파는 것은 딱 네 가지였다. 신문, 초콜릿, 과자, 그리고 (애매하게도) 막대사탕.

렉시는 배가 고팠다. 나도 그랬다.

비까지 내리기 시작했다.

모든 게 불길하게 느껴졌다. 여기로 이사 온 것이 큰 실수라고 말하는 듯했다.

살짝 제정신을 잃은 나는 렉시에게 과자와 초콜릿 중 아침으로 먹고 싶은 것을 고르게 했다.

"아침으로?" 렉시가 미심쩍게 물었다. 엄마가 '또' 정신을 놨다고 생각하는 목소리였다.

가판대 주인이 눈살을 찌푸렸다.

"그래, 그래! 오늘은 특별한 날이잖아. 아하하하! 뭐 골랐어? 치즈 과자? 아 제발… 감자로 만든 거 고르면 안 될까? 그건 뭐야? 초코바? 땅콩 들어간 건 어때?"

이러다가 작고 음침한 방이 진짜 우리 방이 될지도 모른다는 공포가 엄습했다.

결국 렉시에게 아침으로 치즈 과자와 새우 과자, 감자칩,

초코바까지 사줬다. 나도 그 비슷한 것을 샀다.

우리는 고개를 숙이고 입속에 주황색 과자를 잔뜩 채워 넣으면서 빗속을 걸어갔다. 그때 멋진 건물이 눈에 들어왔다. 도서관이었다. 밝고 따뜻하고 훌륭한 도서관이 시내 중심가에 우뚝 서 있었다. 빗속의 구원자였다. 문도 열려 있었다.

나는 언제나 도서관을 좋아했다. 작가라면 마땅히 그래야 하는 것 아닌가. 작가 세계에서 이건 불문율이나 마찬가지였다.

도서관 창문은 어두운 색이었지만 안에는 형형색색의 책과 밝은 쿠션이 가득할 것이라고 나는 확신했다.

"어서, 서두르자, 렉시." 나는 검게 반짝이는 널찍한 창문 옆에 유아차를 세웠다. "과자 먹어. 초콜릿도 먹고. 서둘러! 안에 들어가면 뽀송뽀송할 거야."

나는 렉시와 내 입안으로 초콜릿과 과자를 욱여넣었다.

그러고서 도서관에 들어섰다.

안에는 엄마들과 아이들이 색유리 바로 옆에서 밝은 색 쿠션 위에 오순도순 모여 앉아 형형색색의 책을 들고 있었다. 내가 상상한 모습 그대로였다.

그들의 시선이 일제히 우리를 향했다.

알고 보니 도서관 창문이 밖에서는 불투명해 보이지만 안에서는 훤히 내다보이는 것이었다.

이 엄마들은 내가 오전 9시부터 아이 입안에 과자와 초콜릿을 잔뜩 밀어 넣으면서 '서둘러, 어서!'라는 몸짓을 취하는 것을 모두 지켜보고 있었다. 좋은 과자도 아니었다. 형편없는 싸구려 과자였다.

나는 머뭇거리며 미소를 지어 보였다. 문득 내 얼굴 온갖 곳에 치즈 과자 부스러기가 묻어 있다는 사실을 깨달았다.

무리 중 한 여성이 말했다. "함께하실래요? 지금 다 같이 동요 부르고 있었어요."

렉시는 기뻐하며 치즈 가루가 잔뜩 묻은 손으로 신나게 박수를 쳤다.

"이제 막 이사 왔는데 포크와 칼을 찾지 못해서요." 나는 애매하게 말하며 주황색 치즈 가루를 닦아내려 애썼다.

친절해 보이는 엄마는 다소 혼란스러워 보였다. "괜찮아요. 노래 부르는 데 포크가 필요한 건 아니니까요."

우리도 함께 어울려 노래를 불렀다. 모두 다정했다. 아침을 과자로 때우는 우리의 기이한 모습을 보고도 꼬치꼬치 캐묻는 사람은 아무도 없었다.

여기로 이사 온 것이 그리 나쁜 결정은 아니었을지도 몰랐다. 이곳에는 사랑이 넘쳤다. 도시에서 부족했던 것이 바로 사랑 아니었던가?

브라이튼에서는 채식주의자 식당이며 유기농 음식점도 금방 찾을 수 있고 얼린 요거트도 원할 때 언제든 사 먹을 수 있었지만 대도시에 사는 이들 중 (물론 우리 친구들은 제외하고) 우리 이름을 아는 사람은 단 한 명도 없었다.

반면 이 마을에 살게 된지 30분밖에 안 됐는데 다섯 명이 우리에게 미소 지으며 말을 건넸다. 그들은 우리의 이름도 알고 지저분한 아침 습관도 알게 되었다.

아이들이 좋아하는 동요를 신나게 부른 뒤 렉시와 나는 새 집으로 돌아왔다.

데미가 짐을 모두 풀어놓고 가구도 제자리에 옮겨 놓은 뒤였다. 식기도 찾아놓고 점심에 먹을 피자도 주문해 놓았다. 사악한 아기 인형에는 그 악랄한 모습을 조금이나마 누그러뜨리고자 물방울무늬 담요를 덮어 두었다.

우리는 소용돌이무늬의 분홍색 카펫에 앉아 피자를 먹으며 모든 것이 어떻게 바뀌고 있는지, 얼마나 바뀌었는지 얘기했다. 삶이 이렇게 달라질지 누가 생각이나 했겠는가? 우리 가족이 맥도날드도 없는 교외로 나와 살게 되다니. 그래도 우리는 이 상황을 즐기고 있었다.

데미: 사실 그날 저녁에 난 그렇게 즐겁지 않았어. '고기 듬뿍' 피자를 시켰는데 페퍼로니피자가 왔잖아. 그 일 때문에 내가 사랑받지 못하는 하찮은 사람이라는 기분이 들었거든. 뭐 이제는 다 극복했지만 말이야.

이후 몇 주 동안 우리는 궁전처럼 널찍하고 창문이 무수히 나 있는 새집에서의 생활을 마음껏 누렸다. 커다란 부엌과 정원도 마음에 쏙 들었다. 옷차림과 머리 스타일까지 새로워진 나는 더 이상 부랑자처럼 보이지 않았다. 그렇긴 해도 도시에서 교외로 나온다는 것은 정말이지 엄청난 변화였다.

비유하자면 우리는 새벽 3시까지 고주망태가 되는 파티에서 할머니와 근사하게 차를 한 잔 마시는 삶으로 넘어 왔다. 관객이 가득 들어찬 웸블리 공연에서 아이의 리코더 공연으로 건너 왔다. 글래스턴베리 록 페스티벌에서 글라인드본 오페라 페스티벌로 방향을 틀었다.

이의를 제기할 만한 증거가 수두룩했지만(저녁 9시만 되면 진이 다 빠져서 초췌해진 몰골로 잠자리에 드는 일상과 가족만의 새로운 집 등), 우리는 여전히 스스로 역동적이고 흥미진진한 사람이라 자부했다. 콜라 광고에 등장하는 이들보다야 성질도 살짝 더럽고 활력도 떨어지지만 그들 못지않다고 생각했다.

정말 우리가 이 하품 나는 가족 친화적인 동네에 잘 적응할 수 있을까? 주변에서 소 울음소리가 들리고 술집은 세 군데밖에 없는데 그곳마저 밤 11시면 문을 닫는 이런 곳에서?

우리도 의심스러웠다.

쇼핑을 해야 하는 상황을 예로 들어보자.

이사하고 몇 주 뒤, 우리 부부는 정원에 앉아 와인을 마시기로 했다. 긴 하루였고 렉시가 고래고래 고함을 질러댄 탓에 심신이 지쳐 있었다.

데미가 냉장고를 채울 만한 음식들(간식거리와 술)을 사러 동네 슈퍼마켓에 갔다가 얼굴이 하얗게 질린 채 돌아왔다.

"과카몰리가 없대. 후무스는 다 떨어졌고."

여기서 끝이 아니었다.

"하나밖에 없는 주류 냉장고가 고장 나서 미지근한 맥주랑 프로세코 와인만 사왔어."

끔찍한 소식이었다.

"슈퍼마켓이 어떻게 생겨 먹었기에 미지근한 술만 팔아? 우리가 무슨 짐승이야?" 내가 따져 물었다.

커피도 심각하게 부족했다. 마을에서 커피를 파는 곳은 앞서 얘기한 작은 찻집밖에 없었는데, 그곳마저 은퇴한 노년층을 위해 케이크와 샌드위치를 파는 곳이었다. 커피는 마실 만했지만 우리가 갈망하던 갓 갈아 넣은 커피는 분명 아니었다.

글루텐이 없는 점심을 먹고 싶어도 참아야 했다.

렉시에게 닥친 상황도 불안정하기는 마찬가지였다. 엄마가 일주일에 한 번씩 렉시를 돌봐 줬지만 집안 경제가 원활하게 돌아가기에는 턱없이 부족했다.

데미: 장인, 장모님은 지금도 아이들과 잘 놀아주십니다. 감탄스러울 정도죠. 감사합니다, 장인, 장모님.

두 살이 다 되어가는 렉시는 잘 걸어 다니고 말도 잘했다. 이제 어린이집에 가도 될 것 같았다. 동네 어린이집은 정원도 크고 푸르렀으며 현관에는 꽃이 가득 든 장화가 예쁘게 장식되어 있었다. 그래도 어린이집에 보낸다는 것은 큰 변화였다. 아이에게 파스타를 먹여줄 이탈리아인 돌보미는 이제 기대할 수 없었다. 집과 비슷한 환경에서 일대일로 아이를 돌봐 줄 사람도 이제 없었다.

등원 첫날, 렉시는 우리의 다리에 매달리며 울부짖었다.

"집에 갈래. 허비 보고 싶어.(허비는 브라이튼에서 사귄 재미있는 친구로, 사람들을 깨물고 다녔다.) 할머니랑, 엄마랑 있을래." 렉시가 말했다.

아늑하고 정겨운 돌보미의 집에 익숙한 아이에게 어린이집은 크고 불길한 곳이었다. 그곳에는 재잘대는 아이들이 가득했다. '정글의 법칙', '적자생존', '원하는 장난감을 먼저 쥐는 사람이 임자, 다른 아이들과 싸워서 이겨라' 법칙이 만연했다. 하지만 렉시도 이제 이런 환경에서 지낼 준비가 되었다고, 이런 경험을 해볼 만큼 다 컸다고 나는 확신했다. 다들 그러면서 크는 거 아닌가.

렉시는 자지러질 듯 울면서 우리에게 간절히 매달렸다.

선생님은 원래 아이들이 부모 다루는 데 선수라고, 원하는 걸 얻기 위해서 부모 속을 휘저어 놓는 거라고 말했다.

흔히 이렇게들 말했다. "부모가 불안해하는 걸 알고서 물고 늘어지는 거야. 부모가 안정되면 아이도 금방 안정을 찾을 거야."

맞다, 우리가 불안에 떨고 있었다. 이사하는 것도 쉽지 않았고 새로운 동네와 집 모두 전혀 다른 환경이었으니까.

거짓말 24
뛰어놀면서 큰 아이들이 행복하다

- -

6개월 사이에 렉시는 어린이집에 완벽히 적응했다. 이제는 엄마와 떨어지면서 목이 터져라 소리를 지르는 일도 없었고 새로 사귄 친구들 얘기를 하는가 하면 어린이집에서 이런저런 만들기를 했다며 조잘거렸다. 덕분에 매주 이리저리 휘갈긴 반짝이는 종이 뭉치들을 부지런히 내다 버려야 했다.

딸아이는 여기저기 걸어 다니고 재잘대면서 미운 두 살에 접어들고 있었다.

아이는 어디든 걸어가겠다고 고집을 부렸다.

아이가 원하면 걷게 하는 게 더 좋다고들 하지만 우리의 경우는 달랐다.

렉시를 어딘가에 가만히 앉히는 것 자체가 악몽이었다. 유아차에 앉히려고 해도 아이는 성난 황소처럼 날뛰면서 울고불고 몸을 비틀고 꿈틀거렸다. 그러다가 정말 유아차에서 달아나기도 했다. 대중교통을 타도 곤혹스럽긴 마찬가지였다. 렉시는 버스나 지하철을 타고 몇 분만 가면 울부짖었다. "나 갈래, 나갈 거야!" 그러다가 웃는 얼굴로 아이를 다독여주던 할머니를 무참히 발로 차 버리기도 했다.

렉시와 함께 어디를 걸어가려면 온종일이 걸렸다. 15분이면 갈 거리를 몇 시간은 족히 걸려서 가기 일쑤였다.

무언가가 빠졌다는 사실이 점점 분명해졌다. 우리 삶을 훨씬 더 수월하게 해줄 무언가가 빠져 있었다.

맞다, 바로 차였다.

브라이튼에 살 때에는 차가 없었다. 모든 가게가 10분 거리에 있었을 뿐더러, 주차할 공간도 여의치 않았기 때문이다.

반면 가까운 맥도날드가 몇 킬로미터씩 떨어져 있는 이곳에서는 차만 있으면 삶이 훨씬 더 편리해질 것이 분명했다. 더군다나 렉시는 언제나 차 뒷좌석에 앉으면 안정을 찾았다. 몸을 비틀거나 꿈틀거리거나 날뛰지도 않고 가만히 앉아 꾸벅꾸벅 졸기도 하고 노래도 불렀다.

데미는 운전을 못했지만 차를 먼저 장만하면 알아서 배우게 되지 않을까 생각했다.

데미: 나 아직도 운전 못 하잖아. 하하!

그럼 어떤 차를 산담? 우리 형편에 잘 맞는 차가 뭐가 있지?

번쩍거리고 튼튼한 대형차는 생각만 해도 두려웠다. 누가 저렇게 큰 차를 타는 거지? 왜 저렇게 진지해 보이는 걸 타야 되는 거야? 좀 재미있으면 안 되나?

브라이튼에 살 때 주변에 차가 있는 친구는 스타키와 알렉스 두 명뿐이었다.

스타키는 낡아빠진 1980년대식 소형차를 몰았는데 차가 갈 때도 있고 안 갈 때도 있었으며 시동을 걸려면 특별한 기술이 필요했다(차키를 비벼서 열을 내야 했다). 할머니에게 물려받았다는 이 차는 폐차시킬 때에도 50파운드를 내야 했단다.

알렉스는 복스홀 아스트라라는 번쩍이는 대형차를 몰았다. 반만 열리는 창문과 아동 잠금장치가 있는 가족용 차로, 알렉스가 스물한 살 때 아버지에게 생일 선물로 받은 것이었다.

스타키의 할머니 차도 괜찮았다. 다 낡아빠진 검소한 차였지만 본디 목적에 잘 맞았다. 20대 남성 한 명이 주로 탔지만 가끔은 친구 몇 명 태우고 페스티벌에 가거나 짧은 여행을 떠나기에 부족함이 없었다.

반면 알렉스는 '늙은이 차'를 몰고 다닌다며 친구들의 무자비한 놀림을 받아야 했다. 이 거대하고 값비싼 차를 우리는 이해할 수 없었다.

이렇게 큰 차가 왜 필요하지? 기름도 더 먹을 거 아니야? 차가 크다고 사람이 더 탈 수 있는 것도 아니고. 게다가 몇 백 파운드면 살 수 있는 차도 있는데 대체 왜 차 한 대에 몇 천 파운드씩이나 쓰려고 하는 거지?

하지만 부모가 되고 나니 사람들이 왜 그렇게 크고 육중한 가족용 차를 몰고 다니는지 십분 이해가 됐다. 무엇보다 안전이, 안정성이 중요했다. 이제는 도로를 만만찮게 차지하면서 다른 차를 향해 으르렁거릴 수도 있는 적당히 큰 차가 합리적으로 보였다.

내가 10대 때 몰고 다녔을 법한 250파운드짜리 덜거덕거리는 작은 경주용 차는? 절대 안 된다. 아이를 뒤에 태우고 가다가 고장이라도 나면 어쩌나? 그런 끔찍한 악몽도 없을 것이다.

아이가 없을 때 나는 가격과 색깔만 보고 차를 결정했다. 300파운드가 안 된다고? 훌륭한데. 빨간색 있어? 그럼 그걸로 하자. 모델? 모델이 뭔데? 제조사랑 다른 거야? 그게 뭐가 중요해?

이제는 새로운 우선순위가 생겼다.

안전성. 신뢰성. 좌석이 깨끗이 닦이는 것이 최고였다.

나는 안전성과 신뢰성에 중점을 두고 가족용으로 좋은 차가 뭐가 있는지 인터넷을 뒤지기 시작했다.

제일 좋은 브랜드는?

당연히 볼보였다.

가장 지루해 보이고 가장 중늙은이 같은 차였다. 정말 우리가 그렇게 될 수 있을까? 1970년대식 집에 살면서 볼보를 모는 그런 사람들이 될 수 있을까? 우리에게는 지켜야 할 이미지가 있지 않았던가?

다행히 우리에게는 이미지보다 딸의 안전이 더 중요했다.

(참고로 데미나 나나 특별히 이미지를 신경 쓰며 살았다는 뜻은 아니다. 그 증거를 보고 싶은 사람들은 내 페이스북에 가 보라. 잠옷 차림의 꾀죄죄한 사진을 수백 장 발견할 수 있을 것이다. 아니면 80년대풍 반짝이는 아스널 팀 재킷을 입고 있는 데미 사진도 볼 수 있을 것이다. 재미를 추구하는 젊은이다운 이미지는 어쩌냐고? 그것보다 우리 딸이 훨씬 더 소중하다.)

언제나처럼 강박적으로 인터넷을 뒤진 끝에 도로 위에서 묵직한 존재감을 자랑하면서 대형 배달 트럭이 지나가도 꿈쩍하지 않을 중고 볼보를 발견했다.

마침 근처 대리점에서 판매하고 있었기에 렉시와 버스를 타고 그곳으로 향했다.

나는 렉시의 카시트도 챙겨가면서 이 빈틈없는 계획성에 스스로 감탄했다. 훗날 생각해 보니 이것이야말로 물건을 좋은 가격에 잘 사기는 글러먹은 끔찍한 방법이었다. 차라리 이렇게 써놓은 표지판을 들고 가는 것이 편했을 것이다. '여기요! 제가 오늘 차를 사야 되는데요, 오늘 안 사면 이 카시트를 이고서 또 버스를 타고 돌아가야 한답니다.'

대리점에 도착해 보니 수많은 차들이 햇빛을 받아 반짝이고 있었다. 판매업자가 그중에 몇 대를 시험 운전해 볼 수 있게 해줬는데 내가 클러치와 기어를 어떻게 사용하는지 잊어버려서 헤매고 있을 때에도 비웃지 않고 친절하게 알려주었다.

거래가 성사되었다. 내가 에누리 하나 없이 매매가 전부를 주고 산다고 하자 판매업자도 흔쾌히 차를 넘겼다.

렉시를 태우고 돌아가는 길에 이 실용적인 자동차가 우리와 어울리지 않는다는 생각이 고개를 들었다. 그런데 고속도로에 접어들자 상황이 달라졌다.

이 차 나가는 것 좀 봐! 정말 튼튼한데! 차는 도로에서 부드럽게 나아갔다. 덜거덕거리지도 않았다. 브레이크는 편집증적이라 할 정도로 잘 들었다. 그리고 무엇보다 렉시가 측면과 정면 에어백으로 보호 받고 있었다.

이 거대한 금속 덩어리 안에만 있으면 그 어떤 위험도 찾아 오지 않을 것 같았다.

차고에 도착해 렉시와 함께 새 차를 바라보았다.

"할아버지 차 같아." 렉시가 말했다.

"맞아. 할아버지 차랑 비슷하네. 그런데 정말 안전해. 뒤에 공간 넓은 것 좀 봐. 여기에 렉시 유아차도 넣고 소풍 바구니 도 넣을 수 있겠다. 렉시 자전거랑 롤러스케이트도 들어가겠 는데. 강아지도 말이야. 물론 아빠가 강아지 키워도 된다고 허락해 준다면 말이지만."

데미: 개는 안 돼!

교외로 이사 가더니 다 늙은 사람들처럼 볼보도 몰고 차고 에 정원용품도 가득 들이는 서글프고 지루한 삶을 살게 된 것 이냐는 아이 없는 친구들의 지적은 그저 흘러 넘겼다.

친구들 말이 다 맞았지만 우리는 그저 못 들은 척 했다.

차를 들이고 나자 관심이 다시 집으로 쏠렸다.

곧 렉시의 두 번째 생일이 다가오고 있었는데 아이가 생일 파티를 집에서 하고 싶어 했다. 근사한 교회 강당이나 놀이방 이나 어디든 집이 아닌 곳에서 파티를 여는 게 어떠냐며 (더 나은) 대안을 제시했지만 렉시가 딱 잘라 말했다.

"집에서 할 거야. 꽁주(공주)처럼."

"남자 여자 구분 없는 레고나 스타워즈는 어때? 엄마 아빠가 너를 성차별주의자로 키우진 않았는데." 내가 유도했다.

"꽁주. 분홍 꽁주할 거야." 그러더니 구멍에 떨어진 공주 어쩌고 하는 노래를 불렀다

"페미니즘은 선택에 관한 문제야. 렉시, 네가 원하는 대로 해. 집에서 분홍 공주 파티를 하고 싶으면 그렇게 하면 되지!" 데미가 말했다.

"하지만 집수리가 아직 안 끝났는데."

"수리가 뭐가 필요해!"

"필요해. 언젠가 해야 된다고 항상 말했잖아. 렉시가 처음으로 친구들 불러서 파티를 하는데 집도 현대식으로 근사해 보이면 좋지 않겠어? 렉시 첫 생일 때엔 아무것도 안 했잖아. 그저 친구들 죄다 불러놓고 케이크 먹으면서 가벼운 술이나 마셨지."

이 집으로 이사 왔을 때 우리는 노부인의 1970년대풍 은 신처 같은 분위기를 그대로 받아들였다. 우리 취향은 아니었지만 모든 것이 아늑했고 복고풍 주황색과 갈색으로 온통 도배된 내부도 잘 관리되어 있었으니 이 정도면 됐다 싶었다. 그래도 언젠가는 분위기를 바꿔서 이 집을 진정 우리의 것으로 만들어야겠다는 생각은 항상 하고 있었다.

전 주인에게 철거하지 않겠다고 말했던 그 벽 기억하는가? 그 벽은 철거해야 했다. 벽을 허물고 개방형으로 시원하게 터야 했다. 더 이상 우리에게 작은 방은 없으리라. 우리가 원하는 것은 캘리포니아식으로 개방된 현대적인 공간이었다. 더군다나 여기서 아이 생일 파티를 열어야 한다면, 스무 명의 아이들이 분홍색 공주 옷을 입고 여기저기 돌아다닐 공간이 필요했다.

"제발 두 달 안에 집을 뜯어고치겠다는 생각은 하지 말아 줘. 생각만 해도 스트레스다. 파티 날까지 준비가 다 안 되면 어떻게 하려고 그래?" 데미가 말렸다.

"다 될 거야. 우리에겐 이런 마감 시한이 필요해." 내가 한쪽 눈을 찡긋하며 말했다.

물론 아이의 두 번째 생일 파티 전까지 집 안을 뜯어고치려면 해야 할 일이 많았다. 하지만 이미 이런 삶을 받아들이기로 하지 않았나. 아이를 낳아 기르는 것은 고된 일이다. 그저 고되다. 삶이 좀 더 수월해지리라는 기대는 예전에 버렸다.

내 고집대로 우리는 주말에 철물점부터 들렀다.

나는 이 모든 것이 우리 가족만의 신나는 외출이라고, 렉시가 끔찍하게 좋아할 거라고 데미를 구슬렸다(실제로 아이는 정말 좋아했다. 다행히 내 짐작이 들어맞았다).

우리가 페인트와 마감칠 색깔을 신중하게 고르는 동안 렉시는 "핑크, 핑크!"를 외치는가 하면 전혀 어울리지 않는 색을 들이밀기도 했다. 이제 우리도 바닥 합판과 타일 공급사와 부엌 찬장을 꼼꼼히 따져보는 사람들이 되었다. 삼베로 덧댄 것이 뭔지, 울루프 카펫이 뭔지, 이런 것들의 가격과 내구성은 어떤지 아는 사람들, '담보 설정 변경'이 뭔지 아는 사람들이 되었다.

결국 벽을 분필 같은 황백색으로 칠하기로 결정했을 때에도 (렉시는 크게 실망했지만) 데미는 여전히 집수리에 반대했다.

데미는 우리 집을 보면 사랑하는 할머니가 떠오른다고 했다. 그는 '부서지지만 않으면 고칠 필요 없다'는 주의였다. 남편이 이런 사람이라는 걸 아직까지 몰랐단 말인가? 조금 다른 얘기지만 남편은 건포도를 싫어하는데 그동안 나는 그에게 건포도가 든 초콜릿만 줄곧 사다 줬다. 정말 남편이 어떤 사람인 줄 전혀 몰랐던 건가?

나는 우리 집이 부서진 것이나 다름없다고 지적했다. 전혀 다른 세기에 지어진 이 집은 요즘 시대에 맞지 않았다. 방마다 전기 플러그는 하나밖에 없었고 USB 포트도 없었으며 오래된 냉장고와 식기세척기는 과부하로 다 타 버렸다.

"하지만 공사할 때 나는 무수한 소음이며 먼지에 어지러운 집 안 상태와 스트레스는 다 어쩌고? 일이 틀어져서 공사가 지연되는 바람에 우리 꼬마 천사의 생일 파티가 취소되기라도 하면 어쩌려고 그래? 그렇게 되면 아이는 절대 우리를 용서하지 않을 거야. 정신적으로 깊은 상처를 받을 거라고." 데미가 말했다.

"틀어질 일은 없을 거야. 다들 자기 집을 조금씩 뜯어고치고 살잖아. 항상 있는 일이야. 공사는 길어봤자 몇 주면 될 거야." 내가 안심시켰다.

"부엌 고치는 건 어떻고?" 데미가 물었다.

"오전 중에 하루 날 잡아서 하면 끝나겠지. 찬장 다는 건데 뭐." 내가 임시변통으로 둘러댔다.

이런 수리는 살면서 한 번도 해본 적이 없었을 뿐더러 집에 대한 기본적인 지식도 전혀 없었지만 나는 아무 문제도 없으리라 확신했다.

우선 낡고 구식인 갈색 주방을 뜯어내고 새로운 주방을 들여놓아야 했다.

주변 사람들에게 들어보니 '뜯어내는' 것은 숙련된 전문가에게 돈 주고 맡길 필요 없이 직접 할 수 있다고 했다.

어쨌든 철거하기만 하면 되는 거였다.

데미와 나는 때맞춰 대형 망치와 쓰레기 수거통도 구입했다.

이 파괴적인 물건들을 보고 잔뜩 신이 난 렉시는 계속해서 대형 망치를 들어 올려서 닥치는 대로 깨부수려고 했다. 놀랍게도 렉시는 제 힘으로 망치를 바닥에서 들어 올렸다. 그 상태로 레고를 박살내려는 찰나에 우리 눈에 띈 덕분에 다행히 대형 참사는 면할 수 있었다.

철거하는 동안 렉시가 주변에 얼씬거려서는 안 될 것 같았다. 아이에게는 이 모든 것이 엄청나게 신나는 놀이였다. 결국 렉시를 할머니 할아버지에게 보내고 데미와 나 둘이서 때려 부수는 일을 도맡기로 했다.

박살 대잔치에서 렉시를 안전하게 대피시킨 뒤 우리는 머뭇거리며 대형 망치를 몇 번 내리쳤다.

1970년대 부엌이 지극히 튼튼하게 만들어졌다는 사실을 알기까지 그리 오랜 시간이 걸리지 않았다. 합판 하나 없이 모두 원목이었다. 이렇게 견고하게 만들어진 것을 해체해야 한다니 안타까울 따름이었다. 하지만 어쩌나, 이미 와인 장을 박살낸 뒤였기에 이제는 돌이킬 수 없었다.

세 시간을 때리고 부수었는데 전과 달라진 것이 없었다. 내킨다면 그 자리에서 스팸 샌드위치나 파인애플 치즈스틱도 만들 수 있었다.

"오늘 안에 다 끝내야 되는데. 미장공이 내일 벽 작업하러 온단 말이야. 내일 아니면 크리스마스까지 예약이 다 차 있다고 했어. 렉시 생일 파티를 공사장에서 할 순 없잖아. 그럼 아이가 두고두고 우릴 용서하지 않을 거야. 정신적으로 상처를 받을 거라고. 당신 말이 맞아. 항상 당신 말이 맞는데. 왜 내가 듣지 않았을까?" 내가 말했다.

데미가 남자답게 "아악!" 소리를 내며 실험 삼아 대형 망치로 바 테이블을 내리쳤다.

망치가 튕겨져 나갔다.

"부엌이 부서질 생각을 안 하네. 제대로 된 공구가 필요해." 데미가 결론지었다.

우린 공황 상태에 빠졌다.

우리 집에 공구 같은 건 없었다.

"장인어른은 어때? 장인어른 집에는 없는 게 없잖아."

맞는 말이었다.

아빠는 무엇이든 닥치는 대로 모았다. 예전 어느 핼러윈 데이에 아빠에게 혹시 주철로 만든 마녀 가마솥이 있는지 물었더니 아빠가 그렇다고 답하면서 덧붙였다. "뭐가 필요하니, 작은 거, 중간, 아니면 큰 거? 로마 군인 제복이나 칼이 달린 튜더 시대 귀족 의상은 안 필요하니? 둘 다 있는데."

"좋은 생각이야. 부수는 거라면 아빠가 잘 아실 거야. 한 번은 아빠가 자동차 안테나가 얼마나 튼튼한지 보여준다면서 차에서 내릴 때마다 안테나를 격하게 잡아 뽑고 넣기를 반복하다가 결국 뚝 부러뜨렸잖아." 내가 말했다.

아빠에게 전화를 걸었다.

"렉시는 잘 있다. 카카오 70퍼센트 들어간 다크 초콜릿 조금 베어 먹고 레몬 머랭 파이 모퉁이 부분 조금 깨물어 먹은 것밖에 없어. 아, 과일 모양 마르지판도 한두 번 베어 먹었구나. 세 번인가. 단 거 먹었다고 뭐라 그러지 마라. 렉시는 거의 안 먹었어." 아빠가 방어적으로 말했다.

"부엌이 안 부서져요. 어떻게 해야 돼요? 내일 벽 작업을 해야 되는데. 내일 안 하면 크리스마스 전까지는 예약할 수가 없대요. 그럼 생일 파티 때 아이들이 공사장을 뛰어다녀야 할지도 몰라요, 생각만 해도 끔찍해요." 내가 말했다.

"뭐로 부쉈는데?" 아빠가 물었다.

"정말 큰 망치요." 내가 대답했다.

"B&Q에서 샀어?"

"네에."

"거기는 장난감 같은 것만 팔더라. 나한테 제대로 된 공구가 있어. 갖다 주마." 아빠가 말했다.

30분 뒤, 아빠가 가스 동력 사슬 톱과 2미터 조금 안 되는 대형 망치를 들고 나타났다. 아빠는 이것들을 '무기'라 불렀다.

해가 저물 즈음, 부엌은 우리의 발밑에서 산산이 쪼개졌다.

"이 부엌 가구 설치한 사람들 연락처 알아봐라. 다음 가구도 이 사람들에게 맡기면 되겠네. 잘 만들어 놨어. 아주 튼튼해." 아빠가 말했다.

우리는 1970년대풍 주황색으로 물들인 나무 조각들을 쓰레기 수거통에 집어넣기 시작했다.

마지막으로 캐비닛 문을 수거통에 던져 넣는데 전 주인이 강아지를 데리고 집 앞을 지나갔다.

나는 수거통 뒤에 숨으려다가 전 주인에게 들키고 말았다

"안녕하세요. 청소하시나 봐요." 그녀가 명랑하게 말했다.

"네! 이것저것 좀 버리느라고요." 나는 전 주인의 눈에 띄지 않도록 캐비닛 문을 수거통 깊숙이 밀어 넣으면서 대답했다.

"그렇군요. 부엌 찬장을 어떻게 쓰면 좋을지 조언이 필요하면 연락하세요. 저는 베이킹 도구들을 오븐 옆에 키 큰 찬장 안에 두고 썼거든요. 모두 그 안에 쏙 들어간답니다. 습기도 안 차요." 전 주인이 싱긋 웃으며 말했다.

"네, 고맙습니다! 안녕히 가세요!" 나는 그 키 큰 찬장과 오븐까지 이 수거통 안에 처박아 놓았다는 사실을 굳이 알리지 않고 대답했다.

다음 날, 미장공들이 와서 1970년대식 웨딩 케이크 무늬 회반죽을 말끔한 현대식으로 덮어주었다.

그때 집에 와 있던 렉시를 부엌의 박살난 구멍에 가까이 오지 않게 하려고 어찌나 애를 먹었는지 모른다. 새로운 부엌의 모습에 흠뻑 빠진 렉시는 자꾸만 아장아장 걸어와 바닥에 떨어진 가루를 집어 먹으려 했고, 집이 무너진 공주가 나오는

슬픈 노래를 자꾸 불렀다.

"렉시, 걱정하지 마. 며칠 안에 멋지고 새로운 부엌이 생길 거야. 그러면 초코 시리얼은 이제 그만 먹고 맛있는 달걀 요리를 해 먹을 수 있어. 이것 봐, 시공하시는 분들이 왔으니까 이제 공사 시작할 거야." 내가 장담했다.

"시공, 공사. 네, 할 수 있습니다!" 렉시가 신이 나서 대답했다.

"아니, 못합니다. 심각한 문제가 하나 있어요." 시공자가 말했다.

부엌을 수리해 본 사람은 알겠지만(식기들을 화장실 세면대에서 씻고 먹다 남은 음식을 변기에 버리는 데 신물이 난 데다 몇 주 안에 딸아이 생일 파티까지 열어야 할 상황이라 공사가 빨리 끝나기를 간절히 바라는 사람이라면 더욱 잘 알겠지만) 문제는 언제나 생긴다.

"벽에 회반죽이 아직 다 안 말랐어요. 마르지 않은 벽에는 부엌 가구를 설치할 수 없습니다. 가구 시공은 벽 작업이 끝나고 며칠 후에 예약해 주셔야 합니다. 회반죽이 마르기까지 며칠은 걸리거든요. 특히 겨울에는 더 그렇죠." 시공자가 말했다.

누구나 아는 사실이었다.

"그럼 어떻게 해야 되는 거예요?" 내가 물었다.

"부엌 가구가 있었던 저 위험한 콘크리트 부분은 테이프를 쳐서 막아 놓으세요. 아이가 오지 못하게 해 주시고요. 몇 달 안에 다시 오겠습니다. 지금은 크리스마스까지 예약이 다 차 있어서요."

"이번 주 안에 해 주실 분 어디 없을까요?" 내가 물었다.

시공자가 고개를 저었다. "이맘때에는 없습니다. 다들 크리스마스 전에 공사를 끝내려고 하거든요. 근사해진 집에서 연말연시를 보내고 싶은 거죠." 그는 한때 우리의 부엌이었던 얼룩진 콘크리트 공간을 유심히 바라보며 말했다.

나는 몇 주 안에 부엌도 없는 곳에 꼬마 친구들을 불러 놓고 파티를 열어야 하는 현실을 마주한 아이 엄마에게서 으레 나올 법한 반응을 보였다.

펑펑 울었다.

지난 며칠 동안 우리는 부엌 대신 거대한 콘크리트 구멍을 바라보며 지냈다. 냉장고나 오븐도 없는 상태에서 온갖 식료품이 거실을 차지했고 시리얼이 떠다니는 변기를 들여다보는 것도 지긋지긋했다.

렉시는 틈만 나면 한때 부엌이었던 콘크리트 구멍으로 돌진해 기름으로 얼룩진 바닥을 문질러댔다.

"렉시, 파티 계획을 좀 바꿔야 할 것 같은데…." 데미가 입을 열었다.

"생일 파티는 무슨, 다 관둬. 크리스마스 전까지 부엌이 완성되지 않으면 크리스마스는 어떻게 보내지?" 내가 말했다.

"주방 타일 바닥에 앉아서 마트에서 파는 칠면조 고기 조각이나 사다 먹는 거지." 데미가 제안했다.

제대로 도와주지는 못할망정 허튼소리나 하는 데미에게 나는 불같이 화를 냈다. 그러자 데미도 이런 문제가 생길 거라고 애초에 경고하지 않았느냐고, 사람이 서로 타협점을 찾아가면서 일을 진행해야 하는데 나는 무조건 내가 원하는 대로 밀어붙인다고 따졌다.

그렇게 서로 고함을 질러대고 있는데 아빠가 매장에 가서 직접 사온 이탈리안 크림 디저트를 들고 찾아왔다.

"회반죽이 덜 마른 것 같구나. 얼른 공업용 히터 갖고 와서 말려야지 안 그러면 공사 못 끝내겠다." 아빠가 꼬집어 말했다.

"공업용 히터라고요? 그런 게 있어요?"

"창고에 세 대 있지. 갖다 주마. 그거 쓰면 금방 마를 거야." 아빠가 말했다.

30분 뒤, 아빠가 옷장 세 칸 크기는 되어 보이는 히터를 끌고 콘크리트만 남은 부엌으로 들어왔다. 히터를 켜자 주변이 밝은 주황빛으로 눈부시게 빛나면서 볕 잘 드는 이탈리아의 어느 골목으로 변했다.

렉시는 할아버지가 스페인에서 사다 주신 플라멩코 댄스복을 입고 가짜 햇빛 아래에서 춤을 추며 노래를 불렀다. "우리 모두 화창한 스페인으로 간다네. 올레!"

얼마 지나지 않아 벽이 바싹 말랐다. 그 사이 우리 피부도 조금 탄 것 같았다.

시공업자가 돌아와 벽을 찔러보았다.

"네, 가능하겠네요. 그럼 시작합시다."

며칠 뒤, 환한 흰색 목재로 된 부엌이 완성되었다. 물과 얼음이 나오는 냉장고도 갖춰졌다.

노란 바닥은 원목으로 바뀌었고 웨딩 케이크 무늬가 창궐했던 벽은 매끈해졌다.

바 테이블도 생겼다.

공간을 갈라놓던 벽이 사라지니 거실 공간이 사원하게 뚫렸다. 우리는 벽돌로 쌓은 벽난로를 박살내고 그 자리에 장작이 들어가는 가스난로를 들였다.

드디어 해냈다.

완벽한 파티 공간이 만들어졌다. 널찍한 공간에 꼬마 손님 누구나 직접 얼음을 떠다 먹을 수 있는 냉장고까지 갖춰졌다. 그것도 렉시의 분홍 공주 생일 파티가 열리는 날에 딱 맞게 말이다. 이제 분홍색 깃발과 분홍색 접시, 분홍색 케이크 등등만 사들이면 될 것이었다.

이번에도 아빠가 집에서 '뒹굴던' 50미터짜리 밝은 분홍색 깃발과 반짝이는 종이 접시와 공주들이 타고 놀 수 있는 대형 분홍 코끼리를 싣고 우리를 구조하러 왔다. 술 이름이 쓰여 있는 알루미늄 풍선도 갖고 왔는데 그것만큼은 우리가 정중히 거절했다.

렉시는 새로운 공간을 뛰어다니면서 박수를 치며 기뻐했다. 새로운 부엌에서는 아이가 무엇을 해도 안전했다. 원한다면 바닥을 핥아도 상관없었다. 완벽히 위생적이었으니까.

그다음 토요일 오후, 쉼 없이 조잘거리는 명랑한 아이들 무리가 분홍색 공주 옷을 입고 속속 도착했다. 몇몇 남자 친구들은 드레스 코드가 마음에 안 들었는지 스파이더맨이나 슈퍼맨 옷을 입고 나타났지만 렉시는 넓은 마음으로 그 친구들도 들여보내 주었다.

집 안에는 온통 분홍색 깃발이 걸렸고 바 테이블에는 잼 샌드위치와 분홍색 과자, 분홍색 레모네이드, 작은 케이크와 다른 달달한 간식들이 즐비했다. 물론 토마토와 당근 스틱도 빠지지 않았다. 몸에 좋은 채소는 아이들이 결코 손을 대지 않는다 해도 반드시 놓아야 하는 법이니까.

렉시의 친구 부모들도 몇몇 남아 '식사 공간'에서 함께 크리스마스 축배를 미리 들었고(11월이라고 너무 이른 건 아니다), 그러는 동안 아이들은 소리를 지르며 여기저기 뛰어 다니면서 대체로 즐거운 시간을 보냈다. '식사 공간'을 강조한 것이 언짢았다면 죄송하다. 하지만 내가 이런 단어를 쓸 수 있다는 사실이 아직도 꿈만 같다.

식사 공간이라니. 세상에, 우리가 진짜 어른이 되었다!

이웃 부모들과 집수리 공사와 DIY 매장 할인 행사에 대해 얘기하는 동안에도 우리의 점잖은 차는 차고를 듬직하게 지키고 있었다.

기분이 묘했다. 세상에, 내가 집수리 얘기를 하고 있다니! 나에게 무슨 일이 벌어진 거지?

얼떨떨했지만 멋진 하루였다.

거짓말 25
둘째 임신할 때는 좀 더 수월하다

이렇게 큰 변화를 겪었으니 우리 부부가 이제는 좀 덜 수고롭게 살고 싶어 하리라 생각했을지도 모르겠다. 하지만 그 반대였다. 우리는 부엌도 뜯어 고쳤으니 이제는 둘째를 낳아야겠다고 마음먹었다.

결심이 서기까지 이런 대화가 오갔다.

나: 아이 하나 더 낳아야겠어.

데미: 우리는 왜 이렇게 바보 같은 일을 하고 싶어 하는 걸까? 갓난아기 키우면서 또 그 온갖 고생 다 할 생각을 하니

벌써부터 몸이 아픈 것 같아.

　나: 렉시도 형제가 있어야지. 안 그러면 이기적이고 버릇없어질 거야. 시간이 계속 가고 있잖아. 우리가 너무 오래 끌면 아이들끼리 터울이 너무 떠서 같이 놀기 힘들 거야. 나도 이제 젊지 않잖아. 당신은 말할 것도 없고.

　데미: 왜 이래, 난 젊어지고 있다고.

　나: 무슨 소리야.

　데미: 그럼 서두르는 게 낫겠네.

　나: 맞아. 말 나온 김에 해치워 버리자.

　터놓고 말하자면 우리가 둘째를 그렇게 원한 것은 아니었다(미안해, 라야). 아직은 아니었다. 한 10년 뒤, 렉시가 집을 떠날 나이가 가까워질 때쯤이면 모를까.

　아이 둘을 키울 준비는 전혀 되어 있지 않았다. 미운 두 살이 된 렉시는 내가 그동안 깨지리라고는 상상도 하지 못한 것들, 가령 전기 플러그 같은 것들을 깨부수고 다녔다. 정돈된 장소에 정리되어 있던 물건들을 어딘가로 옮겨놓는 바람에 누구든 걸려 넘어지기 일쑤였고 틈만 나면 사고를 쳐서 계속 주시하고 있어야 했다. 아주 세심한 주의가 필요했다.

　"엄마, 엄마, 엄마!"

　이 혼란에 또 다른 혼란을 더한다는 것은 분명 끔찍한 일이었다. 하지만 이번만큼은 우리가 무얼 하려고 하는지 어느 정도 알고 있었다. 적어도 우리가 많이 부족하다는 사실은 알고 있었다.

우리는 둘째를 갖기 위해 '노력'하기 시작했다. 그러니까 기력을 끌어낼 수만 있으면 언제든 상당히 임상적이지만 규칙적으로 섹스를 했다는 얘기다. 첫 번째 달이 지난 뒤 임신 테스트를 해 보니 실패였다.

어찌 보면 좋은 소식이었다. 그 주말에 데미 동생의 결혼식이 있었기 때문이다. 아직 임신하지 않았다는 것은 결혼식 날에 술을 마음껏 마실 수 있다는 뜻이었다. 육아의 세계에 파묻히기 전에 그나마 예전의 삶을 만끽할 수 있는 마지막 기회였다.

훌륭해.

결혼식은 즐거웠지만 하루 종일 술을 마시는 것이 생각만큼 좋지는 않았다. 부모님에게 맡기고 온 렉시가 미치도록 보고 싶었다. 아이가 곁에 없으니 허전하기만 했다.

다음 날, 기분이 최악이었다. 이 정도는 예상했어야 했다. 오전 11시부터 밤 11시까지 내리 술을 마셨으니까. 그런데 이번 숙취는 느낌이 조금 달랐다. 어딘지 걱정스러우리 만큼 익숙한 느낌이 들었다.

입덧인가.

신중을 기하기 위해 다시 한번 임신 테스트를 했다. 여전히 비임신이었다.

그래도 아이가 들어섰다는 느낌을 떨쳐낼 수가 없었다. 지난번에도 임신이 정말 빨리 됐었다. 그때도 임신을 시도한 첫 달에 쿵! 골인이었다.

다음 주가 되자 피곤이 극에 달하면서 기분이 이상했다. 어느 날인가에는 렉시에게 저녁으로 시리얼을 주고는 8시부터 곯아떨어지기도 했다.

이거 정말 걱정스러울 정도로 익숙한 느낌인데.

임신 안 된 거 맞나? 테스트를 두 번이나 했는데, 망할.

"테스트기에 또 10파운드나 쓰고 싶지 않아. 10파운드면 렉시 저녁으로 시리얼을 먹일 수 있는 돈이란 말이야." 내가 데미에게 말했다.

"한 번만 더 해봐. 혹시 모르잖아." 데미가 말했다.

결국 싸구려 테스트기를 하나 더 사 왔다. 상자에 판지 조각 하나 들어 있는 것이었는데 도난 방지 꼬리표도 붙어 있지 않았다.

판지에 대고 소변을 봤다.

임신이었다.

어쩔 줄 몰라 데미에게 전화했다.

"내가 무슨 짓을 한 거지? 당신 동생 결혼식 날 술을 그렇게 들이부었는데 임신이래. 우리 아이의 평생 건강을 내가 다 해치고 말았어." 내가 절규했다.

데미는 그런 터무니없는 말은 그만하라며 차분히 나를 달랬다.

"술을 그렇게 퍼마신 다음에 테스트했을 때는 임신이 아니라고 나왔잖아. 그러니 아기에게 아무런 해도 끼치지 않았을 거야."

"하지만 그때는 테스트를 너무 빨리 했단 말이야. 진작 임신이 되어 있던 거야. 지난번에 생리한 게 5주 전이라고."

나는 두려움에 떨며 국민보건서비스에 전화해 태아를 술독에 빠뜨렸다고 고백했다.

전화선 너머에서 의사가 다정하게 말했다. "축하합니다!"

"아니에요, 축하할 일이 아니라고요. 지난 토요일에 혼자 와인 두 병을 비우고 술도 몇 잔을 들이켰는지 몰라요." 내가 말했다.

걱정이 되기는 했는지 의사가 잠시 침묵하는 사이 내가 덧붙였다. "결혼식이었거든요."

"아! 그럼 테스트 결과는 언제 나온 거죠?" 의사가 크게 안심하며 물었다.

"오늘이요. 며칠 전에는 비임신으로 나왔어요. 그 비싸기만 한 디지털 '예측기'는 다 쓰레기예요." 내가 말했다.

"괜찮습니다. 몇 주 동안 태아는 자궁에 붙어 있지 않아요. 아직은 알코올이 태아에게 영향을 미칠 수 있는 시기가 아닙니다. 그래도 지금부터는 술 마시지 마세요. 아시겠죠?" 의사가 장담했다.

지금껏 들은 과학적 설명 중에 단연 최고였다.

나는 안심이 되면서 긴장이 확 풀렸다.

감사합니다. 내 칠칠치 못한 행실에도 태아가 무사하다니 정말 다행이었다.

그 순간, 또 다른 현실이 닥쳤다.

이런, 임신했잖아. 진짜 임신이라고.

올해 말이면 아이가 둘이 된다.

둘이라고!

아이 둘을 대체 어떻게 키우지?

틈만 나면 우는 갓난아기에 정신없이 뛰어다닐 두 살짜리 아이까지.

야단났네.

그것도 그렇고 아이를 키우면서 동시에 9개월 동안 임산부로 살아야 한다는 거잖아.

피곤에 찌든 몸으로 속을 게워내고 있으면 꼬마 아이가 "엄마, 엄마, 엄마!" 불러댈 테고 이것저것 내던지면서 내 갈 길을 가로막겠지.

첫째를 임신했을 때도 마냥 행복하지는 않았다. 간혹 임신을 좋아하는 엄마들도 있지만 나는 그런 부류가 아니었다.

"괜찮아요. 둘째 임신이 훨씬 더 수월해요." 조산사가 나를 안심시켰다.

순 헛소리.

둘째를 임신했을 때는 책에 나오는 온갖 임신 증상을 모조리 겪는 것도 모자라 누구도 들어보지 못한 증상까지 견뎌야 했다. 다섯 달 동안 하루 24시간 내내 입덧을 했고 소화불량에 치질, 빈혈, 좌골 신경통, 두통을 비롯해 발에 기이한 붉은 반점이 생겨서 의사도 '희귀한 피부 질환' 부분을 뒤져가며 내 병명을 찾아내야 했다(아직도 찾지 못했다).

임신 기간이 이어지자 불안이 더욱 심해졌다. 와인을 못 마셔서 그런가 싶기도 했다. 렉시가 젖을 떼자마자 나는 근심 걱정을 덜어내기 위해 알코올에 기대는 나쁜 습관에 다시 빠져들었다. 그런데 이제는 그런 사치도 누릴 수 없었다. 결국 머릿속에는 불안과 온갖 생각들만 가득 찼다.

몇 시간마다 갓난아기에게 젖을 물리면서 렉시는 어떻게 돌보지?

렉시가 동생을 질투하지 않을까?

다시 일을 해서 돈을 벌 수 있을까?

입덧은 어쩌지? 엄마가 너무 피곤하다면서 못 놀아주면 렉시가 서운해하지 않을까? 아이에게 평생 상처가 되는 건 아닐까?

아 이런! 아기가 울면 렉시도 자다 깨는 거 아니야? 그럼 정말 피곤해할 텐데!

"괜찮을 거야. 세상에 많은 사람들이 아이 둘씩 키우면서 잘 살잖아. 셋이나 넷 키우는 사람들도 있는데 뭐." 데미가 말했다.

그런 말은 전혀 위안이 되지 않았다.

아이가 넷이라니! 맙소사!

"하지만 난 이미 아이 하나도 제대로 못 키우고 있어. 나 스스로 세운 가장 낮은 기준이 '저녁에는 시리얼 먹이지 말자'인데 그것도 지키지 못했다니까. 속이 메슥거려서 감자튀김이랑 시리얼이랑 토마토 수프밖에 못 먹어. 이 상태에서 와인도 못 마시면 이 모든 걱정을 어떻게 떨쳐내냐고!"

머지않아 내 불안은 극에 달했다.

영양분은 충분히 섭취하고 있는 건가? 요즘에는 허구한 날 소파에 드러누워서 느글거리는 속을 참으며 한쪽 손바닥을 이마 위에 올려놓고 앓는 소리나 하고 있는데, 내가 렉시를 너무 방치하는 건 아닌가? 렉시에게 저녁으로 감자튀김을 너무 자주 주는데 괜찮은 건가?

렉시의 입장에서 보면 삶은 점점 나아지고 있었다. 식탁 위에 신선한 채소보다 감자튀김에 냉동 피자, 냉동 생선 튀김이 훨씬 자주 올라왔고 유아용 TV 프로그램도 실컷 보게 되었으니 말이다. 하지만 아이가 하루 종일 냉동식품을 먹고 TV만 쳐다보는 것을 좋아하는 엄마는 어디에도 없다.

나는 이런 불안을 이미 뛰어넘었다고 생각했다. 아이가 하나 있으니 아이와 함께하는 삶이 얼마나 불편하고 고통스러운지 잘 알고 있었다. 우리 앞에 닥친 것은 이해할 수 없는 미지의 세계가 아니었지만 시간이 지나면서 불안이 다시 차올랐다.

이제는 불안의 복수 단계였다.

나는 바다 한가운데에서 연이어 몰아치는 파도를 그대로 맞으며 고꾸라졌다.

머릿속에서 생각이 제멋대로 뻗어나가 모든 일에 위험이 닥치는 극한 상황을 상상하고는 이런 위험에 대처할 계획을 세우며 갖가지 강박에 시달렸다. "차고 문을 청소해야겠어. 지금 당장. 둘째가 태어나면 시간이 없을 거 아냐."

데미는 내가 어떤 허튼소리를 지껄여도 언제나 다정하게 받아주고 마음이 진정되도록 과일차를 건네는 등 자상하게 도움을 주었다. 일을 하지 않을 때면 항상 렉시를 돌보았고 매일 우리 가족의 아침 식사를 준비했으며 빨래도 모두 도맡았고(언제나 그랬다. 내가 빨래를 잘 못한다고 생각한 건지 모르겠지만 그런 습관을 굳이 고칠 생각은 없다), 밤에 자다 깬 렉시를 달래는 것도 데미의 몫이었다.

정말 대단한 사람이었다. 나 때문에 남편도 돌아버릴 것 같은 날이 많았으리라.

내 강박적이고 정신없는 머릿속이 몰두하게 만든 것은 출산 전에 '큰일'을 전부 몰아 해치워야 한다는 압박감이었다. 집수리나 집필 작업도 큰일이었지만, 정말 큰일이 하나 남아 있었다. 렉시는 둘째가 태어나기 전에 반드시 기저귀를 떼어야 했다.

왜 미리 생각하지 못했을까?

즉시 인터넷으로 배변 훈련에 대해 찾아본 뒤 다음과 같은 필요한 '장비'들을 구입했다.

· 칭찬 스티커판
· 유아용 변기 2개 (위층과 아래층에 하나씩)
· 여행용 변기 (이건 설명할 필요 없지 않나? 아닌가? 뭐 그렇다면 여행할 때를 위한 것이다)
· 변기 부착용 유아 시트
· 화장실마다 둘 유아용 발판

나는 렉시에게 한 번에 10분씩 유아용 변기에 앉아 있는 연습을 시키고 그 안에 소변을 한 방울이라도 누면 칭찬 스티

커를 붙여주기 시작했다.

데미: 나도 도왔습니다. 혹시나 제가 아이 양육에 무신경한 아빠로 비춰질까 봐 하는 말입니다. 아이가 변기에 앉아 있을 때 만화 프로그램을 보여주자는 멋진 아이디어를 내기도 했죠. 그랬더니 아내가 '속임수 치지 말라'며 소리를 지르더군요. 저는 그저 자유롭게 생각하는 천재일 뿐인데 말이죠.

자랑스럽게도 렉시는 바로 변기에 응가를 했다. 그런데 변기에 쉬하기는 또 다른 문제였다.

≪통제광을 위한 배변 훈련≫ 책에서는 이런 식이면 렉시가 이틀 만에 배변을 완벽히 가리게 될 것이라고 보장했다.

그런 일은 일어나지 않았다.

그 대신 무슨 일이 벌어졌는지 궁금한가? 바닥이 온통 오줌 바다가 되었다.

"여름에 해야지. 그럼 아이가 발가벗고 다니면서 정원에도 쉬할 수 있잖아." 엄마가 다그쳤다.

"하지만 그때 되면 내가 만삭일 텐데. 그러다 시간이 길어져서 둘째 태어날 때까지 렉시가 기저귀를 못 떼면 어떡해? 갓난아기 달래면서 큰애 배변 훈련까지 시켜야 하면 어떡하냐고?"

내 호흡이 거칠어졌는지 엄마가 종이봉투를 가져와서 심호흡을 하라고 권했다.

결국 몇 달 동안 자제력을 잃고 아이의 마음에 생채기를 내기도 한 끝에 렉시는 드디어 변기에 쉬를 하게 되었다. 그렇게 내 걱정도 사라졌으리라 생각하는가?

틀렸다.

불안은 그런 식으로 작동하지 않는다. 한 문제를 해결하면 짜잔! 다른 문제가 튀어 나와 빈자리를 메꾼다. 내 불안 은행에는 오만 가지 근심 걱정이 차곡차곡 쌓여 있었다.

그다음 튀어나온 불안은 형제간 경쟁 문제였다.

엄마가 동생 젖 먹여야 되니까 자기 책은 읽어줄 수 없다고 자꾸만 거절하면 렉시의 기분이 어떨까?

밤에 동생이 울면 어떻게 될까. 렉시가 잠이 부족해서 신경질을 부리지는 않을까?

자기가 입던 옷들, 갖고 놀던 인형들이 그대로 동생 방으로 옮겨져서 동생 침으로 범벅이 되고 똥오줌으로 온통 얼룩이 질 텐데 렉시가 괜찮을까?

갓난아기가 계속 울어대면 엄마나 아빠 모두 인내심을 잃고 합리적인 생각도 내다 버리고 아이 마음을 잘 이해해 주지도 못할 텐데 그런 부모를 렉시는 어떻게 받아들일까?

"당신은 이미 지쳐 있고 짜증도 잘 내잖아. 임신한 뒤부터 누구에게든 툭하면 잔소리하고 저녁 7시면 곯아떨어지고. 렉

시도 그런 엄마 모습에 이미 익숙해졌어. 나도 그렇고." 데미
가 꼬집어 말했다.

"그러는 당신은, 당신도 피곤해하고 짜증내거든. 문간 사
건 기억 안 나? 우리 집에 찾아온 우파정당 후보자 면전에 대
고 당신이 막 소리 질렀잖아." 내가 격분해서 소리쳤다.

"소리 지르지는 않았어. 그저 개 같은 놈이라고 정중하게
지적했지."

데미의 말에도 일리는 있었다. 렉시는 짜증내고 피곤해하
는 엄마에게 익숙해져 있었다. 내가 임신한 뒤부터 '엄마는 맨
날 소파에 누워서 앓는 소리 한다'는 이미지가 아이의 뇌리에
깊이 박혀 있었다. 하지만 엄마의 이런 좋지 못한 행실에 갓
난아기까지 보태지면 아이가 질투하고도 남을 것 같지 않은
가? 그러니까 지금까지는 렉시 혼자 엄마 아빠를 독차지 하
고 있었는데 머지않아 엄마 아빠를 반쪽만 차지하게 될 것이
아닌가.

이런 걱정을 털어놓았더니 아빠가 깔끔하게 정리해 주셨
다. "쓸데없는 생각 하지도 마라. 다 괜찮을 거야."

그래도 걱정이 되는 건 어쩔 수 없었다. 너무, 심각하게 걱
정이 됐다.

아이가 둘 있는 친구들에게 물어보니 대부분 큰애가 질투
하긴 하더라는 대답이 돌아왔다. 심지어 어린아이들이 모래

놀이 양동이로 치고받고 싸우더라는 끔찍한 얘기도 들렸다.

나는 형제간의 대립을 줄일 수 있는 방법이 뭐가 있는지 강박적으로 찾아보았다.

한 아동 전문가는 첫째의 적대감을 최소화하기 위해 첫째가 동생을 처음 만나는 날을 세심하게 준비해야 한다고 충고했다. 렉시가 동생을 처음 만날 때 동생이 엄마 품에 안겨 있으면 안 된다고 했다. 아기를 침대나 유아차에 태워서 렉시에게 다가온 '선물'처럼 보이게 해야 한다는 것이었다.

나는 데미에게 '선물처럼 온 아기' 계획을 알렸다.

"아기를 처음 집에 데려올 때 렉시가 침실에서 못 나오게 해. 그 사이에 내가 아기를 몰래 방으로 들여보내고 렉시를 불러서 '깜짝 선물'처럼 보여주는 거야. 엄마가 아기를 안고 있는 모습을 보여주지 않는 게 중요하대." 내가 데미에게 말했다.

"갓난아기가 갑자기 방에 있으면 렉시가 놀라지 않을까? 집에 귀신이 나타났다고 생각하면 어떡해? 저 기괴한 잿빛 얼굴의 아기 인형이 마법을 부려서 악마 같은 아기 귀신을 불러온 거라고 생각하면?" 데미가 물었다.

"아니, 렉시는 그렇게 생각 안 할 거야. 깜짝 선물을 마음에 들어 할걸."

"그러겠지." 데미가 독불장군 같은 내 성미에 이골이 났다는 듯 말했다. 그런 일이 일어나지 않으리라는 조용한 확신도 담겨 있었다.

"안 그러면 렉시가 동생을 질투할 거야. 위협도 느낄걸." 내가 말했다.

"왜 그럴 거라고 생각해? 나는 동생들을 질투한 적 없어. 그저 동생들을 잘 돌보고 싶다는 마음밖에 없었다고." 데미가 대꾸했다.

"당신은 나보다 훨씬 더 좋은 사람이잖아. 나는 동생이랑 서로 창문 밖으로 던지면서 싸웠다니까."

"그래서 당신은 동생을 질투했어?" 데미가 물었다.

"그러진 않았지. 동생은 나에게 최고의 친구니까. 자주 싸우긴 했지만 나쁜 쪽으로는 아니었어. 싸움에도 규칙이 있었지. 얼굴은 때리지 않는다거나 침은 뱉지 않는다는 식으로 말이야." 내가 말했다.

"당신은 아무것도 아닌 일로 걱정하는 것 같아. 항상 그러잖아." 데미가 말했다.

임신 호르몬 대폭발, 큐.

"계획은 하고 있어야 할 거 아니야! 당신이 하자는 대로 했으면 우린 아직도 브라이튼의 그 눅눅한 집에서 살고 있을 거라고. 그리고 당신은 왜 똑같은 셔츠만 스무 벌 넘게 가지고 있는 거야? 셔츠가 왜 그렇게 많이 필요해? 대체 왜? 그리고

또, 집 안 물건을 왜 정원 창고에 넣어 두는 거야?" 내가 악을
썼다.

"집 안 물건 뭐?"

"의자 말이야! 와인 잔도 그렇고. 다 집 안에서 쓰는 물건이
잖아. 그걸 왜 창고에 갖다 두냐고!"

임신해서 좋은 점 하나는 불같이 화를 내고 미친 사람처럼
날뛰어도 정상으로 봐준다는 것이다. 사람들은 내가 계속 폭
발하도록 내버려두면서 조용히 내 자신과 내 치질과 부글거리
는 속을 딱하게 여긴다.

거짓말 26
임신 후기에는 비행기를 타면 안 된다

출산일이 다가오자 불안이 사그라질 기미가 보이지 않았다.

데미가 휴가를 가자고 제안했다. 세탁만 몇 번씩 해야 하는 악몽 같은 신생아기가 닥치기 전에 마지막으로 여행을 떠나자는 것이었다.

"임신 후기에는 비행기 타지 말라고 그러던데. 그럼 조산할 수도 있대." 내가 말했다.

"우리 애는 그렇게 빨리 안 나올 거야. 렉시도 예정일 한참 지나서 낳았잖아. 기억 안 나?" 데미가 말했다.

"예정일이 지난 게 아니라고! 예정일이 지났다는 개념 자체가 없다니까! 예정일은 의사들이 편의상 정해놓은 거고 나는 우리 아이에게 맞게 완벽히 때맞춰서 낳은 거야."

"숨 좀 돌리면 정신 사납고 화가 치미는 것도 훨씬 나아질 거야. 여행 가면 걱정거리도 떨쳐낼 수 있겠지. 렉시 태어나고 나서 여행은 딱 한 번밖에 안 갔잖아. 그때 휴가는 끔찍했지." 데미가 말했다.

맞는 말이었다. 렉시가 한 살 반쯤 됐을 때 우리는 무모하게 로마로 휴가를 떠났다. 그때 휴가를 다녀오면서 귀중한 교훈을 얻었다. 무덥고 세계적인 도시와 어린아이는 최악의 조합이다. 여기에 젤라토까지 뒤섞이면 지옥이 따로 없다.

그때 길었던 주말 연휴 동안 우리는 더위에 지친 꼬마 아이를 데리고 관광지를 찾아다니면서 젤라토가 녹아내리지 않을까 감시하는가 하면 골목과 상점 출입구에서 튀어나오는 모터 자전거의 습격에 놀란 가슴을 부여잡아야 했다.

저녁이면 작열하는 이탈리아의 햇볕을 막기 위해 커튼을 빈틈없이 닫고 어두운 호텔방에 앉아 렉시가 깨지 않도록 속삭이면서 얘기해야 했다.

창밖의 거리에서는 일을 끝내고 아페롤을 마시며 늦은 저녁에 이탈리아식 만찬을 느긋하게 즐기는 사람들의 행복한 웃음소리가 들려왔다. 어째선지 휴가를 예약할 때는 우리도 그런 풍경 속에 들어가 있으리라 생각했다. 아이를 돌봐야 한다는 사실을 감안하지 않은 것이다. 말했다시피 우린 아직 어른이 아니었다.

전형적인 초보 부모의 실수였다. 아이들은 저녁 7시면 어두운 방 안에서 잠자리에 들어야 한다는 사실을 까맣게 잊은 채 예전과 비슷한 휴가를 보내려 한 것이다.

이탈리아도 좋지만 호텔 안에만 있을 거라면 굳이 멀리 갈 필요 없이 가까운 영국 해안 도시로 가는 편이 더 나을 것이었다.

"정말 가야 된다고 생각해? 저번에 말도 못하게 끔찍했잖아." 내가 물었다.

"그때는 가족생활이란 게 뭔지 잘 몰랐지. 그땐 아이가 없는 사람들과 똑같이 생각했잖아. 이제 우리는 색다른 문화를 탐험하는 그런 것 말고 좀 더 편안한 여행을 해야 돼. 아이도 좋아할 만한 여행 말이야." 데미가 말했다.

"그런 여행은 지루하지 않을까?"

"맨날 들뜨는 것도 지쳐."

여행 갈 돈은 조금 있었다. 이사하면서 어마어마한 돈이 들었지만 교외에서 살게 되니 필터 커피나 초밥, 애플 마티니, 와인 한 병 더 마시기 위해 근처 마트로 가는 '짧은 여행'에 돈 쓸 일이 없어서 여윳돈이 생겼다.

보육비 부담도 막대하게 줄었다. 엄마가 일주일에 한 번씩 렉시를 하루 종일 무료로 봐 주었고 필요할 때도 가끔씩 봐 주었다. 게다가 렉시가 두 살이 되니 무료 보육 15시간을 이용할 수 있었다.

이게 다 나라 정책 덕분이다.

이게 다 훌륭한 부모님 덕분이다.

신생아기의 혼돈에 파묻히기 전에 휴가를 떠나는 것도 괜찮을 것 같았다. 그런데 어디로 가지?

아이가 없을 때 우리는 기차를 타고 유럽 일주를 하거나 푹푹 찌는 스페인 축제에 가서 캠핑을 하거나 그리스에서 윈드서핑을 했다.

생각만 해도 신난다.

하지만 아이 없이 홀가분하게 떠나는 여행은 이제 안녕.

아이가 생기고 나니 기차 타고 유럽 일주는 망할 악몽처럼 들렸다. 윈드서핑이라고? 그런 거 할 기력이 어디 있나? 우리의 새로운 관심사는 '휴식', '느긋함'이었다.

우리는 아이 있는 가족들이 즐길 법한 지루한 휴가에 대해 오랫동안 의논했다.

"가족 여행 안내 책자 같은 거 받아오면 어때? 살짝 그을린 피부에 환하게 웃으면서 비치 볼 들고 있는 가족들 나오는 것 말이야." 데미가 제안했다.

나도 한번 생각해 봤다.

정녕 문화도 없고 흥분도 없는 해변 휴양지에서 그을린 얼굴로 미소 짓는 그렇고 그런 가족이 되고 싶은 건가? 우리가 그렇게까지 변했나?

분위기를 알아보기 위해 렉시를 데리고 시내로 나가 스페인과 그리스로 떠나는 가족 여행 안내 책자를 한 뭉치 집어 왔다. 책자 앞면에는 역시나 하나같이 햇볕에 그을린 채 웃으면서 형형색색 비치 볼을 들고 있는 가족들의 모습이 실려 있었다.

예외는 없었다.

"저기 그을린 피부에 비키니 입은 저 여자는 진짜 엄마가 아니야. 진짜 엄마는 저럴 수가 없어. 배가 완벽하게 평평한 것 좀 봐. 주름은 다 어디 갔어? 뒤집어진 배꼽도 안 보이지? 비키니 입은 저 여자가 아주 어린아이를 안고 있잖아. 저 아기의 진짜 엄마는 저 여자가 아닐 거야. 맞으면 배에 임신선 자국이 있어야지." 내가 렉시에게 말했다.

두 살짜리 렉시는 이해하지 못했다. "엄마가 아니라고? 엄마 맞아, 엄마. 아기랑 있잖아."

집으로 돌아오면서 렉시와 함께 안내 책자를 훑어보았다.

사진은 좋아 보였다. 저건 뭐지? 수영장에 칵테일 바가 있다고? 뷔페 비용이 경비에 포함된다고? 우와. 그럼 밥은 안 해 먹어도 되는 거네? 설거지도 없고? 나중에 어떻게 되든 렉시가 물건을 집어 던져도 상관없다고? 모두 비용이 지불된 거니까 괜찮다고?

당장 사인하자!

이런 휴가가 있을 줄은 상상도 못 했는데?

내가 어렸을 때 가족 여행은 밥을 직접 해 먹는 캠핑을 가는 것이었다. 가끔 부모님이 돈을 좀 쓴다 싶으면 프랑스 남부로 휴가를 떠났다. 동생과 나는 운이 좋으면 프랑스 바게트를 먹을 수 있었다. 운이 없으면 식탁이 덜컹거리는 고기 집에 가서 갈릭버터에 재운 간 요리 같은 구역질나는 음식을 먹어야 했다.

그런데 뷔페가 경비에 포함되어 있다니, 호사도 이런 호사가 없었다.

이렇게 사치스러운 휴가를 가려면 당연히 돈깨나 들 거라고 확신했다. 식사 다 나오고 어린이 놀이방도 있는 곳에 사람들이 돈을 얼마까지 쓸까? 만 파운드? 아니면 더?

틀렸다.

비수기 막판 특가는 끝내주게 저렴했다. 어른 한 명 당 200파운드 정도면 비행기에 식사에 음료, 술까지 포함되었다.

이 정도면 그 시간에 집에 있는 비용보다 조금 더 들 뿐이었다.

왜 전에는 이런 '패키지 여행'을 알지 못한 걸까?

우리는 즉시 예약을 했고 일주일 뒤 비행기를 탔다.

경치는 아름다웠고 수영장은 깨끗하게 반짝거렸으며 음식도 맛있고 술도 푸짐했다.

임신 후기에는 비행기 타지 말라고? 다 집어치워라. 휴식이야말로 나에게 절실히 필요한 것이었다.

임신했으니 술은 마시지 못했지만 모든 것이 느긋했다. 아무것도 하지 않는 것이 이렇게 좋을 줄이야. 사실 렉시가 태어난 뒤로 제대로 쉬어보는 건 이때가 처음이었다.

데미와 나는 무료 술집에 앉아 연신 엄지를 치켜세웠다.

이 모든 게 400파운드에 가능하다니! 어린이 놀이방도 있는데!

휴가를 보내는 동안 우리는 일광욕 의자에 나른하게 누워 그리스 페이스트리를 먹고 유아 수영장에서 첨벙거리는 렉시를 바라보았다. 이따금 렉시에게 아이스크림이나 달달한 음료수를 건넸다. 렉시는 행복해했다. 우리도 행복했다.

할 일이 아무것도 없었다. 아무것도! 그 사실만으로도 멋졌다.

휴가 사흘째가 되니 불안도 가라앉았다. '마음을 편히 내려놓는' 이 시간이 효과가 있는 것 같았다. 시속 150킬로미터로 달리던 것을 그만두고 그저 느릿느릿 살아가는 것만으로도 삶은 훨씬 나아지리라.

나는 어떤 영적인 깨달음 같은 것을 얻고 매일 요가와 명상을 하기 시작했다. 불경을 내려 받아 읽으면서 매 순간을 즐기며 살아가기 위해 노력했다. 어여쁜 작은 새들이 식당 밖에 떨어진 크루아상 부스러기를 쪼아 먹는 모습을 지켜보거나 내 보물 같은 딸이 발을 동동 구르며 "새 저리가! 밟아 버릴 거야!"라고 고함치는 모습을 사랑스러운 눈빛으로 바라보았다.

이 소소한 영적 깨달음으로 마음이 들뜬 나는 렉시에게 불교의 가르침을 전하기 시작했다.

"인생은 변하는 거야, 렉시. 이 순간을 즐겨. 호흡해."

휴가 마지막 날, 렉시가 공들여 꾸민 종이 가방을 잃어버렸다.

"내 유니콘 가방 없어졌어, 엄마. 없어 엄마! 귀중한 거야. 그거 필요해요. 그거 집에 갖고 가서 할머니 보여줘야 돼." 렉시가 소리쳤다.

타는 듯이 더운 리조트를 돌아다니며 아이가 휘갈긴 그림이 그려진 빈 종이 가방을 찾을 방법은 어디에도 없었다.

"부처님은 집착이 곧 고통으로 가는 길이라고 했어, 렉시. 그 종이 가방은 그냥 물건일 뿐이야. 렉시 네가 그걸 귀중하게 여긴 거고. 이것도 지나가는 일일 뿐이란다. 상실도 삶의 일부야. 넘어가자." 내가 렉시에게 차분히 말했다.

렉시는 육아의 세계에서 말하는 '생떼'를 부리기 시작했다.

얼굴이 벌게져서는 고래고래 소리를 질렀다. "내 유니콘 가방 찾아, 내 유니콘 가방!"

나는 다시 아이에게 상실과 집착에 대해 설명하려 애썼다.

"그건 그냥 물건일 뿐이야. 그게 다라고. 차분하게 생각해봐. 그럼 더 이상 고통스럽지 않을 거야."

"그래도… 그 가방… 내가 좋아했는데." 렉시가 목이 메는 듯 흐느끼면서 더듬거렸다.

"그건 그냥 빈 가방이야. 지금 넌 의미 없는 것들에 집착하고 있는 거야. 그냥 놓아줘." 내가 자상하게 웃으며 다시 한번 말했다.

"빈 거 아니야. 거기에 엄마 보석 넣어 놨는데." 렉시가 더듬더듬 말했다.

나는 다급히 자세를 고쳐 앉았다.

"뭐라고? 뭐? 엄마 보석이 거기 있다고?"

렉시가 고개를 끄덕였다.

"엄마 보석이라고! 그거 마지막으로 둔 게 어디야? 어디다 떨어뜨렸어? 왜 가만히 앉아 있어? 당장 찾으러 가야지!" 내가 빽 소리 질렀다.

"보석은 그냥 물건이야. 당신이 그걸 귀중하게 여긴 거지. 집착은 곧 고통으로 가는 길이야." 데미가 일광욕 의자에 기대 앉아 차가운 맥주를 들이켜며 말했다.

"그 불 들어오는 펜던트는 내가 10대 때부터 간직하던 거라고! 그건 무엇으로도 바꿀 수 없어!"

"그것도 그저 지나가는 이야기일 뿐. 그냥 놓아줘." 데미가 말했다.

나는 데미에게 한바탕 욕설을 퍼붓고는 렉시를 데리고 리조트 주변을 두 시간 동안 돌아다니며 '귀중한' 종이 가방을 찾았다. 드디어 가방을 찾아서 안을 들여다보니 보석은 온데간데없었다. 누가 가져갔는지 어찌 알겠는가. 나 말고 다른 사람에게는 아무 의미 없는 싸구려 장신구였는데. 자기 가방을 찾은 렉시는 기분이 좋아 보였다.

우리는 편안하고 행복한 마음으로 집에 돌아왔다. 누구든 길에서 마주치는 가련한 사람들을 붙잡고 우리의 휴가에 대해 떠들고 싶어 입이 간질거렸다.

"한 사람에 200파운드밖에 안 한다니까요! 내가 10대 때부터 간직한 불 들어오는 펜던트는 잃어버렸지만(이쯤에서 렉시 한 번 째려보고) 인생에는 상실도 있는 법이니까, 그냥 내려놓았죠."

거짓말 27
둘째 출산은 금방 끝난다

출산일이 다가오면서 나는 둘째 '출산 계획'을 세웠다.

첫째 때는 일이 끔찍하게 틀어졌다. 유도분만이니 응급 제왕절개 수술이니 모두 자연의 계획과 한참 동떨어지고 말았다.

나는 대담하고 어리석은 결정을 내렸다. 자연분만을 위해 할 수 있는 모든 것을 하겠다고 마음먹었다.

주변에서 이유를 물었다. 제왕절개를 해도 되는데 왜 안 하겠다는 건가? 제왕절개가 훨씬 쉬운 것 아닌가. 진통제도 많이 맞고. 수술 자국도 이미 있지 않은가. 그리고 기분 나쁘게

듣지는 말고, 출산이 정확히 어떤 건지 자세히 모르는 것 같아서 하는 말인데, 아이가 나올 때에는… 어쩌고저쩌고….

그들에게 나는 이렇게 말했다. 나는 첫째 때 출산과 탄생의 기적을 제대로 느껴보지 못했다, 출산을 위해 고안된 내 몸의 변화를 자연 그대로 경험하고 싶다, 내 안의 모성과 제대로 이어지고 싶다.

그 당시에는 내 안의 모성이 변절자라는 사실을 잘 알지 못했다. 내 안의 모성은 고통이나 불확실성을 좋아하지 않았고 자연 출산을 결코 반기지 않았다.

합리적인 여인이군.

출산을 앞두고 나는 조산사를 만나 "출산은 어떻게 하실 건가요?" 메뉴판을 받았다. 나에게는 제왕절개(말하자면 '오늘의 추천 메뉴')와 자연분만이라는 두 가지 선택지가 있었다.

바보같이 나는 강한 여자가 되기로 결심하고 '브이백'을 선택했다. 브이백은 베이컨 종류가 아니라 제왕절개로 출산한 경험이 있는 임산부가 자연분만을 하는 것을 일컫는 말이다.

"정말이에요? 수술 자국이 찢겨져서 내출혈이 일어나면 목숨이 위험할 수도 있어요." 조산사가 물었다.

"그럴 확률이 얼마나 되는데요?"

"1퍼센트요."

흠.

100명 중에 한 명은 죽는다. 꽤 높은 확률인데.

그래도 나는 낙천주의자다. 내 제왕절개 수술 자국은 정말 끝내줬다. 매듭을 묶어 놓은 밧줄처럼 튼튼하고 질기니 웬만한 압력에도 굴하지 않으리라고 나는 확신했다.

한번 해봅시다!

어째선지 출산은 내가 살면서 한 번은 겪어봐야 할 일이라는 생각이 굳게 박혀 있었다.

교도소 생활이나 팬터마임을 보는 것 등 굳이 겪어보지 않아도 될 끔찍한 경험도 있다는 사실은 염두에 두지 않았다.

그즈음 자연분만을 한 동생은 출산이 "펄펄 끓는 산을 몸속에 쏟아붓는 느낌"이라고 했다.

"확실히 구분해야 돼, 그냥 산이 아니고 '펄펄 끓는' 산이야." 동생이 덧붙였다.

바보같이 나는 그 말도 무시했다.

출산을 앞두고 나는 냉동실에 시판 라자냐를 가득 쌓아놓고 찬장에 고농축 핫 초콜릿도 대량 구비해 두었다.

다락에서 렉시가 신생아 때 입었던 옷들을 꺼내 필요한 것들을 추려내다가 렉시에게 한 번도 입히지 않았지만 여전히 너무나 귀여운 신생아용 카우보이 복장을 보고 다시 한번 심장 폭격을 맞았다.

나는 앞으로 무슨 일이 벌어질지 똑똑히 알고 있었다. 한동안 위기 상황에 대비해야 할 것이고 내가 하는 대로 하지 않는다며 데미를 타박하기도 할 것이다. 하지만 휴가를 다녀오고 난 뒤 나는 한결 느긋해졌고 아기를 낳을 마음의 준비도 마쳤다.

예정일이 다가왔다.

예정일이 지나갔다.

제기랄.

일주일이 지났다. 예전처럼 '아기 아직 안 나왔어?'라고 묻는 전화가 속속 걸려 왔다.

그리고 드디어 무슨 일이 벌어지기 시작했다.

하루 종일 5분마다 미묘한 진통이 느껴졌다.

이거야! 이게 대폭격이야! 자연분만이 시작된 거라고!

진통이 진행되는 동안 나는 명상을 이어나갔다. 침착함을 유지했다. 그 순간을 즐겼다. 대자연과 이어지는 기분을, 은은하게 피어오르는 향을 떠올렸다.

한숨도 못 자고 아침이 밝았는데 진통은 아직도 계속되고 있었다.

어떻게 이럴 수가 있지? 밤을 꼴딱 새웠다고. 그것만으로도 충분히 겁나잖아. 그런데 아기는 어디 있는 거지? 막혀 버렸나?

아픈 건 참을 만했다. 뛰거나 걸어 다닐 만했고(물론 밤낮

없이 그런다는 게 고문처럼 느껴지긴 했지만) 고통스러울 정도는 아니었다.

또 다른 낮과 밤이 지나갔다.

이제는 괜찮지 않았다.

기겁해서 동생에게 전화했다. 동생은 진정하고 가벼운 영화나 보고 있으라고 말했다.

그렇게 했다.

1990년대 영화 〈해리가 샐리를 만났을 때〉, 〈귀여운 여인〉, 〈우리 아빠 야호〉 세 편을 내리 보면서 또다시 밤을 지새웠다.

다음 날, 분명 아기가 나올 때가 다 됐으리라 확신하고 병원을 찾았다.

집으로 돌려보내졌다. 아직 '진진통'이 아니란다. 이 고통스러운 중간 지대에 몇 주까지는 아니더라도 며칠 더 머무를 수도 있단다.

이런 세상에.

진진통이 아니라고?

이 시점에서는 제아무리 명상을 해도 불안을 떨쳐낼 수가 없었다.

벌써 사흘 밤을 꼬박 새웠다. 한숨도 못 잤다. 눈 한 번 진득이 감아보지도 못했다.

사람은 잠이 부족하면 미칠 수도 있다. 나치 친위대가 쓴

수법 아니던가.

나도 미쳐버릴지 몰랐다. 정말 미쳐 버리면 렉시를 제대로 돌볼 수도 없을 것이다. 엄마를 이렇게 미쳐 날뛰게 만들었다며 렉시가 갓난아기를 미워하게 될지도 모른다. '아기를 선물처럼' 보여주자는 내 계획은 누구도 실행에 옮기지 않을 것이고… 아아악!

대체 아기는 왜 안 나오는 거지?

진진통이 아닌 진통이 닷새째 이어졌다. 진통에 대해 얘기할 때마다 내가 꼭 하루씩 더 보태는 경향이 있으니 아마 나흘이었을 것이다. 어쨌든 적어도 사흘 밤을 지새운 것은 맞다.

이렇게 길고 긴 밤과 낮을 보내는 사이 나는 병원을 자주 들락거렸고, 그때마다 다시 집으로 돌려보내졌다.

조산사들과 나는 서로 증오하는 관계에 이르렀다. 내 눈에 그들은 임산부를 잔인하게 괴롭히는 나치 괴물로 보였고 그들의 눈에 나는 심각한 드라마 광으로 비춰졌다.

한번은 병원으로 향하는 택시 안에서 진통이 밀려올 때마다 몸을 베베 꼬고 있었다.

데미: 왜 임신한 아내가 혼자 택시를 잡아타고 병원을 왔다 갔다 했는지 의아해하는 분들이 있을까 봐 한마디 할게요. 제 아내는 상당히 독립적인 사람이랍니다. 저더러 집에서 렉

시를 보고 있으라고, 자기 혼자 다녀오겠다고 우겼다니까요.
그리고 전 아직도 운전을 못한답니다.

"태국 가 보셨어요?" 택시 운전사가 물었다.

"네!" 또 다른 진통을 견뎌내면서 나는 소리치듯 답했다.

"저도 가봤습니다. 정말 멋진 곳이죠? 거기서 저녁노을에
대한 음악도 썼답니다. 한번 들어보실래요?" 운전사가 사물
함 쪽으로 손을 뻗었다.

"그러죠." 나는 듣는 둥 마는 둥 대답했다.

"차를 잠깐 세우겠습니다. CD를 찾아야 해서요." 운전사
가 말했다.

운전사는 맥도날드 쪽에 차를 세우고 오디오에 CD를 넣었
다.

"여기서 노래 부르는 게 저예요. 나쁘지 않죠?" 그가 자랑
스럽게 말했다.

"저 지금 진통 중이라고요! 차를 왜 세우시는 거예요? 당장
병원으로 가주세요. 아기가 나올 것 같다고요!" 내가 소리쳤다.

그렇게 병원에 도착했지만 이번에도 아직 진통이 아니라는
얘기만 들었다.

이 무슨 소름 끼치는 운명의 장난인지, 집으로 돌아가려고
잡아 탄 택시에서 똑같은 택시 운전사를 만나고 말았다.

인생도 유머를 던질 줄 안다.

집으로 가는 내내 태국의 저녁노을을 노래하는 택시 운전사의 목소리가 울려 퍼졌다.

집으로 돌아와 보니 아직 안 자고 있던 렉시가 엄마를 보고 깜짝 놀랐다.

"아기 안 나왔어?" 렉시가 물었다.

"아기가 안 나오네. 나올 생각을 안 해!" 나는 공포에 질린 채 울음을 삼키며 말했다.

정말 안 나왔다.

몸이 아기를 내보내려는 걸 머리가 막고 있는 건 아닐까. 불안이 고개를 들었다. 내가 위험에 처했다고 판단해서 몸이 아기를 붙잡고 있는 건 아닐까.

결국 병원 측에 제발 제왕절개를 해달라고 사정사정한 끝에 동의를 받았다. 물론 그 전에 병원에서는 처음부터 제왕절개를 권했지만 내가 퇴짜를 놓았다는 사실을 분명히 짚고 넘어가는 것도 잊지 않았다.

"출산 전에 마음을 굳게 먹었어야죠. 산모 분 수술 일정 잡느라 힘깨나 들었다고요." 조산사가 말했다.

나는 고마운 마음에 무례하게 굴 엄두도 내지 못했다. 그리고 이미 너무 지쳐 있었다.

수술 담당의가 들어와 일상적으로 말했다. "배 속을 씻는 듯한 기분이 들 겁니다!"

그런 다음 조금 더 심각한 목소리로 말했다. "수술 동의서에 서명해 주세요. 이 수술로 목숨을 잃을지도 모른다는 사실에 동의하시는 겁니다."

며칠 동안 고통과 수면 부족에 시달리고 나니 이 문명화된 멋진 수술실에서 '배 속이 씻기는' 기분을 느낄 수 있다는 사실이 기쁘기 그지없었다. 그렇게 핏덩이 라야가 꺼내졌다.

아… 출산은 마법이다.

그렇게 나는 갓 태어난 라야를 안고 분만 병동으로 옮겨졌다.

그곳에서 데미가 렉시와 함께 기다리고 있었다.

당황스러웠다.

"질투 안 생기게, 아기를 선물처럼 보여주자고 했잖아!" 내가 데미에게 소리 질렀다.

"수술 제대로 됐나 걱정돼서. 렉시도 동생이 보고 싶다 그러고." 데미가 말했다.

렉시에게 내 가슴 위에서 자고 있는 갓난아기를 보여줬다.

어린애 같은 천진한 말투로 렉시가 물었다. "초콜릿은 어디 있어? 초콜릿 있을 거라고 했잖아."

렉시는 동생을 전혀 질투하지 않았다. 어린애들이 그렇듯 제멋대로였고 그저 아무 관심이 없었다.

다행이었다.

아기 이름은 라야라고 렉시에게 소개했다. 영화 〈스타워즈〉의 공주 이름을 땄다.

렉시는 계속 초콜릿만 찾았다.

엄마가 병원에 있어서 속상해하지 않을까 걱정했지만 렉시는 이미 할머니 할아버지의 무한한 사랑을 받고 있었다. 툭하면 흐느끼는 불안 덩어리 엄마는 필요 없었다.

모두 괜찮았다.

병원에서 며칠 밤을 보내는 동안 아기가 6킬로그램이 넘어서 의사 둘이 함께 꺼내야 했다는 산모 얘기도 들려왔다. 마침내 나는 라야와 함께 택시를 타고 집으로 돌아왔다. 짐작했는지 모르겠지만 역시나 그때 그 태국의 저녁노을을 노래한 운전사의 택시였다.

집으로 가는 길이 까마득히 멀었다.

거짓말 28

아이는 둘 키우나 하나 키우나 마찬가지다

- -

드디어 집으로 돌아왔고, 또다시 신생아 육아가 시작되었다.

지금쯤이면 아기 키우는 데 도사가 되어 있어야 마땅했지만 우리가 가족의 행복이라는 성배를 손에 넣기까지 더 배우고 익힐 것이 남아 있었다.

피로, 수술 후 아직 회복되지 않은 몸, 모르핀 금단현상(당연히 중독자는 아니다!), 산후 우울증, 에너지 넘치는 어린아이와 갓난아기까지, 나는 정신적, 육체적으로 만신창이가 되었다.

첫 한 달 동안은 잠을 거의 자지 못해서 극도의 불안에 시달렸다.

망할 호르몬이 다시 날뛰었다.

나는 내가 아니었다. 데미에게 온갖 일로 쏘아붙였고(데미는 이것이 원래 내 모습이라 말하겠지만 틀렸다. 언제나 그렇듯이…) 아무 이유 없이 눈물을 떨구었다. 이 난관을 헤쳐 나갈 수 없다는 생각이 끊이지 않았다. 불안에 완전히 압도되고 말았다.

가까운 미래에 대한 공포가 조금 가라앉았다 싶으면 먼 미래가 걱정되었다.

머리가 멈춰 버렸는데 일은 무슨 수로 하지? 나는 렉시를 낳았을 때와는 비교도 안 되게 구제 불능이 되어 버렸다. 라야를 낳고 나서는 사람들 이름까지 가물가물했다. 내가 평생 알고 지낸 사람들 이름도 기억에서 멀어졌다.

라야는 무럭무럭 자라서 말할 때마다 "음… 어"를 주기적으로 갖다 쓰는 법부터 익힐 것 같았다. "음… 엄마, 어… 쉬 마려."

머리가 제대로 안 돌아가면 일을 할 수 없고 그럼 돈도 못 벌잖아, 라야가 다시 깼네, 아악! 이러다 모조리 죽겠어!

내가 잠시 숨을 돌리고 (아무도 죽지 않았고 나는 수면 부족이긴 했지만 그렇게 미치진 않았다는) 현실을 둘러보았다면 모든 게 괜찮다는 사실을 알 수 있었을 것이다.

사실 괜찮은 것 이상이었다. 부모님이 수시로 들러서 도와 줬고 데미는 여전히 다정했으며 아이들은 건강했다. 우리에 게는 가족만의 집이 있고 곰팡이 없는 화장실도, 아주 안전한 차도 있었다. 우리는 카시트를 고정하는 법도, 유아차를 순식간에 접는 법도 알고 있었다.

그런데도 불안이 밤낮으로 나를 갉아먹었다. 이번에는 잠든 아기를 배 위에 올려놓고 유쾌한 크리스마스 로맨틱 코미디의 세계로 탈출할 수도 없었다. 이제 육아는 하루 24시간, 일주일 내내 이어졌다.

라야를 낳기 전에 아이 둘은 키우기 쉽다는 말을 많이 들었 다. "육아용품은 이미 다 있잖아. 거기에 아이들만 끼워 맞추면 되는 거야. 하나 키울 때보다 뭘 더 해야 할 일도 없다니까."

나로서는 해야 할 일이 아주 많았다.

두 시간 반마다 라야에게 젖을 물리고 옷을 갈아입혔다. 아기를 부드럽게 흔들어 재우고 눕힌 뒤 쓰라린 가슴으로 굴욕적인 유축을 했다. 둘째가 잠든 잠깐 동안 폭언을 서슴지 않는 첫째를 돌봐야 했다. 아이는 자신이 휘갈긴 걸작을 엄마가 봐 주지 않는다며 소리를 질러댔다.

렉시가 갓난아기일 때에는 중간 중간 숨 돌릴 틈이 있었다. 보통은 아이가 잠들었을 때 그나마 쉴 수 있었다. 농담이 아니다. 그 틈을 타서 나는 크리스마스 영화도 몰아보고 초콜릿 케이크도 마음껏 먹었다.

어린아이에 갓난아기까지 있으면 초콜릿 케이크는 꿈도 못 꾼다. 크리스마스 영화는 말할 것도 없다. 뭐, 초콜릿 케이크 정도는 먹을 수도 있겠지만 아이가 안 볼 때 다급히 입속에 욱여넣어야 한다.

아기가 잠든 사이 가만히 앉아 먼 산을 바라보며 해야 할 설거지를 하릴없이 가늠해 보는 것도 쉽지 않았다.

어림도 없는 소리.

렉시는 하루 종일 엄마의 사랑을 갈구했고 삼시 세 끼 모두 챙겨 먹어야 했으며 목욕도 해야 했다. 그러는 틈틈이 나는 몇 시간마다 갓난아기를 먹이고 흔들어 재워야 했다.

렉시만 있을 때에는 예전 삶의 마지막 유물이나마 붙잡을 수 있었다. 그것도 힘줄이 도드라질 정도로 꽉 부여잡아야 했지만 어쨌든 데미와 함께 이따금 외식도 할 수 있었고 일주일 에 한 번씩 요가도 할 수 있었다. 가끔은 렉시를 데리고 나와 바깥세상을 탐험하기도 했다. 그때는 독립성을 어느 정도 사 수할 수 있었다.

데미: 우리가 외식을 한 적이 있다고? 전에 우리 집에 식탁 이 없어서 분홍색 카펫 위에 앉아 피시 앤 칩스 먹었던 거 말 하는 거야?

둘째가 태어나자 다시 한번 삶이 바뀌었다. 이번에는 제대로 된 현실이었다. 극한 육아였다. 돌이킬 수 없었다. 몰아치는 물살에 몸을 맡기고 헤엄치지 않으면 빠져 죽고 말 것이었다.

렉시를 키우면서 최악의 고비를 맞을 때면 내가 개똥 같은 일을 하고 있다는 기분이 들었다.

이번에는 내가 개똥 같은 일을 하고 있다는 사실을 백번 받아들였다. 이제 이 개똥 같은 일을 하는 틈틈이 쉴 수만 있다면 더 이상 바랄 것이 없었다.

"느긋하게 해. 쉬엄쉬엄 하라고. 혼자 힘으로 그렇게 많은 일을 할 수 없다는 사실을 받아들여. 집에 있는 생활에 익숙해져봐. 이 상황을 즐겨보라고." 데미가 말했다.

"그러고 싶지가 않아. 듣기만 해도 하품 나거든. 그저 모든 걸 체계적으로 하고 싶어. 계획도 미리미리 세우고. 모든 걸 계획한 대로 제때 처리할 수 있으면 모유 먹는 신생아랑 어린 아이 데리고 나가서 근사한 점심도 먹을 수 있을 것 같은데." 내가 말했다.

"당신이 확신한다면야…" 데미가 머뭇거리며 말했다.

아이들을 차에 태우고 시내에 나가지는 않기로 했다. 운전을 하면서 동시에 라아에게 젖을 물릴 수는 없는 노릇인 데다 그렇게 되면 시간을 맞추기가 지극히 어렵기 때문이었다.

그래서 버스를 타고 시내 여행을 떠나보기로 했다.

도로 여행이다!

처음에는 모두 괜찮아 보였다. 집을 나올 때 렉시는 신발을 짝짝이로 신고 잠옷 바지 차림이었지만 어쨌든 옷을 입었으니 이 정도면 성공한 거라 자부하고 싶었다. 나는 버스 뒷좌석에 앉아 라야에게 젖을 물리면서 누구든 우리 쪽을 돌아보는 사람이 있으면 똑같이 노려보았다.

그런데 일이 한참 잘못되고 말았다.

내가 까맣게 잊고 있었다.

어린아이들은 어디든 걸어서 가려면 한참 걸린다.

젖 달라고 우는 갓난아기를 안은 채 여기저기 참견하며 걸어가는 아이를 끌다시피 해서 가까운 화장실을 찾아가는 여정은 끔찍했다. 그렇게 뚜껑을 닫은 변기 위에 앉아 어린아이를 무릎 위에 올려놓고서 갓난아기를 재촉해 가며 젖을 먹였다.

집으로 돌아가는 버스를 타려는데 승차 거부를 당했다.

"그거 태울 자리가 없어요. 탑승 가능한 버스가 올 때까지 기다리셔야 합니다." 기사가 유아차를 가리키며 말했다.

"언제 오는데요?" 내가 물었다.

"세 시간 쯤 걸릴 수도 있어요. 누가 압니까? 이 노선으로 다니는 버스 중에 유아차를 태울 수 있는 게 한두 대밖에 없거든요."

"우리는 이 버스 타야 돼요. 의학적 이유가 있거든요." 내가 우겼다.

"무슨 의학적 이유요?"

"10분 안에 아이에게 젖을 먹여야 해요. 유아차 접을게요. 이거 접히는 거예요."

버스 기사의 항의를 무시한 채 나는 다급히 유아차를 버스에 밀어 넣고 렉시 손을 잡고서 이미 가득 찬 유아차 바구니 안의 물티슈와 여벌 옷, 가슴 크림, 과자 등을 꺼내 선반에 올려놓았다.

그런 다음 유아차를 접었다. 오토바이 페달처럼 생긴 것을 몇 번 발로 차자 유아차는 순순히 접혔다.

"유아차는 선반 위에 올려놓으면 안 돼요. 위험합니다." 기사가 말했다.

"안 태워주시면 제가 더 위험해질 거예요!"

결국 기사는 우리를 안으로 들여보냈다.

눈물범벅이 되어 집으로 돌아온 나는 절대, 다시는 집을 떠나지 않겠다고 맹세했다. 그래도 여전히 집을 떠나고 싶은 마음은 굴뚝같았다.

지루한 하루하루를 견디기 위해 '엄마들의 작은 해결사'라 불린 신경안정제를 찾았던 1950년대의 여성들이 측은하게 느껴졌다.

나는 집에 온 데미를 붙잡고 하소연했다. 집 안에 갇혀 지내는 이 생활에 얼마나 화가 치미는지 아느냐, 다리 한 번 펼시간 없고 자꾸 살만 찌고, 큰애가 "엄마, 엄마, 엄마!" 부르면서 여기저기 돌아다니며 사고를 치니 크리스마스 영화 한 편 제대로 못 본다.

맞다, 렉시는 어린이집에도 가고 부모님이 가끔 아이를 돌봐 주기도 했다. 하지만 아이는 거의 대부분 집 안에서 나와 함께 있었다.

나는 펑퍼짐한 엉덩이를 대고 앉아 갓난아기에게 젖을 주는 와중에 어린아이와 놀아주는 일상에서 즐거움을 좀체 찾을 수 없었다.

이렇게 미련하고 쇠약한 몸은 더더욱 원치 않았다.

하루 종일 집 안에 틀어박혀 있는 것이 끔찍하게 싫었다.

데미가 차분한 목소리로 자상하게 말했다. "당신이 일을 너무 빨리 처리하려고 해서 그런 건지도 몰라. 아이 둘 데리고 버스 타고 시내로 나간다는 게 얼마나 엄청난 도전인데. 좀 더 쉬운 일을 해 보는 건 어때? 기대치를 좀 더 낮춰서 말이야."

썩 유쾌하진 않지만 그럴듯한 조언이었다.

"커피숍에 가서 크림 듬뿍 올린 아주 진한 핫 초콜릿 먹고 싶어. 이것도 무리야?" 내가 흐느끼며 말했다.

"마트에 커피숍 있잖아. 내일 아이들이랑 차 타고 가서 크리스마스 스페셜 핫 초콜릿 마시고 오는 거 어때? 올해 크리스마스 한정판으로 블랙 포레스트 케이크도 나온대." 데미가 말했다.

대형마트로 가는 여행이라고? 내가 갈망하던 모험은 결코 아니었다. 하지만 남편 말은 대체로 늘 옳았다. 빌어먹을.

대형마트 나들이는 당연히 태국 여행만큼 흥미진진하지 않았지만 그래도 괜찮은 외출이었다.

마트에는 엄마와 아이들을 위한 시설이 두루 갖춰져 있었다. 넉찍한 주차장에 아이 둘을 태우고도 남는 카트, 수유실까지 있었다. 내가 사랑받고 있다는, 누군가가 나를 필요로 한다는 느낌이 들어서 기분이 좋았다.

아이가 없을 때 누군가가 나에게 대형마트에 가는 것도 '외출'로 쳐야 한다고 말했다면 나는 굴욕감을 느꼈을 것이다. 뭐라고, 나를 뭐로 보는 거야!

이제 나는 그 말에 백번 동의한다.

나도 바뀌어야 했다. 느긋해져야 했다. 과거는 떠나보내고 새로운 현실을 받아들여야 했다. 예전의 독립적인 나는 이 문제에 대해 뭐라고 했을지 신경 쓸 필요도 없었다.

마트로 떠나는 외출을 즐겨라. 지금 이 순간을 살아라.

이런 엄청난 심경의 변화가 일어나는 가운데, 우리 가족이 행복에 정착하기 전에 마지막으로 올라야 할 산이 눈앞에 펼

처졌다.

걱정이 될 수밖에 없는 돈 문제였다.

라야가 태어나면서 지출이 다시 급상승했지만 내가 일을 할 수 있는 시간은 심각하게 부족했다.

우리가 아이를 갖기 전에 데미의 동생은 비용으로만 따지면 아이를 키우는 것이 고양이를 키우는 것과 비슷하다고 귀띔했다. 물티슈도 넉넉히 있어야 하고 필요한 용품들(유아차 등 등)을 미리 준비해 놓으려면 최초 지출이 만만치 않겠지만 흔히 짐작하는 것처럼 그렇게 심각한 경제적 부담이 되는 건 아니라고 장담했다.

참, 데미의 동생은 아이가 하나라는 말 했던가?

아이가 하나면 방 두 개짜리 아파트도 잘 들어맞는다. 정원 딸린 집까지 구할 필요가 뭐가 있나? 하나뿐인 아이가 밖에 나가 놀고 싶어 한다고? 외투 가져와, 공원 가자. 아니, 그 외투 말고, 저거. 양말은 왜 벗었니? 제발… 그건 네가 갖다 놓을 수 있잖아. 그리고 돌멩이 잔뜩 든 그 가방은 왜 가져오는 거야? 아니, 그렇게 끌고 다닐 필요는 없어….

아이가 둘이면 재정적으로 심각한 타격을 받는다. 우리는 대출금도 갚아야 했고 자동차 유지비에 어린이집 비용도 꼬박꼬박 들어갔으며, 신발도 해마다 바꿔야 했다(그만 좀 커라!). 생일 파티도 열어줘야지, 크리스마스엔 산타의 집도 가야하고, 부활절엔 달걀 줍기도 해줘야 한다. 책이며 만들기 장난감도 사줘야 되고 아이들이 망가뜨린 것들도 고쳐야 한다. 이 모든 비용이 더해지는 것이다.

걱정스러웠다.

돈을 더 벌어야 했다. 더 나아지기 위해 분투해야 했다. 새롭게 늘어난 가족 수에 맞게 수입도 늘려야 했다.

단순히 집세와 맥주 살 돈 몇 푼 버는 것으로 끝이 아니었다. 그 정도로는 두 아이 양육비로 턱도 없었다.

내 첫 소설책 두 권은 그럭저럭 괜찮은 성적을 거두었지만 제대로 생계를 이어가려면 베스트셀러에 올라야 했다. 이로써 목표가 정확히 정해졌다. 베스트셀러를 쓰자. 그것도 아주 많이.

"다시 일을 시작해야겠어. 지금 당장. 아니면 우리 다 굶어 죽을 거야." 내가 데미에게 말했다.

"그러면 스트레스가 더 심해지지 않겠어? 당신 눈꺼풀이 파르르 떨리잖아. 내가 새로운 일 알아보고 있어. 월급 꼬박꼬박 나오는 일로 말이야." 데미가 말했다.

"내가 이거 말고 뭘 할 수 있겠어? 우리 애들이 굶어 죽는 꼴 보고 싶어서 그래?" 내가 소리 질렀다.

"당신은 일어나지도 않은 일을 걱정하고 있어." 데미가 말했다.

"누군가는 걱정해야 할 거 아니야!"

"아이들이 어릴 때는 누구나 돈 걱정 하면서 살아. 그러다가 괜찮아진다니까. 몇 년 있으면 렉시도 학교에 갈 테고 그럼 우리도 일할 시간이 더 많아질 거야. 조금만 더 참고 기다리자." 데미가 말했다.

"내가 참고 기다렸다간 다 쫄쫄 굶는다니까!"

나는 부모님의 도움을 적극 활용하고 모유수유하는 틈틈이 노트북과 헤드폰을 동원해 일을 하겠다는 계획을 공들여 세웠다.

"누구도 굶어 죽지 않아. 부엌에 있는 음식만 해도 6개월은 족히 먹고 살 수 있다고." 데미가 말했다.

맞는 말이었다. 내가 온갖 건강식을 시도하면서 한 번 먹고 방치한 기괴하고 훌륭한 건조식품과 가루들이 찬장에 그득했다.

한때는 밀가루를 안 먹는 식단을 시도했다(그래서 호밀 가루와 스펠트 밀가루, 옥수숫가루를 잔뜩 사들였다). 그렇게 해서 처음 만들어본 머핀과 팬케이크의 맛이 형편없었던 탓에 이 모든 가루들은 버림받고 말았다.

"타지 않고 구멍도 안 난 '평범한' 팬케이크는 안 좋아하는 거야?" 데미가 교묘하게 비틀어 말했다.

데미의 말을 무시한 채 나는 글루텐 프리 식단으로 옮겨갔다.

"이번에는 코코넛 가루와 쌀가루로 만든 팬케이크야! 어떤 맛이 나나 보자!" 밀가루 없는 빵보다 더 형편없는 맛이었다. 데미는 '코코넛 맛 톱밥'이라 했고 렉시는 '코코넛 오믈렛'을 떠올렸다.

맞는 말이었다. 부엌 찬장에 있는 음식만 먹어도 우리 가족이 굶어 죽을 일은 없을 것이었다.

그래도 불안했다.

이제 그만 진정하라고 데미가 달랬다.

그런 일이 절대 안 일어난다고 어떻게 장담할 수 있는지 나로선 놀라울 따름이었다.

돈 걱정이 머릿속에 단단히 똬리를 틀고 앉아 좀체 떠나려 하지 않았다.

이즈음에서 내가 자라온 가정환경에 대해 얘기를 해볼까 한다.

외가와 친가 쪽 조부모 모두 옛날 미국 서부 영화에 나올 법한 폐허나 다름없는 동네의 찢어지게 가난한 집에서 자랐다. 집과 상점 반 이상이 판잣집이었고 거리에는 술에 취한 사람들이 입을 헤 벌린 채 지나다녔으며 빛바랜 비눗갑이 회전초처럼 바람에 날리는 암울한 탄광촌이었다. 그곳에서는 일이 없으면 가망이 없었다.

양가 조부모님 모두 공장에서 일하기 위해 남부로 내려왔다. 몇몇은 이곳에서 가벼운 납중독에 걸리기도 했다. 그들은 돈을 한 푼도 낭비하지 않고 버는 족족 악착같이 모았다. 외할아버지는 껌 하나를 일주일 내내 씹기도 했고 친할머니는 비누를 금요일 하루만 썼다.

그들은 가난이 무엇인지 누구보다 잘 알고 있었기에 돈 문제에 있어서 심각할 정도로 불안에 떨었다.

이 불안을 고스란히 나의 부모님이 물려받았고 뒤이어 내가 물려받았다.

기본적으로 내 잘못은 어디에도 없다. 듣고 있어, 데미? 이건 유전이라고.

하지만 걱정이 어디에서 비롯되었는지 안다고 해서 그 현실감이 줄어드는 것은 아니다. 더군다나 우리는 이미 급격한 수입 감소와 지출 증가를 한꺼번에 겪고 있었다.

"지금은 그저 일시적인 상황일 뿐이야. 사회학에서 이런 현상을 배운 적이 있어. 아이가 없을 때는 가처분 소득이 높지. 그러다가 아이가 생기면 소득이 가난 수준으로 급락하는 거야. 이후 아이가 학교에 갈 때가 되면 소득이 다시 늘어나." 데미가 말했다.

"우리가 가난한 수준이라고? 듣기만 해도 끔찍해. 그럼 감자 포대 자루 입고 치과 치료도 직접 해야 한다는 거야? 우리 가족이 그 정도 수준까지 떨어지게 내버려두진 않을 거야."

내가 폭발했다.

나는 말이 나온 김에 터무니없는 작업 일정을 밀어붙였다. 렉시를 어린이집에 데려다 주고 라야에게 젖을 먹인 뒤 부모님에게 맡기고는 곤죽이 된 머릿속을 어떻게든 굴려서 일을 해내려고 애썼다. 일을 시작하기 무섭게 다시 육아 태세로 전환해 라야에게 젖을 먹이거나 렉시를 어린이집에서 데려와야 했고, 아이들 몸에는 좋지만 거부 당하고 말 것이 분명한 음식을 꼬박꼬박 차려야 했다.

스트레스가 쌓였다.

"이제 상황이 바뀌었어. 예전처럼 일을 할 수는 없다고. 우리가 처한 현실을 받아들여야 돼. 먹지도 않는 글루텐 프리 밀가루 좀 그만 사고. 당분간은 휴가도 잊어버려. 보일러랑 지붕은 우리가 직접 손보면 되잖아." 데미가 말했다.

"당신이 보는 스포츠 잡지 구독도 취소하는 게 어때?" 내가 제안했다.

"당신은 그 값비싼 핫 초콜릿 좀 그만 사는 게 어때?"

"꺼져!"

상황이 점점 더 심각해졌다.

삶은 더 이상 놀이가 아니었다. 아이들이 이 사실을 확실히 일깨워주었다. 우리는 어떻게든 제대로 살아야 했다.

데미는 새롭고 더 안정적이며 더 나은 일자리를 구했다.

나는 초강력 커피를 주문해 놓고 온 신경을 집중해 글을 쓰기 시작했다.

　앞으로 꽤 오랫동안 저녁에 TV를 볼 일은 없을 것이다.

　앞으로 두어 해 동안 나는 어느 때보다 더 열심히 일을 하게 될 것이다.

　나는 바람같이 글을 써내려갈 것이다. 정말이다. 바람처럼 쓸 것이다. 결국 이 모든 노고가 값진 결실을 맺게 될 것이다.

거짓말 29
아이들은 금방 큰다

- -

육아, 일, 육아, 일. 이따금 선잠과 핫 초콜릿. 그리고 더 많은 일과 육아가 반복되었다.

길고 고된 몇 년이 지나 렉시는 드디어 학교 입학을 앞두고 있었다. 라야는 여기저기 돌아다니며 닥치는 대로 부수고 자기 목소리를 높였다.

흔히 말하듯 시간은 '쏜살처럼' 지나가지 않았다. 눈곱만큼도 아니었다. 라야가 태어난 뒤 첫 1년은 내 생에 가장 긴 시간이었다.

나는 하루에 6천 단어씩 썼다. 지극정성으로 공을 들이면 초대박 원고가 탄생하리라 맹목적으로 믿고 일에 매달렸다.

데미는 일을 하고 아이들을 보는 틈틈이 안정적이고 보수도 높은 일자리를 알아봤다.

우리는 저녁 7시면 아이들을 재운 뒤 노트북을 가져와 너무 피곤해서 더 이상 깨어 있기 힘들 때까지 일을 했다. 그런 다음 잠을 청했고 다음 날 다시 똑같은 일상을 반복했다.

집은 끝없는 재앙 그 자체였다. 라야가 아장아장 걸어 다니며 뜻 모를 소리를 지껄이고 말끔히 치워진 물건을 조심히 꺼내 바닥에 흩뿌려 놓았다.

자랑스러운 언니가 된 렉시는 언제든 라야에게 모든 얘기를 해줬다.

"맞아, 라야. 빗자루야. 빗-자루. 바닥 쓰는 거, 알았지? 줄자. 길이 재는 거. 우리가 계속 자라잖아. 자란다고. 너처럼, 그치? 너는 크고 있어."

아이들은 자란다.

그런데 너무 느리게 자란다.

나는 아이들이 스스로 옷을 입고 스스로 화장실에 가고 바닥에 음식을 던지지도 않는 미래를 계속해서 상상했다. 그때쯤이면 삶도 더 나아지지 않을까?

"렉시가 학교만 가면 좀 더 괜찮아질 거야. 그럼 시간도 더 많아지겠지. 라야가 기저귀를 떼고 어린이집에서 몇 시간 보낼 때가 되면. 라야가 해충약을 먹고 '매워, 매워!'라고 말하지 않는 때가 오면 사는 게 더 나아질 거야."

지금 이 순간을 살아야 한다는 사실은 잘 알고 있었다. 이 아름다운 시절을 즐겨라. 긍정적으로 생각하라. 하지만 재정적으로 다음 단계로 넘어가지 않으면 두 아이와 함께하는 삶은 더욱 고달파질 것이었다.

아이가 없을 때는 내가 근면한 사람이라고 생각했다. 새벽 6시에 일어나 천 단어 정도 쓴 뒤 일을 하러 갔으니까. 작가로 사는 것은 불안정하고 힘들다. 그런데 재미도 있다. 낭만이 있지 않은가. 새벽 6시에 일어나 글을 쓰는 삶이라니….

평생 열심히 일하며 살았지만 어린아이 둘을 키우면서 일을 하는 것은 수준이 전혀 달랐다. 렉시가 태어난 뒤 책 두 권의 출판 계약을 따내고서 나는 두 번째 책을 겨우겨우 끝낼 수 있었다. 밤늦게, 아침 일찍 짬을 내 글을 쓰면서 스트레스는 극에 달했고 빈 와인병은 감당할 수 없이 늘었다.

이제 아이는 둘이 됐지만 출판 계약은 없었다. 지금 출판사도, 다른 어떤 출판사도 내 예전 책(≪아이비 레슨≫, 선생님과 학생의 사랑을 다룬 로맨스 소설로 야한 장면이 아주 많이 나온다)을 거들떠보지 않았다.

빌어먹을.

이런 일은 예상하지 못했다.

나는 낙담한 끝에 원고를 쓰레기통에 버렸어야 했지만 가슴속에서 고요한 투지가 끓어올랐다. 어떻게든 이 책을 세상에 내놓으면 좋은지 나쁜지는 독자들이 판단할 것이었다.

독자들이 이 책을 싫어한다면 어쩔 수 없지만 어쨌든 한 번쯤 시도는 해봐야 한다는 생각이 들었다.

일을 하고 글을 쓰고 아이들을 돌보는 틈틈이 ≪아이비 레슨≫을 자비로 출판해 대중에게 선보이는 법을 배웠다. 사실 당장 엄청난 대박이 터지리라는 기대는 하지 않았고 그저 소셜 미디어를 통해 열심히 광고해야겠다는 생각만 했다.

내 예감은 멋지게 빗나갔다.

몇 주 안에 책에 대한 관심이 불붙듯 타올라 수천 부가 팔려나가기 시작했다. 그리고 몇 달 안에 수만 부가, 그리고 수십만 부가 팔려나갔다.

환상적이었다.

신데렐라 이야기가 따로 없었다.

수년 동안 고군분투하고 무수한 거절을 당하며 '가난하지만 행복한' 작가로 살다가 드디어 하루아침에 성공한 작가 대열에 동참하게 됐다.

내가 말이다!

이제 당신 차례다. 어딘가에서 고군분투하고 있을 당신 말이다. 실패는 포기할 때나 맛보는 것이다. 포기하지 않고 계속 가다 보면 원하는 곳에 다다를 것이다.

생전 처음으로 나는 돈 걱정을 하지 않게 되었다.

독자들이 이메일을 보내 신간 소식을 물어 왔다. ≪마스터 오브 더 하우스≫ 시리즈를 쓰고 난 뒤, 위험을 감수하고 조금 다른 글을 써보기로 결심했다. 엄마에 대한 로맨틱 코미디 소설 ≪나쁜 엄마 다이어리≫로, 부모로 살아가는 즐겁고 고통스러운 일상을 그리면서 누구나 웃을 수 있는 로맨틱 코미디를 접목시킨 이야기였다.

이 책은 이전까지 쓰던 것들과 전혀 달라서 출판되자마자 돌처럼 가라앉으리라 생각했다. 그래도 시도해볼 가치는 있었다. 싱글맘인 주인공 줄리엣이 해피 엔딩을 누릴 자격이 있다고 생각했다.

≪나쁜 엄마 다이어리≫를 다 쓰고 나니 승산이 없어 보였다. 요즘에는 로맨틱 코미디가 잘 나가지 않는다고들 했다. 결국 스무 군데가 넘는 출판사에서 거절당했지만 놀라지는 않았다. 편집자들은 보통 젊고 멋지고 아이가 없는 청춘들이다. 그들은 침대에 시리얼을 흩뿌리는 아이들 이야기에 관심이 없으며 다 큰 어른이 오줌을 지리는 이야기가 왜 재미있는지 이해하지 못한다.

나는 다시 한번 자비 출판을 감행했다. 일이 터지기 시작했다. 호평이 이어졌다. 별 다섯 개짜리 후기들이 수백 개가 달

렸고(악평도 간간이 있었지만 그건 그냥 넘어가자) 얼마 안
돼 수천 개로 불어났다. 아마존 가상의 서가에서 내 책들이
순식간에 동나기 시작했다.

들은 바로는 이 책이 기분을 좋게 해준다고, 읽다 보면 깔
깔 웃게 되고 엄마들에게 사랑받는 느낌을, 행복을 준다고 했
다.

내가 이 책을 쓴 이유도 정확히 그 때문이었다.

그저 뿌듯한 것 이상이었다.

이메일이 쏟아졌다. 책을 재미있게 읽었다, 얼마나 웃었는
지 모른다, 너무 웃어서 눈물이 날 지경이었다, 다음 책도 써
달라는 엄마들의 편지가 이어졌다.

'어럽쇼, 내가 이렇게 될 줄 알았다니까. 난 천재야.'

바로 그 주에 데미도 원하는 일자리를 얻었다. 우리는 행복
하고 운이 넘치고 축복 받은 사람들이었다.

기나긴 고난의 시간을 보낸 끝에 좋은 일이 한꺼번에 닥치
고 있었다.

어느 멋진 봄날 아침, ≪나쁜 엄마 다이어리≫는 영국 킨들
베스트셀러 5위에 올랐다. 스티븐 킹의 최신작과 어깨를 나
란히 하는 내 책을 보고 있으니 세상을 다 얻은 기분이었다.

와우!

데미는 일하는 중이었지만 나는 어떻게든 이 기쁜 날을 기

념해야겠다고 생각했다.

"애들아, 우리 오늘 화원에 가자. 가서 이 행복한 시간을 기념할 나무 한 그루 사 오는 거야." 내가 아이들에게 알렸다.

곧 있으면 네 살이 되는 렉시는 엄마 얘기를 제대로 알아듣고 흥분했지만 라야는 아직 어려서 불평할 여지가 없었다.

"무슨 나무?" 렉시가 물었다.

"음… 과일 나무."

나는 아이들이 내 부족한 원예 지식을 걸고넘어지지 않기를 바라며 자신 있게 말했다.

"그건 시간이 오래 걸리잖아요. 자라는 데 말이야. 나무 심으려면 구멍도 크게 파야겠네. 어린이집 정원사 아저씨가 그랬어. 분화구처럼 큰 구멍을 파야한다고." 렉시가 말했다.

"나무 심는 거 별 거 아니야." 내가 말했다.

우리는 차를 몰고 화원으로 향했다. 그곳에서 아이들은 서로 카트를 밀겠다고 싸웠다.

나는 아이들이 감히 대들지 못할 강제성 없는 위협 전략을 썼다. "동생 팔 자꾸 비틀면 지금 당장 집에 갈 거야."라거나 "그거 안 내려놓으면 앞으로 사탕 없어!" 같은 위협 말이다.

우리는 과일 나무를 살펴보았다.

"뭐가 좋겠어? 저 근사한 사과나무는 어때?" 내가 물었다.

연배가 있어 보이는 키가 크고 날씬한 원예 보조사가 슬그머니 다가와 부드러운 목소리로 말했다. "사실 지금은 나무 심기에 좋은 시기는 아니에요. 이미 너무 따뜻해졌어요."

시기라고? 그런 게 있단 말인가? 그저 아무 때나 나무를 땅에 고정시키면 되는 거 아닌가?

나는 나무에 달린 꼬리표를 뒤집어 식재 설명서를 훑어보았다. 결국 채소 씨앗 봉지로 눈을 돌렸다.

"얘들아, 너희들도 알겠지만 상추는 지금 심어도 아주 잘 자란대…."

원예 보조사가 다시 한번 슬쩍 끼어들었다. "어디에서 키우느냐에 따라 달라요. 채소 덮개는 있으신가요? 달팽이가 못 오게 막는 거요."

나는 원예에 대한 가짜 지식을 내다 버리고 보조사에게 도움을 청했다. 그는 렉시가 말했듯 나무를 심으려면 아주 큰 구멍이 필요하다고 말했다. 그냥 해바라기 씨앗이나 사야 하나.

"해바라기는 실패할 일이 없습니다. 바보도 키울 수 있어요." 보조사가 말했다.

나는 그에게 내가 바보는 아니지만 원예에 관해서라면 바보가 맞다고 말하고 싶었다.

"이건 우리 정원에서 키울 수 있겠다. 몇 주만 지나면 큰 꽃이 핀대." 나는 아이들에게 말하면서 원예 보조사를 곁눈질로 살폈다.

"사실 키우는 데 시간이 좀 걸리는데…."

"얘들아, 이리 와! 이제 가자."

집으로 돌아와서 나는 해바라기 씨앗을 심어 보겠다며 호들갑을 떨었다.

"너희들 것 하나씩, 그리고 엄마 아빠 것 하나씩 키우는 거야. 그럼 해바라기 가족이 되겠네." 내가 말했다.

"이거 내일이면 자라요, 엄마?" 렉시가 밝은 노란색 꽃이 그려진 색색의 포장용지를 보며 물었다.

"내일은 아니고 아마 이번 주 말쯤이면 자라지 않을까." 내가 지혜로운 부모라도 되는 양 말했다.

알고 보니 자연은 게으르고 느렸다. 성장은 더디게 진행된다. 아주 조금씩 자라기 때문에 별반 차이를 못 느끼다가 어느 순간 훅! 커져버린 것을 발견하게 된다. 어느새 훌쩍 자란 아이들이 침실 서랍장 꼭대기까지 손을 뻗어 콘돔을 움켜쥐고는 아래층으로 내려와 이웃집 우편함에 넣어놓는 것처럼 말이다.

책도 마찬가지였다. 몇 년 동안 글을 썼더니 어느 순간 빵! 모두 그런 식으로 일이 터졌다.

씨앗을 뿌리고 일주일이 지났는데 아무 일도 일어나지 않았다. 아주 작은 새싹들이 돋아나긴 했지만 아직 샛노란 꽃잎을 보려면 한참 기다려야 했다.

형편없네.

씨앗 봉지를 살펴보았다.

"아, 잠깐만. 일주일이 아니구나. 세 달 걸린대! 이런 세상에." 내가 렉시에게 말했다.

"세 달이면 얼마나 긴 거야?" 렉시가 물었다.

"지금부터 세 달 뒤면 렉시가 학교에 입학할 때쯤 되겠네."

"무엇이든 자라려면 오래 걸리는구나. 자연은 끈기가 있네." 렉시가 나이에 비해 현명한 아이 같은 목소리로 말했다.

"그런 말은 어디서 들었어?"

"어디서 들은 거 아닌데. 그냥 내가 안 거야."

우리도 끈기를 가져야 했다. 정성스레 물을 주고 가꾸니, 해바라기는 아이들의 키만큼 커졌다.

그리고 더 커졌다.

여름이 끝날 무렵, 우리 집 정원은 샛노란 꽃잎으로 화사해졌다. 꽃이 시들고 나서 우리는 다시 씨앗을 모았다.

이제 우리 집 정원에는 해마다 해바라기 꽃이 핀다. 가족 한 사람 당 한 송이씩이다. 처음 씨앗을 뿌리고 꽃을 보기까지 정말 오랜 시간이 걸렸다.

망할 놈의 세월 같으니라고.

자연은 빨리 자라지 않는다. 하지만 조급하게 굴지 않는 법을 익히고 나니 성장하는 과정을 훨씬 더 즐기게 되었다.

거짓말 30

자매는 형제처럼 치고받고 싸우지 않는다

여름을 앞두고 나는 세 가지 엄청난 깨달음을 얻었다.

첫째, 아이들과 함께 있는 것이 예전보다 즐겁다.

둘째, 렉시가 얼마 안 있어 학교에 간다니, 정말 다 컸구나.

셋째, 요즘 들어 라야의 싸움 실력이 몰라보게 늘었다. 펀치가 제대로다.

"라야, 안 돼!"

이 말은 렉시의 입학을 앞둔 여름에 우리 집에서 가장 많이 울려 퍼진 소리였다.

둘째는 작은 폭죽 같다. 그럴 수밖에 없다. 자기보다 훨씬 큰 누군가를 쓰러뜨리고, 웬만하면 움직이지 못하게 만들어 놓은 뒤 후다닥 도망칠 수 있어야 하니 말이다. 그러다 어느 새 언니의 주먹 한 방에 나가떨어지고 말지만.

라야는 언니를 때려눕힌 뒤 응징을 피해 부엌 찬장이나 여행용 가방 안에 숨어들었다. 가끔은 렉시가 동생에게 맞을 만했다며 스스로 잘못을 인정하기도 했지만 라야가 모질게 구는 경우가 대부분이었다. 라야는 주먹부터 날린 다음 뒤늦게 이유를 찾기 일쑤였다.

처음에는 우리도 라야가 자기보다 큰 언니 오빠에게 당당하게 맞선다며 감탄했다. 우리 딸 용감하네! 그런데 언제부턴가 라야가 사람들을 깨물고 다니기 시작했다.

인정한다. 엄마인 내 탓도 있었다.

라야가 처음으로 깨문 상대는 생일 파티에 온 오빠였다. 그 아이가 라야의 케이크를 빼앗아 높이 치켜들고는 라야를 약 올렸다. "아니 아니 아니!"

라야가 그 오빠의 팔을 깨물었다.

케이크가 떨어졌다.

나는 이 광경이 참 재미있다고 생각했다. 그러니까, 내키지 않은 일도 해야 할 때가 있지 않은가. 그 아이는 몸집도 굉장히 컸고 라야에게서 빼앗은 케이크는 마지막 남은 한 조각이었다.

물론 나도 '좋은 부모'인 척하면서 라야에게 깨물지 말라고 타이르기는 했지만 아이는 엄마가 내심 뿌듯해 한다는 사실을 눈치챈 듯했다. 그 길로 라야는 자기 케이크를 빼앗지도 않은 또래 친구를 또 깨물어 버렸다.

내 실수였다.

라야, 안 돼. 깨무는 건 절대 용납할 수 없어. 아니, 절대 안 돼. 그래, 맞아, 누가 너 납치하려고 하면 그때는 깨물어도 좋아. 하지만 그런 경우가 아니고서는 안 되는 거야.

입학을 앞둔 렉시가 새로운 교복을 입어 보고 교과서에 자기 이름을 써 보려고 애쓸 무렵, 자매의 싸움은 극에 달했다.

아이들은 한 시간마다 우당탕거리며 싸웠다.

라야는 언니가 하는 것을 모조리 다 따라 하고 싶어 했는데 그러다 못하게 되면 언니를 깨물고 밀쳤다.

라야가 아직 두 살밖에 되지 않았으니 자제력이 없다는 사실은 문제가 되지 않았다. 라야는 언니처럼 글씨를 쓰고 싶은데, 펜을 손에 쥐기 위해서 언니를 깨물어야 한다면 반드시 그렇게 했다.

렉시는 동생을 도와주는 자상한 언니가 아니었다. 그저 눈치 없이 동생에게 직격탄을 날렸다. "라야, 네가 그린 유니콘은 강아지 같아.", "너 다리가 완전 아기 다리네."

이렇게 생각 없이 던진 말들은 분노에 찬 울부짖음과 밀어

붙이기, 밀치기와 가끔은 기물 파손까지 야기했다.

렉시에게 새로운 교복이 생겼다. 필통과 책가방, 반짝이는 새 구두도 생겼다.

이 모든 것들을 라야도 갖고 싶어 했다.

라야에게도 자기만의 교복을 사줘서 언니랑 어울릴 수 있게 해주자고 데미가 제안했다.

나는 필요하지도 않은 물건을 계속 사주면 아이 버릇만 나빠진다고 잘라 말했다.

그러는 당신은 이미 샌들이 있는 아이들에게 그 우스꽝스러운 미니마우스 플립플롭을 사 주지 않았느냐며 데미가 따졌다. 아이들은 플립플롭을 신고 제대로 걷지 못했다. 신발이 자꾸 벗겨졌다. 아이들에게 필요 없는 물건인 것은 분명했다.

그때 그 플립플롭은 할인해서 산 거라고 내가 소리 질렀다.

우리는 결국 타협점을 찾았다. 라야가 렉시의 커도 너무 큰 교복을 입어볼 수 있게 했다.

아이들은 여전히 싸웠다.

동기 간에는 싸움이 일어난다. 항상 그런다.

형제든 자매든, 성별을 가늠할 수 없든 상관없다.

데미: 나는 남동생들이랑 별로 안 싸웠는데. 폭력성과 공격성은 당신 쪽에서 물려받은 거야.

싸움이 계속되면서 우리는 불편한 진실을 깨달았다.

아이들은 아이다운 이유로 싸운다. 포켓몬이 유령인지 아닌지("맞아, 라야. 유령이야."), 종이를 먹을 수 있는지 없는지("맞아, 렉시. 먹을 수 있어.") 등등. 그런데 가끔 아이들이 싸우는 소리를 들어보면 우리 부부가 싸울 때와 아주 많이 흡사했다.

렉시가 "닥쳐, 빌어먹을!"이라고 소리칠 때나, 라야가 "젠장, 렉시. 세발, 렉시."("제발 좀"이란 뜻이다)라고 할 때 그랬다.

처음에는 아이들이 이런 무시무시한 말을 어디서 배웠나 싶었다. 이 무슨 끔찍하게 무례한 말버릇인가.

어린이집에서 들었나 보지. 아니면 할아버지에게 들었나.

"현실을 받아들여. 다 우리에게 배운 거잖아." 데미가 말했다.

"아, 정말 빌어먹을!" 내가 말했다.

이런.

사실이었다.

아이들은 우리의 싸움을 그대로 따라 하고 있었다. 우리 사이에 갈등이 생길 때를 그대로 흉내 내면서 상대에 대한 존중은 손톱만큼도 없이 말을 던지고 있었다.

모두 데미 탓이다. 그렇게 욕을 해댔으니.

데미: 욕을 달고 산 건 당신이거든!

나는 데미에게 지금부터 절대 서로 무례하게 말하거나 욕을 하지 말자고 통보했다.

데미는 나에게 자기 물건을 마음대로 자선단체에 기부하지 말라, 아직 깨끗해서 더 입을 수 있는 옷을 세탁 바구니에 집어넣지 말라, 자기가 마시려고 따라 놓은 물을 마음대로 마시지 말고 아직 보지도 않은 스포츠 하이라이트 방송을 멋대로 지우지 말고, 멀쩡한 가구 놔두고 새 가구 좀 사지 말라는 등등 시시콜콜한 헛소리를 지껄였다. 나는 간단히 무시해 버렸다.

우리도 한동안은 건설적이고 정중하게 대화를 나눠보려고 노력했다. 하지만 솔직히 말해서 예의 갖출 것 다 갖추고 얘기하면 시간이 너무 오래 걸렸다. 간단히 소리 지르면 끝날 일인데 굳이 그렇게까지 해야 하나? "데미, 충전용 전선을 왜 모조리 공구 서랍에 집어넣는 거야? 그리고 이 충전기들은 이제 다 쓰지도 않잖아. 빌어먹을 왜 여기다 두는 거냐고."

그러면 데미가 기다렸다는 듯 투덜거렸다. "제발 좀!"

거짓말 31
저렴한 가족 휴가로 캠핑이 제격이다

뜨겁게 비추는 한여름의 태양과 함께 현실이 강타했다. 렉시가 입학하기 전에 보내는 마지막 여름이잖아!

이번 여름을 최고의 여름으로 만들어야 했다. 기가 막히는, 굉장한 야외 활동을 하고야 말리라.

아이가 없을 때 나는 야외 활동을 그리 좋아하지 않았다. 속을 따뜻하게 덥혀줄 술이 없으면 무엇도 즐겁지 않던 시절이었다.

어렸을 때 나와 동생은 이따금 가족 캠핑 여행이라는 명목 하에 영국 시골에 던져졌다.

우리는 이 재미없는 '휴가'가 싫었다. 휴가는 항상 북쪽으로 6시간은 족히 달려가 페나인 산맥의 얼어붙을 듯 추운 캠핑장으로 향하는 것으로 시작되었다.

부모님은 아름다운 산과 신선한 물줄기를 보며 감탄을 금치 않았지만 나와 동생은 별다른 감흥이 없었다. 그때 우리는 취향도 멋도 모르는 80년대 아이들로 그저 게임이나 하고 디스코 추고 롤러스케이트 타러 가는 것이 최고였다.

"여기 물이 정말 깨끗하다!" 부모님은 열광하면서 우리에게 얼음처럼 차가운 물에 발을 담그라고 재촉했다. 부모님이 텐트를 치는 사이(전체 무게가 40킬로그램에 이르고 육중한 버팀목이 50개는 족히 되며 주황색 무거운 방수포가 몇 미터는 이어지는, 괴물 같은 1970년대식 텐트였다) 물속에 담근 우리의 발은 파랗게 얼어붙었다.

구조 공학의 눈부신 위업이 고스란히 담긴 텐트는 한 번 칠때마다 두 시간씩 걸렸고, 그럴 때마다 어느 버팀목을 어디에 꽂아야 하느냐는 성난 외침 소리가 들렸으며, 결국 주요 부품이 빠져버려 공황 상태에 이르지 않는 날이 없었다.

실망스럽게도 부모님이 언제나 빠진 부분을 기어코 찾아냈기 때문에 중간에 집으로 돌아가는 일은 없었다.

드디어 경쾌한 페이즐리 무늬 커튼과 주황색 벽으로 된 텐트를 다 치고 나면 금방이라도 부서질 듯한 캠핑 장비(간이침대며 조립식 의자, 접이식 테이블 등등 역시 모두 주황색이었다. 그 당시에는 모든 캠핑용품이 그랬다)를 제자리에 놓기까지 또 몇 시간이 걸렸다.

특히 간이침대는 다리를 제대로 세우려면 엄청난 힘이 필요했다. 힘찬 기합과 함께 얼굴을 붉히지 않고서는 침대를 세울 수가 없었다.

거대한 텐트가 차 트렁크 대부분을 차지했기 때문에 침구는 일찌감치 우선순위에서 밀려났다. 부모님의 침낭은 폭신하고 근사하고 컸던 반면 나와 동생이 쓰는 침낭은 나일론(역시나 주황색이었다) 소재로 얇디얇아서 그림자놀이도 할 수 있을 정도였다.

아직 하이라이트가 남았다. 북쪽으로 한참을 달리다가 갓길에 차를 세워 놓고 다 녹은 초콜릿 바에 곁들여 플라스틱 통에 담은 차를 마시기도 했고, 쏟아지는 폭우를 맞으며 영화 여행을 떠나기도 했다. 아침에 자고 일어나니 머리에 하얗게 서리가 내려앉은 아빠가 '진저리 치게 춥다'며 예정보다 며칠 일찍 서둘러 집에 돌아온 적도 있었다.

영국은 너무 춥다. 특히나 비쩍 마르고 식성이 까다로웠던 나와 동생에게는 더욱 소스라치게 추웠다. 우리는 더 괜찮은 캠핑용품을 든든히 갖췄어야 했지만 1980년대에는 제대로 된 장비라 할 것들이 아예 없었다. (설령 있었다 해도 부모님이 그런 데에 거액을 쏟아붓지는 않았으리라. 아빠는 어린 시절에 얼어붙게 추운 북쪽에 살았는데 코트 한 벌에 귀마개 하나로 겨울을 났다고 한다. 내의 사는 데 돈을 쓴다고! 너희는 좀 강해져야 돼, 이 나약한 놈들아!)

라야가 두 살이 되고 렉시가 학교에 들어갈 무렵, 나는 야외 활동을 어느 정도 견딜 수 있게 되었다. 그래도 너무 앞서 가지는 말자. 캠핑 같은 멍청한 짓을 할 생각은 추호도 없었다.

그러던 어느 날, 렉시의 어린이집 친구들이 함께 캠핑을 가자며 우리를 초대했다.

망했다.

난 캠핑을 싫어한다고!

마음속으로 나는 언제나처럼 항변을 늘어놓았다. 대체로 이런 식이었다. "난 빌어먹을 캠핑이 싫어. 너무 춥고 불편하단 말이야."

그런데 아이들이 먼저 들떠 버렸다. 이제 문장 하나 겨우 말할 줄 알게 된 라야까지도 신이 나 있었다.

"텐트! 텐트! 휙휙!"

"제발, 엄마, 우리도 가자, 응? 친구들 다 간단 말이야. 아주 큰 밤샘 파티가 될 거라고. 마시멜로도 먹고." 렉시가 애원했다.

나는 렉시에게 엄마 아빠가 어렸을 때에는 캠핑 가서 마시멜로를 먹은 적이 없다고, 그저 얇은 침낭에 다 타버린 소시지 밖에 없었다고, 그것도 운 좋을 때 얘기라고 경건하게 말했다.

여하튼.

나는 캠핑 여행을 가면 어떨지 한번 생각해 봤다. 아이들이 있으니까 일단 생각만 해봤다. 보통 아이 있는 집에서는 캠핑을 많이 간다. 뭐 어때? 그냥 한번 해볼까. 캠핑이 얼마나 춥고 불편한 건지 알고 나면 아이들도 다시는 가자고 안 할 테지. 마시멜로니 뭐니 다시는 입 밖에 꺼내지 않을 거야.

결국 우리를 초대해준 친구들에게 고마움을 전하며 기쁜 마음으로 함께 가겠다고 알렸다. 물론 속으로는 두려움에 떨었다.

캠핑 장비가 하나도 없었기에 렉시와 라야를 데리고 캠핑용품 매장을 찾아가 텐트며 이것저것을 둘러보았다.

세상에, 요즘에는 캠핑용품도 비쌌다. 저렇게 큰 텐트가 정말 필요한가? 주말에 한 번 가는 건데. 여행 잠깐 다녀오는데 캠핑용품에 수백 파운드까지 쓸 일인가? 우리 부모님이 그렇게 얇은 침낭을 산 것도 다 이유가 있었다. 폭신폭신한 것은 눈 돌아가게 비쌌다.

그래도 아이들이 입는 옷에만큼은 돈을 펑펑 썼다. 엄마의 충고 때문이었다. "빗나간 날씨는 없어. 빗나간 옷만 있을 뿐이지." 나는 아이들이 입을 따뜻한 양털 옷과 방수, 방풍이 되는 외투를 사는 데 돈을 아끼지 않으면서 아이들도 이런 엄마의 마음을 알아주리라 확신했다.

"엄마가 어렸을 때는 외투들이 다 얇았어. 그땐 이렇게 방수가 되는 고어텍스 같은 건 있지도 않았거든. 바람이 불면 춥고 비가 오면 다 젖었지." 내가 아이들에게 알려주었다.

"엄마 우리 침대도 필요해요. 주방 도구도 있어야 하잖아. 침낭이랑 의자도." 렉시가 지시하듯 말했다.

"의자는 필요 없어. 차에 실었다 내려야 할 짐만 늘어나는 거야. 이번 주말에 한 번만 다녀오는 거잖아. 그냥 바닥에 앉아도 돼." 내가 우겼다.

"풀이에요, 엄마. 우린 풀밭 위에 앉을 거예요. 바닥은 안에 있는 게 바닥이잖아." 렉시가 지적했다.

똑똑한 것.

가장 기본적인 것들만 사면 얼마나 들지 마음속으로 계산해보니 좋은 호텔에서 이틀 밤 묵는 가격에 맞먹었다. 그것도 가장 기본적인 용품만 계산했을 때 얘기였다. 전기 아이스박스나 편안한 침대, 제대로 된 요리 도구 등 호사스러운 용품까지 합하면 주말에 한 번 떠나는 비용으로는 너무 심한 낭비였다.

"이제 집에 가자. 여행 한 번 가는데 이 모든 걸 사다가 쟁여놓는 건 아무 의미 없어. 너희들은 캠핑을 좋아하지도 않을 거야. 필요한 건 할아버지가 갖고 계신 옛날 용품들을 빌리면 돼." 내가 선언했다.

렉시의 손가락이 밝게 빛나는 분홍색 공룡 무늬 침낭을 가리켰다.

"저 새 침낭 하나만 사면 안 돼?"

"그런 거 사봤자 다락에 공간만 차지할 뿐이라니까. 캠핑이 얼마나 끔찍한 건지 알고 나면 다시는 가자는 말 못할 거다." 내가 고집했다.

우리는 그 길로 부모님의 집으로 향해 1970년대식 간이침대와 내가 어렸을 때 쓰던 먼지가 수북이 쌓인 주황색 침낭을 빌렸다. 안타깝게도 옛날의 그 텐트는 몇 년 전에 이미 다 썩어서 못 쓰게 되고 말았다.

어쩔 수 없이 텐트를 하나 장만했다. 아이들이 하루 종일 밖에서 노는 것이 얼마나 춥고 비참한 일인지 깨닫게 되면 이 텐트도 머지않아 처분해야 할 것이라고 나는 확신했다.

캠핑 당일, 정원용 의자를 차에 실으려고 했지만 들어가지 않았다.

신경 쓸 것 없었다. 렉시에게 이미 말했듯이 의자는 필요 없었다. 그저 바닥에(풀밭에) 앉으면 그만이었다.

이것저것 차에 욱여넣으면서 무엇이 중요하고 중요하지 않은지를 두고 무수한 고함이 오간 뒤("얘들아, 맥주가 세 상자는 있어야지. 책은 집에 두고 갈 거야. 아니, 요리 도구는 없어. 엄마가 샌드위치랑 시리얼 쌌어."), 우리는 노퍽의 전원 지역으로 향했다.

"저녁 6시 넘어서 도착할 것 같아." 시골길을 달리면서 내가 말했다. 높이 쌓인 침구 때문에 뒤쪽 창문이 잘 보이지 않았다. "도착하자마자 서둘러서 텐트 치고 준비해야겠는데. 안 그러면 어두워지기 전에 못 끝내겠어."

"밤 9시는 되어야 어두워져. 다 준비하는 데 세 시간이나 걸리진 않을 거야." 데미가 말했다.

"세 시간 더 걸린다니까! 우리 부모님은 텐트 치는 데에만 하루 종일 걸렸어. 그러고도 우리 잠들 때까지 안쪽 텐트는 치지도 못했다니까. 나랑 동생은 커다란 가스통 옆 풀밭에 누워서 자야 했다고." 내가 운전대를 움켜쥔 채 말했다.

"길어야 30분이야. 요즘 텐트는 고정대가 유리섬유로 되어 있어서 설치하기 쉬워." 데미가 말했다.

나는 아무 말도 안 했지만 속으로는 데미가 멍청하다고 믿어 의심치 않았다.

캠핑장에 도착해 보니 친구들은 이미 짐을 다 풀어놓고 준비까지 마친 뒤였다. 아직 지피지 않은 장작불 옆에는 맥주 상자가 산더미처럼 쌓여 있었다. 족히 열 상자는 되어 보였다. 다들 맥주가 모자랄까 봐 걱정했다는 사실에 힘이 불끈

솟았다.

"맥주 드실래요? 열 상자 있어요. 이걸 다 바닥낼 생각은 안 하는 게 좋겠죠? 하하!"

하하하.

아이들은 차에서 뛰쳐나와 친구들과 뛰어다니기 시작했고 데미와 나는 짐을 풀자마자 언성을 높였다.

우리 둘 다 자신이 리더라고 생각했지만 데미가 틀렸다. 아무리 군대에 가 봤다 해도 이 집안의 실질적 리더는 나다.

모든 짐을 차에서 꺼내는 데에만 30분 정도 걸렸다.

이제 텐트를 칠 차례였다. 나는 태양이 수평선 너머로 사라진 뒤에도 말뚝을 박고 있으리라 예상했다. 그런데 이번에도 데미의 말이 옳았다. 텐트는 10분 안에 다 쳐졌다.

텐트를 치고 있는데 아이들이 다가와 칭얼댔다. "엄마, 너무 추워요. 바람이 정말 많이 불어."

사실이었다. 바람이 몰아쳤고 하늘은 불길한 구름으로 뒤덮였다.

"외투 지퍼 올려. 너희들은 운이 좋은 거라고 생각해. 엄마 때는 이런 날씨에도 얇은 코트 하나 입는 게 다였다니까." 내가 쏘아붙였다.

텐트를 다 친 뒤 우리는 다른 부모들과 장작불 주변에 둘러앉았다. 가벼운 비가 내리기 시작했지만 아쉬울 것은 없었다.

한 손에는 맥주를, 다른 한 손에는 소시지를 들고 대형 타프 안에 앉아 있는데 무엇을 불평한단 말인가.

아이들은 달랐다. 엄마, 다 젖었어요(안 젖었다), 얼어 죽 겠어요(안 얼어 죽는다)라며 계속 투덜거렸다.

이제야 안 사실이지만 캠핑에서 마시멜로는 필수다. 아이 들이 보챌 때마다 하나씩 건네면 그만한 해결책이 없다.

밤이 깊어 늦은 밤 바비큐를 하기 위해 불을 지폈을 때, 나 는 엄청난 진실을 깨달았다. 모두 즐거운 시간을 보내고 있었 다. 야외에 나오는 것이 이렇게 멋진 일이었다니. 마시멜로와 소시지가 곁들여진 모닥불은 정말이지 최고였다.

맥주 한 캔 더? 당연하죠! 얼마나 남았나요? 아흔 다섯 캔?

물론 아이들은 이래저래 불평을 해댔다. 해가 지자 사뭇 서 늘해졌다. 아이들은 친구들 모두 멋진 캠핑 의자에 올라가 앉 아 있는데 자신들만 축축한 풀밭에 앉기 싫다고 투덜거렸다.

왜 그래, 너희들도 좀 강해져야지. 정말 재미있지 않니! 다 음에는 의자도 가지고 오자.

내가 다음이라고 말했나?

아마 그런 것 같다.

겉으로만 보면 캠핑은 노숙자처럼 지내기 위해 엄청난 돈을 들이는 것처럼 느껴진다. 그런데 실제로 경험해 보니 캠핑은 다 른 많은 어른들과 함께 장작불 앞에 둘러앉아 맥주를 마실 수 있는 그럴싸한 핑곗거리가 되었다. 세상에, 정말 재미있었다.

렉시, 라야, 그만 좀 투덜거려라. 아이들은 야외에 나와 노는 걸 좋아한다.

집에 돌아오자마자 나는 제대로 된 캠핑용품을 사들였다. 보온 침낭, 자체 팽창 매트리스, 정말 멋진 의자, 땅에 박아 고정하는 와인잔 홀더 등등 있는 대로 쓸어 담았다.

돈이 정말 많이 들었다. 좋은 호텔에서 며칠 밤 묵는 것 이상으로 들었다. 하지만 이제 더 이상 좋은 호텔에 묵을 일이 없을 텐데 뭐 어떤가.

거짓말 32

아이가 학교에 들어가기만 하면 예전 삶을 되찾을 것이다

어느새 렉시의 입학일이 코앞으로 다가왔다.

우리에게도 이런 일이 일어나다니 믿어지지 않았다.

더 큰 아이들을 키우는 부모들은 항상 이렇게 말했다. "눈 깜짝할 사이에 애들 학교 갈 때 된다니까. 기다려 봐, 세월 정말 빨라."

끝이 안 보이는 신생아기의 지옥에 갇혀 있던 나는 그들의 말을 듣고 웃어 넘겼다. 이놈의 아기 단계는 영영 안 끝날 거야! 절대로. 잠 못 이루는 기나긴 밤의 고통은 그리 빨리 지나가지 않았다.

그러더니 순식간에 렉시가 아기티를 벗었고, 이내 유아티도 벗어던졌다. 렉시는 자기만의 취향이 있고(마늘은 역겨워) 의견이 있는(사실 나 노란색 별로 안 좋아해) 큰 언니가 되었다. 그렇게 학교에 갈 나이가 되어 버렸다.

정말 믿기지가 않았다.

렉시가 학교에 신고 갈 신발은 데미가 H&M에서 이미 사다 놓았지만 내가 퇴짜를 놓았다.

"발볼에 맞는 신발을 신어야 돼. 신발이 아이 발 성장에 얼마나 중요한데. 이 신발을 맨날 신고 다녀야 한다고." 내가 말했다.

"발볼에 맞는 거? 그게 뭐야?" 데미가 물었다.

"발 길이랑 너비까지 측정해주는 데 있잖아. 그런 데서 정말 잘 맞는 신발을 사야 한다니까." 내가 말했다.

"우리 어렸을 때는 그런 신발 구경도 못해 봤는데. 사실 난 새 신발 자체를 신어본 적이 없어. 항상 누나가 신던 거 물려받았지. 난 하트가 사방에 박혀 있는 여자애들 부츠 신고 다니면서 강해졌다니까. 그래도 내 발은 아무 문제없는데. 완전히 괜찮아." 데미가 말했다.

"당신은 발이 평평하잖아. 평발이지." 내가 꼬집어 말했다.

"맞아, 그렇게 태어났으니까."

"발볼에 맞는 신발을 신어야 돼. 우리 엄마는 언제나 발볼에 맞는 신발만 사주셨어. 신발이 건강한 뼈 성장에 중요하다니까." 내가 주장했다.

그러면서 우리가 발볼에 맞지 않는 신발을 신었다면 발이 흉측하게 비틀렸을 것이고 발톱도 늙은 마녀처럼 휘었을 것이라 했던 엄마의 말을 그대로 전했다.

"그게 무슨 헛소리야. 고작 몇 밀리미터 때문에 그렇게 된다고? 어릴 때 신은 신발 때문에 발에 문제가 생겼다는 어른은 한 명도 못 봤어. 발볼이 좁은 사람들은 어떻고? 그런 사람에게 발 옆쪽이 잘 맞는 게 그렇게 중요할까? 정말 그럴까?" 데미가 말했다.

나는 그의 냉소를 모조리 무시했다. 렉시의 첫 번째 학교 신발만큼은 엄마가 나에게 해준 대로 마련해 줄 것이다.

어느 토요일, 나는 렉시를 데리고 신발 가게에 갔다. 나에게는 이것이야말로 진정한 이벤트였다. 기념할 만한 일생일대의 사건, 비유하자면 웨딩드레스를 고르는 것과 비슷했다. 아이의 첫 번째 학교 신발이라니. 그래 렉시, 무엇이든 마음에 드는 걸로 골라 봐.

아차, 가격을 확인하고 나서 이런 말을 했어야 했는데.

이런 망할.

신발 한 켤레에 대체 얼마나 받아먹는 거지? 애들 신발이 커봤자 얼마나 크다고. 내 신발보다 비싸잖아!

그건 그렇고.

터무니없이 비싼 값을 치른 신발이 얇은 종이에 정성스레 싸여 상자에 넣어진 뒤, 나는 진작 물었어야 할 질문을 뒤늦게 꺼냈다. "H&M 같은 데서 파는 아이들 신발은 발볼 너비가 어떻게 되나요?"

가게 점원이 '평균' 발볼 너비는 F 사이즈라고 알려줬다.

"그럼 다른 데서 파는 신발도 다 F 사이즈로 나오는 건가요?" 내가 물었다.

"그렇습니다. 그게 표준 규격이니까요." 점원이 말했다.

"우리 아이 발볼 너비는 어떻게 되나요?" 내가 물었다.

"F 사이즈입니다."

"그럼 전국 모든 가게에서 파는 신발이 다 아이에게 맞는다는 거네요? 더 싸고 괜찮은 H&M에서도요?" 내가 재차 확인하며 물었다.

"그렇습니다. 저희는 이번에 할인 행사를 하고 있습니다. 저기 저 연녹색 신발은 50파운드인데 45파운드로 할인 판매하고 있어요." 점원이 말했다.

"학교에서 녹색 신발은 못 신게 해요."

어쨌든 이렇게 해서 렉시의 학교 입학 첫날에 필요한 모든 준비가 끝났다. 눈 깜짝할 사이에 대망의 날이 밝았다. 우리 아기 새가 둥지를 떠날 때가 되었다.

집을 나오기 전, 오만 가지 감정이 휘몰아쳤다.

"이것 봐, 난 다 큰 학생이야. 넌 선생님 해. 이 책 읽어보라고 해봐. 그리고 제대로 안 읽었다고 소리쳐봐." 회색 점퍼 스커트에 붉은색 카디건을 입은 렉시가 웃으며 행진하듯 걸었다.

라야는 앙증맞은 손으로 렉시의 붉은색 카디건을 잡아당기면서 황홀한 눈빛으로 말했다. "꽁주야(공주)."

"공주 아니야, 라야. 학생이지. 다 큰 학생." 렉시가 참을성 있는 언니 같은 목소리로 정정해줬다.

나는 눈물을 터뜨렸다.

"엄마, 왜 그래?" 렉시가 한술 더 떠서 '짜자잔' 외치며 물었다.

"네가 이제 엄마를 떠나는 구나." 내가 울음을 삼키며 말했다.

"내가 학교 들어가면 엄마도 행복할 거라고 했잖아. 다른 엄마들한테 더는 못 기다리겠다고 하지 않았어? 내가 학교 가면 엄마도 시간이 많아질 거고 예전처럼 지낼 수 있을 거라고 말이야." 렉시가 말했다.

그런 말을 하긴 했지.

학교가 있어서 얼마나 다행인지 모른다는 농담을 더러 하긴 했다. 주변에 일하는 다른 엄마들 모두 마찬가지였다. "일주일에 5일은 육아에서 해방되는 거야, 호호호! 그날이 어서 빨리 왔으면! 아이가 보고 싶을 거라고? 아하하하! 안 그럴 걸. 그 시간에 할 일이 얼마나 많은데."

모두 허세였다.

길을 걸어가는데 렉시가 언젠가 내 품을 영영 떠나리라는 사실이 실감이 났다. 오늘이 아니라 언젠가 말이다. 렉시에게 더 이상 엄마가 필요하지 않을 때가 오겠지. 생각만 해도 너무 슬펐다. 아이가 내 삶에 찾아와준 것만으로도 지극히 고마웠다.

우와. 그동안 무슨 일이 있었던 건가?

학교 정문 앞에서 렉시를 꼭 끌어안았다. 나는 눈물을 꾹 삼켰다. 엄마가 우는 모습을 보면 아이도 마음이 안 좋을 테니까. 다른 엄마들도 눈이 그렁그렁해져서 다들 자신만의 작은 드라마를 찍고 있었다.

이게 다 무슨 일인가?

깨어 있는 매 순간순간 날 부르는 소리가 들리지 않기를 간절히 바라던 사람에게 말도 안 되는 반전이 일어났다. 틈만 나면 아이의 자립을 부르짖던 사람 맞나? 차 한 잔 마시려고 이제 막 소파에 앉은(그러면서 쿠션 밑에 초콜릿 한 봉지를 몰래 숨겨둔) 가련하고 지친 엄마를 귀찮게 하지도 않고 혼자 알아서 잘 하니 얼마나 좋은지 모른다고 렉시에게 얘기하던 사람 맞나?

자립은 방치가 아니다! 이게 나의 슬로건 아니었나?

렉시가 태어났을 때부터 나는 휴식을 갈망했다. 단 하루만이라도 쉴 수 있기를 빌었다. 나에게 자신의 온 존재를 맡긴 아이와 하루 24시간 붙어 있는 것은 너무 무자비한 일이었다. 물론 아이는 사랑스러웠다. 얼굴도 조그만 것이 얼마나 사랑스러웠는지! 아아….

하지만 아이가 생기면 회피할 수도, 땡땡이를 칠 수도 없다. 온갖 고된 일을 대신해줄 컴퓨터 프로그램도 없다. 병가도, 공휴일도 없다. 매일 매 순간, 24시간 대기해야 한다. 모유를 공급하는 가슴은 단 하루도 쉴 수 없다.

나는 아이들이 다 커서 제 스스로 앞가림을 할 수 있는 날이 어서 오기를 간절히 바랐다.

그날이 이렇게 빨리 올 줄은 몰랐다.

마침내 나에게도 그날이 닥쳤다.

아이들과 부대껴 사는 내내 행복했다. 정말로, 진심으로 행복했다. 이 사실을 깨닫기까지 5년이 걸렸다.

물론 힘들고 지칠 때도 있었다. 멋대로 휘갈긴 그림을 보고 걸작이라며 애써 칭찬하는 것도 지쳤다. 식기세척기에 또 다시 설거짓거리를 채워 넣는 것도 진저리가 났다. 그래도 가족이 있어서 행복했다, 정말 그랬다. 아이들은 내 일부였고 나도 아이들의 일부였다.

이제 첫째 아이가 내 품을 떠나 학교라는 냉혹한 세계에 뛰어들었다.

아이를 학교에 들여보내던 그때, 그곳에서 나는 이제부터 모든 순간을 끌어안겠다고 다짐했다. 다른 삶을 바라지 않고 진실하게 내 인생을 살자고 다짐했다. 이렇게 다짐하고 나니 (한참 전에 했어야 할 다짐이었지만) 전에는 미처 알지 못한 더 큰 자유와 기쁨을 느낄 수 있었다.

내가 가진 것들을 감사하며 살기로 마음먹고 되돌아보니 그동안 내가 하루하루를 사랑하며 살았다는 사실을 알게 되어 가슴이 뭉클해졌다.

아이들과 남편, 친구들만 있으면, 가족과 함께하는 몇 가지 활동만 있으면 내 삶은 행복으로 넘쳐흘렀다.

처음부터 이런 삶을 의도한 것은 아니었다. 이런 삶을 원하지도 않았다. 나에게 이런 일이 일어나리라고는 생각도 하지 못했다. 하지만 고통스러운 순간들을 거쳐 예전의 나를 깨부수고 나니 삶의 다음 단계가 찾아 왔고, 그제야 비로소 행복해질 수 있었다.

우리는 가족이라는 롤러코스터에 올라탔다. 이번만큼은 절대 내리고 싶지 않았다.

이제 불평불만은 내려놓고 신나게 즐기기만 하면 된다.

거짓말 33
아이들은 어디든 데리고 갈 수 있다

렉시가 학교생활에 어느 정도 적응한 뒤 크리스마스를 앞
둔 어느 날, 우리는 오랜 친구들을 만나기 위해 도시 여행을
떠나기로 했다.

브라이튼을 떠날 때만 해도 우리가 그곳을 자주 찾게 될 줄
알았다. 사실 몇 년 안에 돌아오리라 확신까지 했다. 그만큼
우리는 도시를 사랑했다. 재미있고 독창적인 것들이 넘쳐나
고 좋은 음식이 가득한데 어찌 사랑하지 않을 수 있겠는가.
그런데 어쩐 일인지 이사하면서 한바탕 소란을 피우고 둘째
가 태어나고 집을 수리하고 렉시가 입학하는 동안… 도시로

돌아올 일은 없었다.

아이들도 도시를 좋아할 거라고 우리는 자신했다. 아이들에게도 대도시의 생활이 잘 맞겠지. 아이들은 어디든 데리고 갈 수 있으니까. 게다가 크리스마스이지 않은가. 마법 같은 날들이다! 이맘때면 아이들은 뭘 해도 즐거워한다, 안 그런가?

우리는 아이들을 실용적인 차에 태우고 실용적인 아이스박스에 경쾌한 소풍 도시락을 싼 뒤(거리에서 사먹는 음식은 너무 비싸다) 크리스마스 불빛이 밝게 빛나는, 실용과는 거리가 먼 브라이튼으로 향했다.

정말 재미있겠다, 그치?

나는 렉시에게 브라이튼에 있는 옛날 집을 기억하는지 물었다.

아이는 기억하려고 애썼다. "카펫이 주황색이었던가?"

아닌데.

"이탈리아인 돌보미 기억 안 나? 마지아 이모 말이야. 항상 너한테 '차오, 벨라'라고 했는데." 내가 아이의 기억을 상기시켰다.

렉시는 기억하지 못할뿐더러 서툰 이탈리아어 발음으로 우리를 다시 한번 실망시켰다.

"츄 베리가 아니라 '차오 벨라'라니까."

브라이튼으로 향하면서 우리는 그곳에 살던 때를 떠올렸

다. 자주 가던 술집이며 해변에 있던 클럽, 왕립 극장 위쪽에 숨겨진 심야의 칵테일 바(극장 쪽 사람들을 알아야만 들어갈 수 있었던, 주류 밀매점 같은 분위기가 풍기는 곳이었다)에 대해 얘기했다.

아이들을 데리고 술집 순례를 떠날 수는 없었지만(갈 수 있었나? 아니, 안 가는 편이 나을 것이다) 초밥 식당이며 컵케이크 가게, 멋진 빈티지 매장 등을 가볼 생각에 마음이 들떴다. 크리스마스 쇼핑을 할 수 있을지도 몰랐다. 별난 소품도 몇 가지 사 볼까.

브라이튼에 들어서자 형형색색의 독창적인 광경들에 마음이 붕 떴다.

갓 구운 크루아상과 다채로운 머랭들이 얼마나 그리웠던지!

어디를 가나 크리스마스를 축하하는 현란한 네온사인 불빛과 예술적인 기념 전시가 눈에 들어왔다.

"여기서 누구 만나기로 했어?" 내가 데미에게 물었다.

"딱히 없어. 지금 여기 시내에 사는 친구들도 판다와 짐밖에 안 남았는데, 걔들도 가족들이랑 크리스마스 보내러 간다더라고." 데미가 말했다.

"록시랑 데이브도 있잖아. 그 친구들 아직 여기 근처에 살지 않아?"

"그치, 그런데 그쪽에 수두가 유행이래. 시기가 안 좋아."

수두라니, 아이들이 있는 한 절대 안 되지.

우리는 곧장 브라이튼으로 들어가 시내 주차장으로 향했다. 이럴 수가, 차를 타고 가는 게 이렇게 편하구나. 이 차를 사서 참 다행이라는 생각이 들었다. 우리에겐 정말이지 가족용 차가 필요했다.

그리고 주차 요금을 확인했다.

하루에 30파운드라고!

이곳에 살 때는 차가 없었으니 주차비가 얼마인지 관심도 없었다.

물론 요즘 들어 돈 걱정 할 일은 없었다. 그렇다고 돈을 아무 데나 펑펑 쓸 필요는 없지 않은가.

격분한 채 도심을 돌면서 나는 엄마가 하던 말을 그대로 따라했다. "주차비로 그렇게 많은 돈을 쓸 순 없어! 터무니없잖아! 그 돈이면 우리 가족이 다 같이 영화를 한 편 보러 갈 수도 있는데!"

드디어 도심을 벗어난 어딘가에서 주차장으로 보이는 곳을 발견했다.

"이리 와, 얘들아. 여기서 조금만 걸으면 돼. 엄마 아빠가 예전에 이 근처에 살았어." 내가 아이들에게 알렸다.

물론 아이들과 함께 가면 조금만 걸을 일은 없다. 실제로 먼 길을 걸어야 한다면 더욱 그렇다.

"도시가 너무 붐비네." 크리스마스 쇼핑객들에게 정신없이 부딪히고 밀쳐지며 내가 말했다. "어어, 이봐요! 길 좀 보고 다녀요, 거기 산타옷 입은 당신 말이에요. 방금 우리 애를 길 바깥으로 떠밀었잖아요, 머저리 같으니라고! 렉시, 차 조심해!"

모두 유행의 첨단을 달리면서 아이가 없는 멋진 젊은이들이었다. 복고풍의 붉은 립스틱을 진하게 바른 아가씨(와 청년)들도 있었다. 이런 대낮에!

대낮부터 저런 수고를 들일 시간이 있는 건가?

반면 나는 무릎 바로 아래까지 오는 바지에 줄무늬 티셔츠, 흰색 운동화 차림이었다. 머리는 더 이상 길게 늘어지지 않고 단정하게 층을 낸 상태였다. 공작처럼 붉은 색이나 금색으로 가닥가닥 염색한 머리도 없었다. 난 그저 나이 든 아주머니였다.

데미는 평범한(꽤 멋진) 아빠처럼 보였다.

데미: 나는 렉시가 태어나기 전부터 입던 옷을 그대로 입었거든. 당신은 어쩜 그렇게 완전히 달라질 수 있어?

브라이튼 거리를 지나가는 모든 사람들이 멋져 보였다. 하지만 외모에 시간과 돈을 들이는 것도 젊은 사람들이나 할 수 있는 일이다. 그런 것도 시간과 돈이 남아돌아야 할 수 있다. 게다가 솔직히 말하자면 이 모든 것들이 아이들과 함께하는,

사랑으로 충만한 우리 삶과는 너무 먼 세계로 보였다.

20대의 청춘들이 어쩐지 어울리지 않는 크리스마스 기념옷을 입고 칵테일 잔을 움켜쥔 채 술집에서 쏟아져 나왔다. 아직 오후인데 벌써 와인을 몇 잔씩 마신 이들도 있었다. 우리도 저랬었나? 무책임하기 짝이 없네!

"엄마, 여기 아이들도 갈 수 있는 거 맞아? 여기엔 아이들이 한 명도 없잖아. 엄마가 잘못 안 거 아니야? 저번에도 나 데리고 위스키 박물관 갔다가 18세 이하는 못 들어간다고 해서 엄마가 막 소리치고 그랬잖아!" 엄마가 그동안 저지른 무수한 실패에 이력이 난 듯 렉시가 조용히 속삭였다.

"아이들도 들어갈 수 있어. 다른 아이들도 있을 거야. 아, 저기 있다. 보이지? 저기 저 아주머니가 아기 안고 있잖아." 내가 우겼다.

"저 애는 진짜 아기잖아. 우리 같은 아이들은?" 렉시가 말했다.

계속 찾아봤지만 잔뜩 지친 얼굴로 어린아이를 둘러 안고 있는 초보 엄마 아빠들만 보였다.

"이 도시는 아이들을 위한 곳이 아닌 것 같네. 크리스마스인데도 말이야. 여기 정말 붐빈다." 내가 말했다.

"그럼 우리 여기 왜 온 거야?"

"재미있을 거야! 엄마가 여기에 정말 맛있는 카레 식당 있다고 했지?"

"식당은 아이들을 위한 곳이 아니잖아. 난 공원에 가고 싶어."

"이 근처에는 공원이 없어. 시내 한복판에는 없다고. 도서관은 어때? 너 도서관 좋아하잖아."

우리는 형형색색의 아이스크림 가게와 컵케이크 '공장'과 밝은색으로 빛나는 말도 안 되게 비싼 장난감 가게도 지나치면서 브라이튼 도서관으로 향하는 험난한 도보 여행을 계속했다.

"엄마, 우리도 저거…."

"안 돼!"

드디어 도서관에 도착했는데, 문이 닫혀 있었다.

"토요일 오전 10시인데. 대체 왜 아직도 문을 안 여는 거야?" 내가 격분해 외쳤다.

"다들 아직 자고 있나 보지. 술에 취해서 곯아떨어졌나 봐." 데미가 말했다.

우리는 굴하지 않고 요즘 잘 나간다는 커피숍으로 향했다. 아이들을 높은 의자에 위태롭게 앉힌 뒤 길게 늘어선 줄에 합류했다.

"유아차 여기 두시면 안 돼요." 고상하게 낡은 나무 계산대 너머에서 커피숍 점원이 소리쳤다.

"죄송합니다. 그럼 어디에 둬야 하나요?"

"다른 커피숍 가 보세요. 여기는 아이들 못 들어와요."

그렇군.

알았다.

그렇게 몇 시간 더 아이들을 끌고 다녔다. 아이스크림 먹고 싶다, 값비싼 헬로 키티 사달라 등 여러 요구를 밀쳐내다 보니 드디어 정오가 되었다. 점심을 먹으러 갈 변명거리가 생겼다.

우리는 재미있는 초밥 기차가 있는 식당에 가서 아이들이 움직이는 초밥 접시들을 떨어뜨리지 않을까 조마조마하게 바라보다가 연신 사과하고 또 사과하면서 아이들에게 소리쳤다. "조심 좀 해. 이 작은 접시 하나에 3파운드가 넘는단 말이야!"

점원들과 손님들의 따가운 시선이 우리에게 쏠렸다.

이곳에선 그 누구도 아이들에게 미소 짓지 않았고 크레파스를 갖다 주지도 않았다.

남은 오후에는 대체 뭘 해야 하나 고민하면서 하릴없이 돌아다녔다.

아름다운 크리스마스 장식은 도통 아이들의 흥미를 끌지 못했고 길 한복판에는 총천연색의 포르노 가게가 여봐란 듯 자리하고 있었다. 2분이면 먹고 나오는 크리스마스 파이 가게 말고 이 도시에서 가족이 갈 만한 곳이 대체 어디 있지?

우리는 호텔에 조금 일찍 들어가기로 했다. 현대식의 멋진 부티크 호텔로, 아늑하고 포근한 침실과 형형색색의 아크릴이 여기저기 널린(게다가 우리가 간 주말에 특별 할인행사를 하고 있어서 선택한) 곳이었다.

우리를 보더니 직원이 달갑지 않은 표정을 지었다.

"아이가 있네요. 그럼 투숙이 어렵겠는데요." 프랑스 억양이 강한 남자 직원이 말했다.

"왜죠?" 내가 물었다.

"오늘 밤에 라이브 공연이 있습니다. 새벽 1시까지요."

이번 주말에만 '특별 할인'을 한 이유가 이거였구나.

"예약 메일에 아이가 둘 있다고 써 놨는데요. 아기 침대가 있는 침대 세 개짜리 객실로 예약했고요."

"아기 침대요?" 직원이 당혹스러운 듯 말했다.

"네. 휴대용 아기 침대요. 휴대용 아기 침대 없나요?" 내가 말했다.

"한번 확인해 보겠습니다."

한 시간 뒤, 직원의 신경질적인 불안을 목격한 끝에("난 전혀 모른다고! 우리 호텔에 무슨 아기 침대가 있어!") 우리는 결국 아기 침대 대신 바닥에 이불을 깔기로 합의를 보았다. 다시 말해 렉시가 잠들 때까지 유심히 살펴야 하며 아이가 잠결에 뜨거운 라디에이터를 만지지 않기를 기도해야 한다는 뜻이었다.

크리스마스 곡을 연주하는 라이브 밴드의 둥둥거리는 소리를 뒤로 하고 아이들이 드디어 잠들었다.

"술 좀 마셔야겠어. 좀 즐기자." 데미가 말했다.

"여기 미니바 있다. 컴컴한 호텔방에서 너무 큰 소리 안 나게 신경 쓰면서 술 조금 마실 수 있겠어." 내가 격양된 감정을 애써 끌어 모으며 말했다.

데미가 바로 미니바를 확인했다.

"위스키 작은 병 있다. 진도 있네." 데미가 알렸다.

"얼마야?" 내가 물었다.

"하나에 7파운드."

"여기서 그거 두 병 마실 돈이면 진 큰 거 한 병 살 수 있겠다. 길 건너에 슈퍼마켓 있잖아."

"좋아. 나더러 슈퍼마켓 갔다 오라는 거지?" 데미가 오래 참았다는 듯 한숨을 쉬며 말했다.

"응, 부탁해."

데미가 차가운 화이트 와인 한 병을 사 왔다. 나는 술을 냉장고에 보관해 판매하는 대도시의 수준 높은 서비스에 감탄했다.

우리는 미니바의 술잔을 써도 되는지 확신할 수 없었기에 와인을 병째로 들고 마셨다. 미니바 냉장고에는 큰 술병이 들어갈 만한 자리가 없었다. 데미가 사온 와인도 우리의 뜨거운 손이 몇 번 닿고 나니 방 안의 온도와 비슷하게 덥혀졌다.

그렇게 따뜻한 와인을 병째 마시고 있는데 엄마의 전화가 걸려 왔다.

그 소리에 아이들이 꿈틀거리자 왈칵 짜증이 났다. 우리가 지금 잠든 아이들과 어두운 방 안에 같이 있다는 걸 엄마는 모르는 건가? 왜 이럴 땐 텔레파시가 안 통하는 거지?

"놀랐지! 우리 지금 브라이튼이야." 엄마가 말했다.

"엄마, 우리 지금 아이들 재워놓고 컴컴한 호텔방에 앉아 있다고요. 아니 잠깐만, 엄마 어디라고요?" 내가 속삭이듯 말했다.

"브라이튼! 너희 아빠랑 오늘 루이스에 있는 친구들 만나러 갔다가 거기서 브라이튼까지 가까우니까 너희 깜짝 놀라게 해주고 애들 좀 봐 주려고 왔지."

이런 엄마에게 짜증을 내다니 마음이 불편했다.

"엄마, 정말 고마워요. 우리까지 생각해 주시고." 내가 말했다.

우리 부모님이 이런 분들이다. 아주 사려 깊고 친절하다. 물론 내가 부탁한 방식 '그대로' 아이들을 봐 주는 일은 없지만. 그 때문에 맨날 부모님과 싸운다.

"데미, 우리 부모님이 브라이튼에 오셨다네. 아이들 봐 주신다고." 내가 속삭였다.

"정말 멋진데." 데미가 말했다.

"그렇지."

"그럼 우리 나갔다 와도 되는 거야?"

"그럼, 당신이 원한다면. 나가고 싶어?"

한번 생각해 보았다. 정녕 이 번잡하고 시끄러운 도시 한복판으로 나가고 싶은가? 딱히 그렇진 않았다. 하지만 이 세상 모든 부모가 알다시피 공짜로 아이들을 봐준다는데 마다하는 것만큼 어리석은 일도 없다.

"고마워요, 엄마. 그럼 우리 잠깐 나갔다 올게요. 지금 호텔방에서 불 다 꺼놓고 앉아 있어." 내가 말했다.

"아, 우리도 그럴 때가 있었지. 소리 내지 않게 조심하면서, 전화기가 울리지 않기를 기도하면서 말이야. 그럼 언제쯤 갈까?" 엄마가 말했다.

30분 뒤, 부모님이 도착했다. 우리는 그들을 꼭 껴안으며 고마운 마음을 전한 뒤 방 안으로 안내했다.

우리는 반쯤 남은 따뜻한 와인병을 부모님에게 건네고 미니바에 있는 것들도 마음껏 드시라고 말했다. 물론 너무 많이 드시진 말라고, 하나에 7파운드씩 한다는 말도 잊지 않았다.

그렇게 아이들에게서 해방된 우리는 원하는 것은 무엇이든 할 수 있는 자유로운 영혼이 되어 브라이튼의 톡톡 쏘는 흥미진진한 거리를 활보했다.

자극적인 풍경이 눈앞에 쏟아졌다. 환하게 밝힌 매장 입구, 크리스마스 옷을 입은 수많은 사람들, 거리로 사람들을 쏟아 내고 또 무한정 빨아들이는 술집들.

이미 지칠 대로 지친 우리로서는 감당하기 힘든 광경이었다.

게다가 아이들이 없으니 기분이 이상했다. 팔다리가 사라진 기분이었다.

"조용하고 괜찮은 술집에서 한 잔만 마실까? 그리고 애들에게 돌아가는 거 어때?" 내가 말했다.

"좋은 생각이야. 어디로 가지?" 데미가 말했다.

부산스럽고 독창적인 대도시의 밤거리 풍경은 하루가 멀다 하고 바뀐다. 오랫동안 한 자리를 지키는 곳이 없으니 예전에 알던 곳도 이내 다른 곳으로 바뀌어 있었다.

사실 금요일 밤 도시 한복판에 조용한 술집 같은 것이 있을리 없었다. 그저 조금 덜 시끄러운 술집만 있을 뿐이다.

우리는 그나마 괜찮아 보이는 곳을 찾아 들어갔다. 금속으로 된 담배 상자를 벽 사방에 못박아둔, 그나마 오래된 곳이었다. 이곳도 사람들이 꽉 들어차 있었고 줄이 끝없이 늘어서 있었다.

"여기가 원래 이렇게 붐볐나?" 내가 데미에게 물었다.

"아마 그랬을걸. 그땐 우리가 너무 어렸고 인사불성으로 마셔댔으니 어땠는지 모르지." 데미가 말했다.

아는 얼굴을 만날 수 있을까 싶어 한참을 기다렸지만 단 한 명도 보이지 않았다.

"아이들은 괜찮겠지. 자다가 깼는데 할머니 할아버지가 와 있으면 애들도 기분 이상하겠다. 이게 대체 무슨 일인가 싶겠는데." 내가 말했다.

"애들 보고 싶다. 이제 돌아가서 애들 자는 거 보자." 데미가 말했다.

저녁 9시 30분에 우리는 하루를 마무리했다.

"일찍 왔네. 좋은 시간 보냈니?" 호텔에 돌아온 우리를 보고 엄마가 말했다.

"그다지. 좀 정신없었어요. 집에 돌아가서 동네에 있는 조용한 술집에 가는 게 낫겠더라고. 아니면 친구 집에 놀러 가든가."

부모님이 떠난 뒤, 데미와 나는 미니바를 습격해 새로운 칵테일을 발명해 볼까도 생각해 봤다. 그 귀중한 '밤 외출'을 중간에 끊고 돌아왔으니 말이다. 하지만 솔직히 말하자면 우리가 정말 원하는 것은 어서 잠자리에 들고 내일 아침 일찍 일어나 아이들과 함께 집으로 돌아가는 것이었다.

그래, 집이다. 우리의 진짜 집 말이다. 이곳은 더 이상 우리 집이 아니었다.

호텔 바닥을 쿵쿵 울려대는 요란한 음악 소리를 들으면서 나는 지금 우리가 사는 동네가 가족에게 훨씬 좋은 곳임을 깨달았다. 우리 동네에서는 길에서 마주치는 사람들과 미소를 짓고 인사한다. 이웃들이 식물 씨앗이나 과일 케이크를 갖다 주기도 한다. 현관문을 잠그지 않아도 되고 정원에 유아차를 놔둬도 걱정할 필요 없다. 거리를 바삐 지나가는 사람도, 속을 게워내는 사람도 없다. 우체국에 가도 길게 늘어선 줄은 찾아볼 수 없다.

도시에서 우리는 아이들을 데리고 카페에 들어갈 때마다 반갑지 않은 손님 취급을 받았다.

"아니요, 죄송하지만 유아용 의자는 없습니다. 아기와 함께 꺼지세요."

누가 뭐래도 브라이튼은 더 이상 우리 집이 아니었다. 더는 이 도시와 교감을 느낄 수 없었다. 한때 살던 곳이지만 이제는 우리가 달라져 있었다.

"우린 여기에 어울리지 않아." 내가 데미에게 말했다.

"맞아. 그래도 괜찮아, 안 그래?" 데미가 말했다.

"괜찮은 것 이상이지. 아주 좋아."

다음 날, 우리는 짐을 싸고 집으로 향했다.

우리의 삶은 바뀌었다. 영원히.

아이들이 좀 더 커서 대도시의 휘황찬란한 삶에 들어맞을 수 있을 때까지 기다릴 문제가 아니었다.

우리는 달라졌다. 우리의 삶도 달라졌다. 돌이킬 수 없었다.

"도시 여행 어땠어?" 렉시에게 물었다.

"괜찮았어." 렉시가 말했다.

"뭐가 제일 좋았어?" 내가 물었다.

"할머니가 초콜릿 준 거."

"뭐라고? 뭐? 할머니가 초콜릿을 언제 줬어? 너네 할머니 못 봤잖아. 봤어? 너희 그때 자고 있었는데." 내가 다급히 눈을 깜박이며 물었다.

"할머니가 우리 깨우셨어. 미니바에서 한밤의 축제를 할 수 있다고 했는데." 렉시가 말했다.

"한밤의 축제!" 라야가 맞장구쳤다.

"무슨 초콜릿? 세모난 거였어(5파운드짜리 토블러원), 아니면 동그란 거였어(10파운드짜리 페레로 로셰)?"

"동그란 거."

나는 잠자던 아이들에게 초콜릿을 건넨 엄마를 향해 끓어오르는 화를 가라앉히고 렉시의 부드럽고 앙증맞은 손을 쓰다듬었다.

"초콜릿은 이제 집에 가면 먹을 수 있어."

"다음에 다시 브라이튼으로 이사 갈 거야? 엄마가 그랬잖아." 차가 차고에 도착했을 때 렉시가 물었다.

"엄마가 언제 그랬어?" 내가 물었다.

"엄마가 책 잘 되면 브라이튼으로 다시 이사 갈 거라고 했잖아."

"그랬었지. 근데 엄마가 틀렸어. 도시는 이제 더 이상 우리가 살 만한 데가 아니더라고. 우리에겐 여기가 맞아." 나는 집으로 들어가면서 예전 기억을 떠올렸다.

아이들은 곧장 밖으로 나가 정원에서 뛰어 놀았다.

데미와 나는 저녁으로 고기를 구워 먹을 준비를 했다. 디저트를 만들기 위해 신선한 블랙베리도 땄다.

모든 것이 평화롭고 고요하고 편안했다.

우리 삶은… 아주 좋았다. 좋은 것 이상이었다.

이렇게 언제까지나 행복할 것 같았다.

진실

세상 그 무엇과도 바꾸지 않을 것이다

- -

크리스마스를 앞두고 나는 예전 삶의 마지막 흔적까지 말끔히 없애 버리기로 결심했다. 감히 쫓아낼 엄두도 못 냈던 그 모든 싸구려 물건들, 학생 때 쓰던 것들, 파티용품들을 내다 버릴 생각이었다. 전에는 이것들을 다시 쓸 날이 올 거라고 생각했다.

아이들과 데미에게 대형 쓰레기봉투를 하나씩 쥐어준 뒤 다같이 집을 돌아다니면서 이사 온 뒤로 쓰지 않은 것들, 한 번도 꺼내지 않은 것들, 상자도 풀지 않은 것들을 모조리 봉투에 집어넣었다.

잭 다니엘 전용 유리잔도, 파인애플 모양 선글라스와 세인트 패트릭 데이를 기리는 초록색 거대한 모자도 버렸다. 옛날 CD와 믹스 테이프, 음악 잡지와 에어 소파도, 낡아빠진 옛날 배낭도 버렸다. 지금 우리의 삶에 어울리지 않는 것은 무엇이든 가차 없이 내다 버렸다.

더 이상 젊은 시절과 부모가 된 이후의 커다란 간극 사이에 두 발을 걸치고 있을 수 없었다. 이제는 우리가 누구인지, 어떤 사람이 되고 싶은지 정확히 알았다.

우리는 가족만의 커다란 차를 타고 쓰레기장으로 향했다. 아이들은 싸구려 파티용품을 대형 컨테이너에 던지면서 재미있어 했다.

나는 아이가 없던 예전 삶의 마지막 흔적들이 거대한 쓰레기 더미에 파묻히는 광경을 지켜보았다. 그것들을 떠나보내니 안심이 됐다. 해가 뜰 때까지 클럽에 죽치고 있던 때, 오전 11시에 아이 없이 즐기던 브런치, 휴가 때마다 떠난 기차여행과 아시아 배낭여행 등등. 모두 멋진 시간이었지만 그때의 우리는 더 이상 지금의 우리가 아니었다.

그립지 않았다.

지금이 훨씬 더 행복했다.

"엄마, 이것들 이제 다 죽는 거야?" 다 같이 휑뎅그렁한 금속 쓰레기통 안을 들여다보고 있는데 렉시가 물었다.

"이미 다 죽은 것들이야. 한참 전에 죽었지." 내가 말했다.

육아에는 고통이 따른다.

우선 떠나보내야 한다. 예전 삶은 갈가리 찢겨 다시는 꿰매어 이을 수 없게 된다.

이제 아무런 책임감 없이, 내일에 대한 걱정도 없이 들판에서 행복하게 술을 마시며 하루를 보내는 일은 없을 것이다. 배가 꽉 끼는 옷을 입을 일도 없을 것이다. 손바닥만한 바지를 입고 풀문 파티의 형광 물감으로 뒤덮인 채 배낭 하나 달랑 매고 태국을 일주할 일도 없을 것이다.

그다음 고된 하루하루를 감내해야 한다. 일주일 내내, 매일같이 동이 트기 무섭게 잠에서 깬다. 꼬마들을 위해 매일 삼시 세끼 밥상을 차린다. 이 꼬마들을 씻기고 손톱 발톱 깎아주는 것도 내 몫이다.

마지막으로 지금의 삶을 받아들여야 한다. 지금 이 삶이 가져다준 사랑과 봉사, 행복, 지역사회와 친구들, 만족 등등을 받아들이는 것이다.

언제나 청춘일 수는 없다. 아이들은 자란다. 그 사실이 가슴 아프기도 하지만 우리로선 좋은 일이기도 하다.

데미와 나도 고통을 감수했다. 무섭고 지치고 무자비한 이 삶에 떠밀리듯 들어왔지만 그 안에서 우리는 성장했다.

오로지 우리 자신만을 위한 것이었던 삶은 이제 아이들과 집, 가정을 중심으로 돌아간다. 그리고 그거 아는가? 이 현실을 받아들이고 나니 전에는 알지 못한 더 큰 행복이 찾아왔다.

크리스마스를 앞두고 데미와 나는 부모가 된 후 지금까지 거쳐 온 여정을 되짚어 봤다.

브라이튼에 살면서 주말마다 부두로 향해(아마도 한 손에는 사과주를 한 잔 들고) 인형 돌고래 경주 게임을 하던 젊고 아이 없는 사람들 무리에서 우리는 예전에 떨어져 나왔다. 이 제는 그들과 겉모습도 같아 보이지 않을뿐더러 그들과 같이 행동하지도, 같은 생각을 하거나 같은 기분을 느끼지도 않는다.

이제 우리는 교외의 주택가에 살면서 시간이 날 때마다 천천히 산책하고, 그 와중에 아이들이 던지는 피할 수 없는 무수한 질문들에 일일이 답한다.

"저 나무는 왜 저기 있어? 왜 서둘러야 해? 빨리 달리는 트럭 앞으로 뛰어들면 왜 안 되는 건데? 엄마아아, 엄마아아아아, 대답해줘! 이거 정말 중요한 질문이란 말이야!"

이런 식이다.

물론 완벽한 것은 없다. 결코 완벽하지 않다. 한번은 라야가 학교 크리스마스 축제에 갔다가 호되게 설사를 했다. 끔찍했다.

학교 크리스마스 축제에 가본 적이 없는 사람들을 위해 한마디만 하겠다. 가지 마라.

혼돈 그 자체다. 당으로 충전된 아이들의 비명 소리가 가득 채워진 곳에서 과도하게 흥분한 아이들이 부모들에게 1980년대식 중고 보드게임을 사달라고 졸라댄다.

이렇게만 말해 두겠다. 그곳에서는 당으로 과다 충전된 아이들의 끝없는 물결을 헤치고 화장실을 찾아가는 것이 결코 쉽지 않다.

그래도 너무 완벽하면 지루한 법 아닌가. 육아라는 이 모든 혼돈과 (가끔은 말 그대로) 똥통 속에서 우리는 나름대로 즐거움을 찾았고 가족 친화적인 이 축제 같은 시간을 받아들였다.

이번 크리스마스에 나는 무엇이 됐든 제대로 하자고 마음먹었다.

집수리와 신생아기의 혼란, 유아기의 혼란을 거쳐 다시 신생아기의 혼란과 유아기의 혼란을 빠져나온 지금, 드디어 크리스마스를 제대로 즐길 만한 시간과 여유가 생겼다.

우리는 한 가족으로서 이 연휴를 최고로 즐겁게 보낼 생각이었다. 근처에서 공수한 신선한 호랑가시나무와 직접 만든 종이 사슬과 쿠키를 크리스마스트리에 걸어놓아 집을 반짝반짝 빛이 나게 꾸몄다.

아이들이 좋아했고, 그 모습을 보는 우리도 좋았다.

***

크리스마스이브 날, 데미와 나는 집을 폴짝 폴짝 뛰어다니는 두 아이의 비명과 웃음소리에 잠에서 깼다.

"크리스마스이브야, 라야!"

"크리스마스이브, 렉시."

"굉장해!"

"굉장해!"

"엄마, 우리 오늘 뭐 해요? 오늘 크리스마스이브라고요. 굉장해!" 렉시가 물었다.

정말 굉장했다.

데미와 나는 오늘 하루 쉬기로 했다. 가족과 함께 보내는 즐거운 휴가가 기다리고 있었다. 우리도 이날을 기다려 왔다.

오늘 밤 몸집이 크고 뚱뚱한 사람이 마법처럼 굴뚝 안으로 몸을 비집고 들어올 거라는 얘기에 놀란 아이들의 눈이 동그래졌다.

산타 이야기에서 중간 중간 빠진 부분은 렉시가 모두 메꿔 주었다.

"굴뚝이 없는 집에도 찾아올 수 있대, 라야. 어느 집에나 들어갈 수 있는 마법의 열쇠가 있거든."

한 가족으로서 우리가 할 일은 다음과 같았다.

- 근처에서 신선한 호랑가시나무를 찾아 집 꾸미기
- 크리스마스 쿠키 만들기
- 영화 〈나홀로 집에〉 보면서 팝콘 먹기

아이들은 작정한 듯 신이 나 있었다. 데미와 나 역시 이런 일상이 행복하고 감사했다.

맞다, 우리는 다 가진 재수 없는 놈들이었다.

아이들이 조금 더 늦게 일어났다면, 내가 만든 건강한 아침을 먹었다면, 디즈니 DVD와 파티 드레스로 집 안 곳곳을 어지러뜨리지 않았더라면 더 좋았을 테지만, 대체로 즐거운 인생이었다.

나는 렉시가 태어난 뒤 한동안 고수했던 부스스한 부랑자 꼴로 다니는 것도 그만두었다. 이제는 헐렁한 청바지에 밝은색 티셔츠, 운동화, 울 코트에 스카프, 무릎까지 오는 가죽 부츠 차림을 받아들였다. 집에서 염색한 머리 몇 가닥도 없애버리고 제대로 된 어른 머리처럼 하고 다녔다. 유기농 채소를 가득 사와 집에서 직접 차려먹으니 피부도 훨씬 좋아졌다. 그리고 물론 전보다 웃기도 잘 웃는다. 웃는 얼굴은 언제나 보기에도 좋다.

더군다나 우리는 더 이상 주황색과 갈색으로 범벅된, 노부인이 살 법한 침실 하나짜리 아파트에 아기용품 쓰레기 더미와 중고(또는 훔친) 가구를 산처럼 쌓아놓고 살지 않는다. 한 가족을 위한 제대로 된 집에 내 돈 주고 산 예쁘고 현대적인 가구와 널찍한 식탁과 아이들의 사진이 여기저기 붙어 있는 미국식 냉장고도 들여놓았다. 탁 트인 1층은 꽤 넓어서 거대한 크리스마스트리와 선물들을 갖다 놓아도 넉넉하다. 벽난로에는 양말을 걸어놓았고 앞뜰과 뒤뜰에는 크리스마스 전구를 매달아 놓았다.

우리의 삶은 크리스마스의 마법으로 반짝였다.

5년 전에 이런 삶으로 떠밀렸다면 우리는 소름 끼친다며 진저리를 쳤을 것이다.

"이게 뭐야? 집 밖으로 나가고 싶을 때 나갈 수도 없다고? 우유가 다 떨어지면 어떡해? 어딜 가나 이 아이들을 데리고 다녀야 한다고? 그러려면 한참 걸릴 텐데… 그리고 이 모든 일을 매일같이 해치워야 한단 말이야?"

그랬다면 우리는 아예 아이를 낳지 않기로 마음먹었을지도 모른다.

하지만 틀렸다.

완벽히 틀렸다.

우리는 숲속으로 가서 웃고 떠들고 농담도 건네다가 사악한 용 흉내를 내며 아이들을 뒤쫓았다.

벽난로 선반 위에 놓을 호랑가시나무도 꺾고 라야가 거대한 정원 가위로 사람들을 공격하지 못하도록 막다가 결국 아이와 씨름한 끝에 가위를 빼앗기도 했다.

집으로 돌아와 벽난로 선반 위에 놓을 호랑가시나무를 한데 묶어놓고 밤도 구워 먹었다.

우리 집 정원을 폴짝폴짝 뛰어다니는 울새들을 위한 새 전용 크리스마스 케이크도 만들고, 정성들여 엉망으로 만든 화환도 현관문에 걸었다. 크리스마스 쿠키도 구웠다(반죽은 물론 미리 사왔다). 쿠키는 삐뚤삐뚤했고 화환에는 거미줄이 치렁치렁 쳐졌지만 상관없었다. 아이들이 즐거웠으면 됐다.

우리는 백화점 크리스마스 광고에 나오는 사람들 같았다. 물론 그러려면 옷은 좀 더 다리미질이 되어야 했겠지만.

그날 오후, 우리는 아이들과 함께 앉아 삐뚤삐뚤한 크리스마스 쿠키를 먹고 저녁에는 크리스마스의 영감을 받은 칠면조 고기와 크랜베리 소스 피자(실패했다), 그리고 민스파이 아이스크림(이건 꽤 괜찮았다)을 먹었다. 그런 다음 장작 난로에 불을 붙이고 커다란 소파에 앉아(이제는 네 명이 다 같이 앉을 수 있을 만큼 크다) 커다랗고 포근한 표범 무늬 담요를 덮고 크리스마스 가족 영화를 보았다. 데미는 이 영화만 보면 몸이 정말 아프다고 투덜거렸다.

데미와 나는 셰리주를 몇 잔 마셨다.

완벽한 하루였다. 앞으로 아이들과 함께할 크리스마스가

많이 남아 있다는 사실 때문인지 이 시간이 더욱 완벽하게 느껴졌다.

잠자리에 들기 전, 산타 할아버지가 드실 음식을 아이들이 직접 차려 놓을 수 있게 했다. 물론 우리가 먹고 마시고 싶은 것들 위주로 차리도록 무심히 유도하는 것도 잊지 않았다.

"올해에 산타할아버지는 차가운 화이트 와인을 한 잔 마시고 싶어 하실 것 같은데? 그리고 루돌프에게는 버터 듬뿍 든 더블 초콜릿 쿠키가 어떨까? 당근은 신물 나게 드셨을 거야. 응, 그건 됐어. 순록도 밀가루 먹지. 순록은 너희 학교 친구들처럼 참을성이 없고 그러지 않아. 그럼, 초콜릿도 좋아하겠다. 아니야, 루돌프는 초콜릿 먹어도 돼. 개랑은 다르다니까…."

아이들과 벽난로 위에 어마어마하게 큰 양말을 걸어 놓으면서 나는 엄마가 자주 해주시던 말씀을 그대로 전했다. 요즘에는 산타 할아버지가 선물을 얼마나 많이 주시는지 모른다, 정말이지 너무 많이 주시는데 엄마 아빠 어렸을 때는 그저 보통 크기의 양말 안에 귤이나 호두 같은 작은 선물만 들어 있었다고 말이다.

아이들이 많이 피곤했는지 짜증을 낼 지경에 이르렀을 때 침실로 보내 재우고 나서 데미와 나는 〈다이 하드〉를 보았다. 그리고 일찍 잠자리에 들면서 다음 날 아침에 아이 없는

젊은이들처럼 숙취에 시달릴 일은 없겠다는 생각에 괜히 우쭐
해졌다.

"렉시랑 처음 보낸 크리스마스 기억나?" 내가 데미에게 물
었다.

데미가 하얗게 질린 얼굴로 고개를 끄덕였다. "그럼, 기억
나고말고. 정말 끔찍했잖아. 우리가 뭘 하고 있는지도 제대
로 몰랐고 말이야. 당신은 불안에 떨었지."

"내가 무슨!"

음… 조금 불안해하긴 했지만, 이런 말은 다른 사람이 우리
부모님에 대해 욕하는 것과 비슷하다. 나는 부모님 욕을 할
수 있어도 남은 못 하는 거다.

크리스마스 날, 우리 집은 따뜻했고 크리스마스 분위기가
넘쳤으며 마법 같은 빛으로 반짝였다(지금 와서 생각해 보면
간밤에 장작 난로의 불을 끄지 않아서 화재 위험이 있었던 건
지도 모르겠다).

양말은 아이들의 침대 머리맡에 놓여 있었다. 산타가 깨끗
이 비운 와인잔이 장작 난로 옆에 놓여 있었고 루돌프의 쿠키
는 부스러기만 남긴 채 사라졌다.

'산타'가 남기고 간 눈부신 선물들이 크리스마스트리 아래
에서 아이들을 기다리고 있었다. 라야 것은 클레이 미용실,
렉시 것은 조금 무모했던 롤러스케이트(우리는 롤러스케이트

가 보기보다 딱딱하다고 렉시를 설득했다. 크리스마스 날 아침, 렉시는 무수히 넘어졌다)였다.

나는 아이들보다 먼저 일어나(새벽 5시쯤) 따뜻한 차 한 잔을 마시며 크리스마스 분위기가 넘쳐흐르는 집과 평화롭고 고요한 아침을 만끽하고 있었다. 엄마가 되어 처음 맞은 크리스마스를, 가슴속에서 박쥐들이 무참히 날갯짓하던 그날을 (작가는 참 극적인 존재다, 그렇지 않은가?), 서럽고 외롭고 두려웠던 그날을 떠올렸다

우리가 정말 먼 길을 왔다고, 지금은 더없이 행복하다고 생각했다. 아이를 낳고 키우는 것은 무엇보다 힘들지만 우리가 살면서 가장 잘한 일이기도 했다.

아이들이 깼다.

젠장.

아이들은 왜 조금 더 자지 않는 걸까? 도대체 왜? 아직 새벽 5시밖에 안 됐단 말이다, 나 원 참….

"엄마, 엄마, 엄마, 크리스마스야아아아아아!"

그래도 아이들의 달뜬 얼굴을 보니 마음이 누그러졌다.

"얘들아! 양말 봤어? 너희들 침대에 있던데. 산타 할아버지가 거기다 놓고 가셨나봐. 너희가 아빠부터 깨우지 말고 방에서 먼저 양말을 열어볼 수 있게 말이야. 아빠는 피곤할 때 깨우면 툴툴거리잖아. 그래서 산타 할아버지가 선물을 양말에 넣

어 놓으시는 거야. 엄마 아빠가 좀 더 쉴 수 있게 말이야."

"근데 엄마는 일찍 일어났잖아요."

"엄만 쉬고 있는 거야!"

"왜 엄마가 쉬어요? 요리는 아빠가 다 했는데."

"엄마도 많이 했어!"

"치즈 자르는 건 요리가 아니잖아."

"요리 맞거든!"

양말 얘기로 몇 분 실랑이를 벌인 뒤, 아이들은 우리 침실로 몰려가 침대 위에서 방방 뛰었다.

"산타, 산타, 산타!"

그새 산타 옷으로 갈아입은 데미도 덩달아 침대 위에서 뛰었다.

"산타, 산타!"

"다들 제발 좀 가만히 있지 않을래! 엄마 뜨거운 차 들고 있다고!"

새벽 5시 5분, 우리는 어서 아래층으로 내려가 선물을 풀어보자는 아이들의 성화에 굴복했다.

"재미있지 않아? 산타 할아버지가 우리랑 똑같은 포장지를 쓰네!" 렉시가 웃었다.

그래, 정말 웃기구나. 그런데 너무 많은 생각은 하지 말아라….

아침으로 나는 특별한 에그 베네딕트를 시도했지만 결국 끓는 물속에 달걀흰자만 둥둥 떠다니는 괴상한 꼴이 되었다.

수란을 만드는 건 불가능하다. 절대 불가능하다.

다행히 아이들은 에그 베네딕트에 큰 관심이 없었고 그저 '크리스마스' 한정 코코팝스 시리얼에 만족했다(시리얼 상자에 원숭이 코코가 호랑가시나무 가지를 들고 있는 그림이 있었다…. 정말 축제 같은 아침이구나).

자상하게도 데미가 나서서 레게로 된 크리스마스 노래를 틀어놓고 달걀과 베이컨 요리를 해주었다.

즐거웠다.

부처는 깨달음으로 가는 길에 무수한 죽음이 깔려 있다고 말했다.

렉시가 태어나고 한동안은 내 삶이 끝나버린 것 같았다.

정말 그랬다. 하나의 삶이 끝났다.

그리고 또 다른 삶이 시작되었다.

아이들을 키우며 5년을 보내고 나니 이제야 비로소 부모가 된 기분이었다.

지금 이 삶은 세상 무엇과도 바꾸지 않을 것이다.

감사의 말

끝까지 읽어주셔서 감사합니다.

말도 못하게 사랑합니다.

시간이 좀 난다면 감상 평을 남겨주세요.

독자들의 평은 모두 다 챙겨 읽는답니다(물론 악평을 보면 눈물이 나지만).

독자들의 호평은 제 작가 인생의 전부입니다.

거창할 필요도 없습니다. 단 한 단어도 좋습니다('별로' 같은 말만 아니면요).

여러분이 남긴 한 단어가 상상도 못 할 만큼 큰 힘이 됩니다.

그러니 어서 평을 남겨주세요. 독자 여러분이 무슨 말을 남겼나 보는 것이 제 낙이랍니다.

제가 수다 하면 빠지지 않는 사람이라 여러분과 얘기하는 것도 정말 좋아합니다.

책에 대해서, 아니면 그 모든 것에 대해서 궁금한 것이 있다면 연락주세요.

이메일: suzykquinn@devoted-ebooks.com

페이스북: suzykquinn(친구 요청 하셔도 됩니다. 저 친구 좋아해요.)

트위터: @suzykquinn

아, 웹사이트도 있습니다. www.suzykquinn.com

사랑을 담아, 수지 올림